诗歌中的声音——西渡研究集

王东东 编

隐匿的汉语之光·中国当代诗人研究集

华文出版社

徼暗的灰暗之光·中国当代待人研究集

本丛书无意于面面俱到，而仅关注那些我们认为重要的、有特色的中国当代诗人及其得到讨论的状况，旨在为进一步地探讨存留一份资料，或提供一条进入相关领域的线索。其间显然经过了审慎的拣选——既包括讨论对象（诗人）的选定，也包括研究篇目的选录，甚至还包括编选者的延请。

在这个喧嚣的年代，诗界从来不乏炙手可热、炫人眼目的弄潮儿，但我们的目光在其上不会停驻太久。我们更看重那些沉潜的、通过艰卓的探索为汉语写作——进而言之即是汉语本身，做出贡献的诗歌写作者，愿意以某种方式向他们致以敬意。他们不事声张、摒弃夸饰的招摇，对诗歌保持着单纯的热爱以及足够的耐性和虔敬之心。他们的取向各异、风格悬殊，但有一个共同点就是：他们的写作彰显了一种布朗肖所说的写作的沉默与"无名"性质，能够经受哗声的销蚀和流俗的磨损。这也是本丛书名为"隐匿的汉语之光·中国当代诗人研究集"的由来。

在我们看来，诗人不应该随波逐流，成为文化时尚的合谋者、某些媒体舆论的传声筒，而是应该对这些保持一定的距离、采取必要的审视态度，同时从其身处的时代中提炼出"噬心"（陈超语）的主题。后一点尤为重要，诗人以锐利的敏思切入历史与人性的深层议题，同他对语言的发明、诗艺的锻造一样，需要付出巨大的心智。本丛书对诗人的甄选即出于如许期待。

从新诗百年历程来看，中国当代诗歌（特别是最近四十年的诗歌）已经显示了与现代时期诗歌有别的主题意向、形式特征乃至写作意识。简而言之就是，不同于后者对"现代性"的探寻和展现，当代诗歌立足于当代的历史语境，呈现出某些可称之为"当代性"的质素。这种"当代性"有其自身的问题阈和书写逻辑，也许较之现代诗歌更为复杂，但也背负着"当代性"特有的焦虑与压力。从诗学方面来说，当代诗歌发展了现代诗歌的部分路向，却在开辟当代诸多命题、凸显其"当代性"的过程中，抽空了问题得以生发、延展的路径，过于强化某些单一的层面，从而窄化了自身的可能性的向度，因此难掩其局限与危机。本丛书收录的研究论文，一定程度上回应了当代诗歌面临的这些理论话题。

本丛书以"研究集"取代一般谈及当代诗歌时习见的"批评集"，除了想要回避已经被污名化的"批评"这样的字眼外——其实毋庸赘言，批评本身是不应受到排斥的，真正的批评无不包含深刻的洞见和强大的辐射力——还想着意强调论析当代诗人的文字中所应具有的历史眼光、探究成分和学术本色，并对严肃的讨论表示必要的尊崇。

2017年1月动笔，6月拟定
张桃洲　王东东

诗歌中的声音　西渡研究集

第一辑　振动

- 003　时间和时间带来的
   　　——论西渡
- 021　"在歌曲中居住……"
   　　——西渡与90年代诗歌的声音问题
- 041　俄耳甫斯为什么歌唱？
   　　——西渡诗歌论
- 053　肖像·游移·风湿病
   　　——西渡诗歌论
- 073　心性与诗
   　　——以西渡的《杜甫》《苏轼》为例
- 091　悬案，或迷津的火焰
   　　——西渡诗歌阅读笔记
- 109　西渡诗歌的时间主题

第二辑　回声

- 131　洁白的诞生
  ——读西渡《雪景中的柏拉图》
- 135　对《雪景中的柏拉图》的随意阅读与刻意批评
- 139　守望者的倾听
- 145　颂唱，或金色的综合
- 151　值得信赖的诗人
- 157　书写肯定之诗
  ——读西渡诗集《鸟语林》
- 163　解开或创造"惊讶"
  ——西渡诗论集《灵魂的未来》阅读札记
- 179　映照汉语诗歌的近景与远景
  ——读西渡的《壮烈风景》
- 189　诗歌介入日常经验的一个范例
  ——读西渡《在硬卧车厢里》
- 195　评价"我们"当代的行为：对西渡一首短诗的分析
- 203　记忆的诗歌叙事学
  ——细读西渡的《一个钟表匠的记忆》
- 223　反向进化的自我之歌
  ——西渡《蛇》解读
- 233　神圣的对应：关于诗的骄傲
- 239　以现代融化青梅
- 243　西渡《鸥鹭》点评

第三辑　波

　249　面对生命的永恒困惑：一个书面访谈
　277　汉语中的弗罗斯特
　　　　———西渡谈弗罗斯特与中国新诗

附　录　西渡创作年表

诗歌中的声音　西渡研究集

第一辑

振动

诗歌中的声音　西渡研究集

一

早在1997年(按照时髦的话说,那已经是上一个世纪了),西渡就仿佛知天命般地说过:"写作是在与一个沉默的对手较量,而这个对手正是时间。"在同一篇文章的前几行,西渡已经预先地、近乎固执地为他的诗歌写作主题定下了基调:诗歌中的主题不是情感,不是信仰,甚至不是经验,"而是时间"。[1] 饶是如此,西渡还是谦逊地承认,[2] 一个青年诗人在刚开始写作时,确实很少会自觉地把时间作为主题,尽管无处不在、无孔不入的时间作为主题早已经渗透到他的所有诗篇之中。[3] 我们有理由认为,西渡的如许言论确实有着浓厚的现身说法的意味——毕竟西渡也曾经历过那个叫作"青年诗人"的创作阶段。

如果我们较为仔细地检索西渡迄今为止的诗歌写作,[4] 就会发现

---

(1) 西渡:《时间的诠释》,载西渡《草之家》,新世界出版社,2002年版,第321页。
(2) 谦逊是西渡一贯的品德,这一点十分重要,因为它不仅是西渡日常生活中的重要德行,而且是他诗歌写作中的一贯品质,并且构成了西渡诗歌写作中的美学特色。请参阅敬文东有关西渡谦逊品德的文章《谦逊的含义》,载敬文东《写在学术边上》,云南人民出版社,2002年版,第134页。
(3) 西渡:《时间的诠释》,载西渡《草之家》,新世界出版社,2002年版,第321页。
(4) 目前能看到的西渡的最早的诗作是写于1985年的《为我》,最晚的是写于2000年9月的《秋歌》。到目前为止,西渡已经出版了两部诗集:《雪景中的柏拉图》(文化艺术出版社1998年版)和《草之家》(新世界出版社,2002年版)。

时间和时间带来的
——**论西渡** ※   敬文东

※ 原载《文学与新闻传播研究》2003年10月第1辑。

他曾经深受过同为北大出身的诗人海子的影响。[1]这种影响曾一度如此严重,以致我们几乎可以大而化之地把西渡的这一写作阶段称作他的"海子时期"。这一时期结束的准确时间是1992年3月20日,就是在那一天的某个时刻,西渡写出了对他有着转向意义的作品《残冬里的自画像》。和几乎所有初学写作的人一样,西渡之所以找到一个具体的模仿对象,不仅因为被模仿者确实很优秀,更是因为模仿者和被模仿者之间有着某种相通的东西,正如一个人之所以选择这种人生理念而不是那种人生理念,仅仅因为他是这个人而不是那个人那么简单、那么不可解释一样。和不少终成大器的写作者相仿,西渡的"海子时期"在"仿写"海子时,既显示了他不凡的、卓越的写作才能,也在相当程度上继承了被模仿者诗歌中的时间形式,尽管当年的西渡也许并没有明确地意识到这一点——一如西渡诚实地说过的那样。在只有三节的短诗《歌谣》中,西渡分别以"语言依旧""月亮依旧""爱情依旧"来开头。这显然透露出的是一种近乎静止的时间,[2]是时间被创造出来就没有再改动和变迁的那一瞬;在许多青春勃发的人那里,它几乎可以被认为是恒常存在的:依靠诗人强大的、对抒情性的强力追求,这一瞬被较好地和较成功地固定了下来。

赫西俄德在《神谱》中写道:"首先请你说说诸神和大地的产生吧!再说说河流……无边的大海,闪烁的群星,宽广的上天。"[3]屈原也异曲同工般地问道:"遂古之初,谁传道之?上下未形,何由考之?"[4]凡斯种种,其实都是在问时间的起点。起点虽然只存在于一刹那,但在青春年少的人那里,往往更愿意将它理解为永恒,将它理解为静止不动,从而成为抒情和吟咏较为容易捕捉的对象。很难设想,面对流水惊呼"逝者如斯夫"的孔子会是一个翩翩少年,而站在幽州台上咏叹"念天地之悠悠,独怆然而涕下"的那一刻的陈子昂,也肯定过了意气勃发的少年阶段——毕竟被想象成"永恒"的东西或

---

(1) 关于这个问题,西渡在不少地方都做了诚实的甚至是动情的回忆,参见西渡《燕园学诗琐忆》《死是不可能的》等文,载西渡《守望与倾听》,中央编译出版社,2000年版。
(2) 海子有很多诗作都采用了这样的时间形式,比如《亚洲铜》《阿尔的太阳》《秋》等。以上诗作都收入了《海子诗全编》,上海三联书店,1997年版。
(3) [古希腊]赫西俄德:《神谱》,第107—110页。
(4) 屈原:《天问》。

所谓"刹那即永恒"的东西最容易勾起一个青少年的无限遐想，我们曾经年轻过的岁月和那些岁月里发生过的感情能够做证：青少年的无限遐想、对诗意的追求也情愿将时间始终定格在不动的一刹那，对所谓的逻辑、概念演算要么闻所未闻，要么不屑一顾。西渡的三个"依旧"分别带出的物象（或意象），也都先在地沾染了那种永恒的时间方式带出来的和定义过的丝丝缕缕。一切都是亘古不变的，无论是"语言""月亮"还是"爱情"。和许多有着同样创作经历的青年诗人较为类似，青春勃发的西渡依靠对抒情的追求，在《歌谣》中，无意间说出了一个近乎真理的事实：无论时间怎样变化，总有一些东西是不变的，或者总有一些致命的东西在我们的希望中被认为是不变的。它们反过来又让流动的、变化的时间始终成为源头，成为某种起源性的时间方式。而起源之所以能有说服力、阐释力和煽动力，恰如卡尔·克劳斯说的"起源即目标"，也恰如某些论者认为的，正是因为起源所具有的神性，因为起源在青少年的想象中所具有的抒情源头的特性。

在每一个例证中我们都可以看到，所谓起源（即第一）都意味着神，[1] 对起源（第一刹那）的遐想和追溯，几乎从来就意味着形而上学（伯格森："时间是形而上学的关键问题。"）。它也被认为和我们今天的一切相关（卡尔·克劳斯："起源即目标。"）。而形而上学在不少时刻与其说是哲学，毋宁说是诗，因为它天然能勾起人对自己命运的想象。和康德说每一个人都具有形而上学的冲动相仿，正是出于对自己命运的想象，开启和引发了人的抒情冲动。这种抒情冲动至少在少不更事的人那里，可谓是致命的。无论是西方早期哲学还是中国早期哲学，对起源的遐想归根结底都采取了一种咏颂的方式（即诗的方式），所以赫西俄德在《工作与时日》一开篇要代表哲学咏叹道："皮埃里亚善唱赞歌的缪斯女神，请你们来这里……"赫拉克利特要说："世界是一团燃烧着的活火……"《伊利亚特》要祈求道："诗歌女神啊……"我们的《尚书》也才会说："予击石拊石，百兽率舞"[2] 正如人类有自己的初民时期，每一个成长着的人和正在时光中逐渐老去的人都曾有

---

(1) 参阅［法］雅克·施兰格等：《哲学家和他的假面具》（徐友渔编），社科文献出版社，1999年版，第51—53页。

(2) 《尚书·尧典》。

过自己的青、壮年时期。人类学和心理学早已假定过甚至证明过，一个人的成长经历和一个种族的变迁经历有着许多暗合之处，维柯、列维－布留尔和皮亚杰也在他们的著作里暗示过这一点。事实也正是如此，无论是海子（他如此年轻就自杀了！）还是"海子时期"的西渡，他们的诗歌都是飞翔式的、歌唱式的，和人类初民时期的歌唱特性有着某种相似性：

语言依旧
在歌曲中居住
的地方，社长的两个儿子
从鱼妇中回来，鹿皮
短褂、银色的枪
走在
玉米地中央
　　——《歌谣》

在《歌谣》接下来的另外两节中，分别是社长的"两个女儿"、社长的"一对儿女"走在"谷地中央"、走在"大水中央"。在起点被固定下来或被想象为静止不动的情况下（即"××依旧"句式所昭示的），"中央"也是固定的、静止的。这显然是歌唱本身导致的后果之一：歌唱在许多时候确实倾向于将运动的处理为不动的，或者将巨动的转换为旋律中仅仅左右微晃的。它宛若电影中的远景镜头，某一个人走在"玉米地""谷地"或"大水"中，从遥远的地方或从漫长的时光的那一头看上去，就像是没有走动或仅仅是在微晃一样。

而在"海子时期"，西渡同样接受了海子诗意的时间形式。诗意的时间形式不同于静止的时间形式，尽管应和着青春年少的心理要求，它仍然是歌唱式的。诗意的时间形式是流动的，但这不是一般的流动：它始终在幻想之中、在超验之中流动。而流动，正是在歌唱需要的情况下，将静止的时间形式导致的歌唱中的"左右微晃"给放大了，是双倍的或多倍的"微晃"。但归根结底，诗意的时间形式在海子和早期的西渡那里，本身就是幻象，是超验的和咏颂着的。在

作于1988年(请注意这个时间刻度)的《黎明》一诗的结尾,西渡"唱"道:

白马白马,它就要敲响
黎明这面大鼓。

按照《圣经》的看法,神创造了天地(当然是在一瞬间创造了天地),紧接着就创造了光。"神称光为昼,称暗为夜。有晚上,有早晨,这是头一日。"[1]在青春年少的人那里(而不仅仅是在诗人那里),黎明也是一个颇能撩拨想象的时间概念或时间段落。考虑到海子诗歌写作的基督教背景,他把黎明理解为超验的早晨,甚至看作神性的早晨,是可以想见的。[2]这里不是说西渡一定是在同一个维度上接受了海子"诗意的时间形式",而是说,他在此时所构造的诗歌作品中的诗意的时间形式和海子对时间的理解有一脉相通之处。这同样是由青春的抒情冲动带出来的结果。而歌唱,在这里彻底给了西渡的"黎明"某种超验之动(比如"敲响")。和"月光依旧"等等很不一样,"敲响"显然是放大了若干倍的"力量",时间(在此处就是"黎明")也在这种被放大了若干倍的力道面前开始了它的颤动——既然按照西渡的看法,黎明正好是一面可以被敲动的"大鼓"。

值得指出的是,西渡的诗歌写作中还有一个短暂的"博尔赫斯时期"。和他接受海子的影响较为相同,从时间主题的角度说,他之所以接受博尔赫斯的影响,原因之一也许正在于博尔赫斯是一个杜撰和玩弄时间的高手。《但丁:1290,大雪中(之一)》《但丁:1290,大雪中(之二)》以及《但丁:1321,阿尔卑斯山巅》差不多算得上是对博尔赫斯近乎完美的"仿写"。和博尔赫斯有些一致,西渡将过去的某一个时间段落带到了眼前,把过去当作了今天;或者,他潜伏回了过去,把今天当作了已经消失的某一瞬,把正视今天转化为回顾今天或者回

---

(1) 《创世纪》1:1。
(2) 海子曾经在一篇诗学文章里写道:"但是我……我为什么看见了朝霞?为什么看见了真实的朝霞?!"参阅海子《诗学:一份提纲》,载《海子诗全编》,上海三联书店,1997年版,第903页。

忆今天:[1]

> 我来到了世界神秘的诞生地,在那里
> 时间不再被机械的指针分割,过去和未来联姻
> 诞生了崭新的生命,伴随着暴风雪
> 我的精神正在越来越趋向辽阔和无垠……
> ——《但丁:1290,大雪中(之一)》

在这里,在时间的纵横交错(即让今天与过去混淆边界)之中,要抵达的仍然是最初的一瞬。西渡对源头的渴望竟然和部分的博尔赫斯一样顽固!在较为漫长的诗歌学徒期间,西渡一如他自己所说,他的诗歌作品中的时间形式的确是不断移动的、游弋的、摇摆的。这正是青春期的重大标志之一:对时间敏感,但在仓促之间又难以找到自己更为准确、有效的时间形式。在这种情况下,许多初学写作的青年人往往倾向于将时间看作"幻象",倾向于将时间看作诗意的、想象的,或者,将时间看作诗意和想象的源头或源头之一。在这个意义上,与其说西渡"继承"了海子诗意的时间形式,不如说西渡和海子分有了一个性质相同的青春。但无论是静止的时间形式还是诗意的时间形式,西渡一开始只是给了它(们)定性的范畴。这种定性的范畴显然来源于青春期的抒情冲动和形而上学冲动,这种定性的时间形式是混沌的而不是清晰的时间形式。它整个儿就是诗意的、超验的而不是具体的、现实的。在这一时期(即写出《残冬里的自画像》之前),西渡所使用的大量意象——比如"黎明""白马""玉米""雪",也基本上不具备现实事境中的物象的真实成分,只大体上和框架它们的时间形式相吻合。

值得注意的是,在《但丁:1290,大雪中(之一)》里,静止的时间已经和诗意的时间联系在了一起,因为抵达源头(即诗中的"诞生地")正是为了追溯出生的过程。那显然是一种回溯式的追索,但西渡

---

[1] 博尔赫斯明确说过:"……时间是永恒的流动形态。如果时间是永恒的形态,那么未来就成了心灵的前进运动。前进就是回归永恒。"参见《博尔赫斯文集·文论自述卷》(王永年、陈众议等译),海南国际新闻出版中心,1996年版,第196页。

在近乎"歌唱"中也看清了出生后的实质:"伴着暴风雪……"这是对出生后的时间(那流动的时间)的歌唱式陈述。不过,西渡在此仍然把它处理成了对超验的精神的向往("我的精神正在越来越趋向辽阔和无垠"),尽管这首写于1992年的诗作已经隐隐约约透露了对现实的时间的展望。

二

但西渡较为漫长的诗歌学徒期终于结束了。这个结束的标志之一就是他写于1992年的《残冬里的自画像》。顺便说一句,即便如此,西渡仍然比许多我所了解的诗人都更为早熟。在这首诗中,西渡基本上放弃了青春写作中浓厚的诗意的时间形式和静止的时间形式,不再将时间仅仅处理为幻象,不再定性地处理时间,而是定量地处理,也用沉思取代了部分的歌唱。他把海子曾教给他的,有礼貌地还给了海子,尽管他也扣留了其中最宝贵的部分作为自己随身的行囊和营养。在《残冬里的自画像》中,西渡以比较坚定的口吻说:

开始可以肯定也就是结束,因此
困难的是我们要怎样献身给生活。
结束是不可能的……
……但开始仍然是不可能的:在我们内心里
一种即将复活的希望开始被淫雨淋着。

而在被西渡本人认为的转向之作《挽歌》(也写于1992年)里,他更是明确地写道:"时光迅速成熟,把我们推向/生命永恒的困境。"这显然已经预示了:时间不再是诗意的,更不是静止的或神性的,时间既没有起点,也没有终点("结束是不可能的","开始仍然是不可能的");时间只是我们的宿命和"困境",是一件实实在在的、需要我们加以解决和克服的"事物"。正如西渡在另一处精辟地写道:"那最痛苦和最甘美的/在时间里有相同的根源。"(《樱桃之夜》)但在此时,所谓的"根源"已经不再是"起源"或"黎明"的意思了,它毋宁表征的是类似于善恶同体的那种一致性。而对这一切的理解的来源——在西渡那里,最终要落实到如下一个严峻的事实上:"那天堂之门就要在我们之前关闭／而时光要迅速过渡到严峻的正午。"当然,正午,在已经"转向"和"告别"的西渡那里,既不是开始的那一瞬(比如"黎明"),也不是结束的那一刻(比如晚上)。它需要我们真实的而非比喻意义上的、非超验的行为和动作去填满它。西渡在沉思中(而不仅仅是在歌唱中)小心翼翼地写道:

……天明醒来,
你将步入一个谨慎的年头,一些细小的变故
将给你致命一击。脆弱的中年,"绿叶成荫
子满枝",压弯了伤痕累累的旧枝。
——《新年》

此时此刻,此情此景,时间再也没有资格成为诗意的或者静止的,而是现实的。现实的时间形式意味着它是尘世的时间,凡人的时间,它给了我们凡俗的生活一个特定的框架和形式,给了我们尘世生活(即事境)一个推演自身的舞台。这是定量的时间,是经过沙漏一点一滴量度过的时间(在组诗《格列佛游记》中,西渡用隐喻的方式专门写到过沙漏的功用)。这里的"天明"仅仅是天亮,是生活中具体的一天的开场与序幕,是一个休息得也许还算不错的人"醒来"迈向生活的那一刻,它不是混沌的、超验的,而是具体的、清晰的,具有实体的性质。在这个具体的时光所组成的舞台上,每一刻实际上都是"正午",是需要我们严阵以待的时间,因为它包纳的是我们艰难的生活事实。正是这样,时间最后终于成了我们必须要面对的对手。但这个对手太强大了,以至于让我们预先从这种注定不会成功的角力中领有了失败的命运:

……和时光竞赛脚力
像一只富于献身精神的蚂蚁

下定移山的决心,谁会给予安慰?

勇气可嘉,只是过于鲁莽。

——《新年》

时间始终是最后的胜利者!老去的终归是我们,而不是某些自大的、矫情的诗人认为的那样会是时间本身。西渡在看清了时间的这一战无不胜的实质后,时间在抛弃了"青春写作"的西渡那里,只能如此这般地成为现实的时间,不再具有超验的性质,也不再具备开端或结束的特性。所谓的结束和开端的确是歌唱和抒情的策源地,但它或许不是老老实实地对待时间的方式,也不是老老实实的时间中所存在的生活形式。因为结束和开端对于我们这些渺小的凡人来说,始终是不可知的。《从天而降》说的也许正好就是这么回事情。在《从天而降》中,西渡精确地"描绘"了他从飞机上下来,从鹰的高度下来,经过民航班车回到家里的情形:

……一个半小时后,我推开家门

恢复了尘世的身份:一个心事重重

的丈夫和父亲,敬业的小公务员

面对一大堆商业和时事公文

这在量杯中测定过的时间(即"一个半小时")显示了时间的具体性。相对于具体的、现实的生活,也只有定量的时间才是有效的。这种时间是长满了肌肉的时间,它的肌肉就是活生生的生活内容,看似琐屑、无聊但并非毫无意义的生活内容。和静止的时间形式、诗意的时间形式相比,这显然是一种老老实实的时间形式。尽管后两者也是长满了肌肉的时间,但由于它们的超验性质,它们的肌肉在大多数情况下(如果不是说在所有情况下)只是虚拟的,具有浓厚的形而上学特性。形而上学讨厌具体的运动,讨厌具体的、带血的肌肉。

对西渡或者对我们这些 20 世纪 60 年代中后期出生的人来说,这种现实的时间又是来得太早的时间。作为对手,它过早地来到了我们的身体之内,来到了我们对自身的阐释的境域之内,来到了我们对自身的被迫认同的意识之内。《"文化大革命"结束的日子》在较为详细地描述了年幼的"我们"在集会上欢呼"文革"结束后，西渡精辟、精确地写道：

……在我们解散之前，远远地
弟弟和妹妹在队伍后面跟着：
像一串省略号后面那个几乎被漏掉的
后引号——这使我们成为两代人，我相信
我们之间的差别就是从那个早上开始的

"那个早上"和"两代人"之间构成了时间上的对照，但这绝不仅仅是时间长短的对比。"两代人"的区分是在一瞬间产生的。在这首诗中，西渡把时间的精确性——无论是定性的还是定量的，推向了一个相当的高度。

也正是从诸如此类的时间的对比中，让人陡觉时间的残酷，但即便如此，时间对我们也并非没有安慰。事实上，对时间敬畏和俯首称臣的西渡也感到了时光的馈赠，正如他在一首"描写"我们这一代人的十四行诗中写道的那样："但无论如何，生活已教会这一代人／思考的能力，并且有那么几个懂得珍爱自由。"（西渡《朋友们》）除此之外，让人惊讶的是，一贯谦逊的西渡还带着悲悯试探着去解放时间，因为在西渡那里，时间同样是无辜的，时间同样是蒙难者：

我从一杯茶中找到尘世的安慰
让它从微小的苦闷填满的岁月中
拯救出午后的一小段光阴。
　　　　——《午后之歌》

解放时间，在西渡那里，实际上就是解放我们自己；拯救时间，也就是拯救我们的生活。当然，这样的"行为"也并非没有用处：对时间的敏感最终也拯救了西渡的诗歌写作。正是在对时间的不断领悟中，西渡找到了单单属于自己的诗歌声音、语调、韵律、句式和词汇的综合体。对时间主题的不断挖掘，也给了西渡的诗歌写作以最大限度的独立性以及这种独立性引发而来的诗歌的杰出，或者按照西渡自己的话说，通过诗歌写作，他有机会创造出和创造了"另一个自我"。他自己生下了自己，这是一个有能力和有运气的人才能完成或碰见的事情。

时间在西渡的写作中有着十分重大的意义。早在20世纪90年代初，他就写下了这样的句子："我发现我写下的诗句，／比时光本身消失得更快。"（西渡《格列佛游记》）是的，相对于我们的写作，时光更具有不败的性质。更甚于此的，还在于时间更快地改变了我们，改变了我们的情感内容和我们的情感方式。在时间的抚摸下，没有不败的事物，更没有一个叫作永恒的东西存在。有了"另一个自我"的西渡对"海子时期"的西渡显然持一种反对的态度：没有什么会是"依旧"的，无论"爱情""月亮"或者"语言"——

> 两年的时间，生活已悄悄改变了我们
> 朋友之间已经隔着一道不曾道破的沉默的墙
> ——《扬州三日》

越到后来，西渡越洞明了一个事实：除了现实的时间能让我们懂得和把握住时间的一点点含义，我们对时间其实是一无所知的。不管已经有多少诗人和哲学家歌吟过和沉思过时间（比如海德格尔、艾略特、屈原和张若虚），我们除了知道在时间中注定要消失的事物的一点点消息外，对于时间我们唯一能做的，就是感激它，承受它，领受它授予我们那枚注定会让我们得到的、表征我们失败的勋章；这枚勋章的最大作用，按照西渡的看法，就是或者仅仅是让我们懂得了对时间的观察："在世界的快和我的慢之间／为观察留下了一个位置。"（西渡《一个钟表匠人的回忆》）在这个位置上，我们也许真的可以像西渡所希求的，能较为清晰地"看见"在时间中消失的事物身上那一点点消息带给我们的有关时间的些微含义，而不再像年轻时过于自信的那样，我们既能"……预见到／一千年前，罗马兵团在沙漠中全军覆没"（西渡《蚂蚁和士兵》），又能"预见到两千年后／美洲的一场雪、一次火灾,以及我们微不足道的爱情……"(西渡《雪景中的柏拉图》)时间教育了西渡,或者,在对时间主题的深入发掘中,西渡通过诗歌写作,并通过自己的作品对自己的熏陶,懂得了生活的含义、时光的含义,当然,还有诗歌的含义。

三

应和着时间主题的不断变迁,应和着对时间的不同形式的理解,西渡迄今为止的诗歌作品系谱具有了某种整一性:西渡的全部诗作从前至后有了一种自然生长起来的特性。这不是每一个诗人都可以轻易做到的事情。它需要更多的耐心、审视、思考、磨炼和运气。除此之外,更重要的是得益于时间的功效:时间不仅是诗人西渡在写作中的基本主题,时间更充当着启蒙者和教育者的角色。在时间的教育下,西渡懂得了"开始"和"结束"的双重的不可能(《残冬里的自画像》),他把歌唱很好地抑制起来和隐藏起来了(而不是全部删除了);在时间的打磨下,西渡明白了"飞翔的极限"(《挽歌》第五首),懂得了"一切流血的生灵,/都逃不过来自高空的惩罚",因而放弃了不及物的"高度"(《鹰》),他也由此把"曾经歌唱着的目光"修改为"沉思着的目光",把仰望改变成了向下看。在这里,神性的时间(即静止的时间)、诗意的时间理所当然地也变作了(或先于西渡的理解而变作了)贴近地面并框架人间事境的形式。

时间对于西渡有一种强制作用,但也并没有彻底改变他诗歌中的基本品质,这里所说的基本品质实际上就是歌唱和仰望。如果说西渡早期(即"海子时期")的诗歌是较为纯粹的歌唱和仰望,出于对时间形式的不断深入理解,在他较为晚近的诗作中,则是歌唱与沉思、仰望与向下看的不同比例的混合与搭配。在某些堪称杰出的诗作里(比如《雪》《一个钟表匠人的记忆》等),西渡宛若一个高明的调酒师,懂得各种成分在同一件作品中的修正比。正是这一点,形成了西渡诗歌的鲜明特色。[1] 在被一些朋友认为是西渡的转向之作的《寄自拉萨的信》里,这一点显得尤其突出。尽管这首诗是属于那种修改神性的时间、诗意的时间为现实的时间的典范之作,尽管诗作中对凡俗的现实生活有着过多的陈述,但西渡与那个曾经入主过布达拉宫的六世达赖——仓央嘉措较为相反:后者的情歌表达了神性对人间生活的向往,[2] 而前者依然是试图飞升与仰望,以及试图对凡俗生活的超越。

> 我同意你的决定,把孩子生下来
> 我愿意和你一起把他抚养成人
> ——《寄自拉萨的信》

这一特点越到后来,越得到了加强。西渡显然意识到了纯粹歌唱与仰望的不可信,但抛弃这两者则更为不幸。即使是在组诗《大地上的事物》里,西渡仍然没有把那些大地上的事物(比如蛇、芦苇、蟑螂)仅仅处理为完全贴近地面的,他仍然给了它们低飞的姿势。这种方式的处理显然是有道理的:尽管时间确实在不断强化我们在它面前的失败感,但我们并不一定自甘失败的命运,有限的超越、可信的超越仍然还是我们发自内心深处的渴望。在《云》的结尾,西渡很好地代表我们这些匍匐在地面而又始终试图仰首望天的人表达了这一渴望:"我似乎能听到一声召唤来自天上/并感到一阵永恒的渴意。"很显然,海明威的名言"人不是生来就被打败的"可以用来描述西渡的这一诗学追求。

西渡诗歌中(尤其是晚近的诗歌中、"转向"之后的诗歌中)的意象也沾染了这种双重性,无论是风、雨、雪,还是蛇、蟑螂,都是沉思与歌唱、仰望与贴近地面的不同比例的混合。在"转向"之后的西渡那里,所有这些意象既是凡俗的、有血有肉的,也是超越性的、飞翔式的。西渡的写作表明了:尽管在时光面前没有不败的事物和人生,尽

---

(1) 对此的由来,西渡在《面对生命的永恒困惑》中有过很好的陈述:由于少年时代"乡村生活的贫穷、寂寞、单调,以及对死的过早认识,都使我更易被那些坚定、不朽、超越时间的东西所吸引,而对即时的、表面的东西缺少兴趣。"参阅西渡《守望与倾听》,第258页。

(2) 参阅《仓央嘉措情歌及秘传》,民族出版社,1981年版,第11页以下。

管"空虚和黑暗／遮没了星空和大地"(《马》),但也并非没有局部成功的旅行,正如西渡说的,即使枯萎的花朵也会"梦见自己的枝头上／渐渐长出了新的花枝"(《瓶花》)。

风、雨、雪是西渡诗歌中的主要意象。[1]西渡之所以大面积地写到这三样东西,肯定是这三样东西暗合了天堂(高处)和地面的混合,神性的时间与现实的时间的混合,对于一个有着充沛想象力的诗人来说,毕竟雨和雪是来自天空的,毕竟风既在天上行走,又在地面奔跑。长诗《雪》是这方面值得分析的范本。在这首长诗开始后不久,西渡就写道:

> 从上面飘落下来:雪花纷扬
> 从上帝的牙缝间挤出、渗下
> 混合着唾液、病痛和暧昧的愿望
> 降落到空旷的大地上。但是否
> 真有一个上面使我们永远
> 处于它的下方?在天空中横渡
> 一个巨大的引擎牵引着秘密的心愿
> 孵出一枚晶莹的宇宙之卵

在此出现了"上帝",但这显然已经是较为凡俗的上帝了;上帝身上的时间也由于"挤出""渗下"而成为微动、微晃的时间。上帝的造物(雪)也降落到了地上。接下来,雪已经开始在大地上行走,具有了现实的时间形式,被现实的时间形式所定义和框架:它飘落、融解、消化,开始成为大地的一部分。在这个过程中,西渡显然把时间也看成了大地的一部分,把时间也当作了大地上的事物。在这里,西渡对自己的写作来了一次有趣的、完善的总结:《雪》综合了从上(天空)到下(大地)的转渡,体现了从静止的时间形式、诗意的时间形式到现实的时间形式的转渡,与此同时,也将歌唱降低了,加重了沉思的比重。

---

(1) 西渡的两本诗集(《雪景中的柏拉图》《草之家》)中所收诗作大面积地写到了风、雨、雪,这些意象一开始应和着静止的时间形式、诗意的时间形式,其诗学特征是抽象和歌唱,而后来则有着明显的变化。本文后边只以"雪"来说明这些变化。

和风、雨一样,雪作为一个重要的意象,在西渡那里具有双重性——既是凡俗的,又是超越的。它是上与下、神圣与卑俗的统一体,是巴赫金所谓的正反同体性。这种双重性使西渡在注重现实和现实的时间形式时,始终没有忘记超越,就像他反复写到雪在大地上的漂泊这一事实时,始终没有忘记雪(当然还包括"雨")也有让我们惭愧的特性——因为雪让我们看清了自己的处境,雪也始终具有宽恕我们的缺陷与局限的胸怀。

最重要的是,对时间的体认让西渡有能力写出我们这一代人最隐蔽的忧伤,这是一个诚实、谦逊、才华卓著而又不屈的(诗)人才能做到的。在谈论普鲁斯特的文章里,W.本雅明用饱经沧桑的语气说:"我们没有一个人有时间去经历我们命中注定要经历的真正的生活戏剧。正是这一缘故而非别的使我们衰老。我们脸上的皱纹就是激情、恶习和召唤我们的洞察力留下的痕迹。但是我们,这些主人,却无家可归。"[1] 的确,相对于时间,我们是过早衰老的一代。我们还有很多想去的地方,我们还想爱更多的人,我们还渴望欣赏更多的风景。但时间,现实的时间不会额外给予我们这样的机会,不会让我们走得更远。而让我们活在充满遗憾的有限中,正是定性的时间随身携带出的含义和指令。在我们还来不及"看见"(即西渡所谓"观察")更多的美景、美貌之前,一切都消失了。这是我们的失败,也是世世代代人的失败。西渡在陈述我们在时光面前的失败时,也陈述了古往今来所有人的失败;在陈述了我们这一代人的忧伤时,也陈述了所有人的忧伤:

> 疲倦的肉体啊,纷飞的落叶从体内开始
> 伴随着群鸟飞离枝头的纷乱的声音
> 我们越来越接近那提坦神的缄默:他的失败
> 作为奇迹,已暗中成为我们心底的信仰
> ——《挽歌 第五首》

但现实的时间还是教导了西渡(当然也教导了我们),行走在灰

---

(1) [德]瓦尔特·本雅明:《**本雅明:作品与画像**》,文汇出版社,1998年版,第95页。

色的、现实的时间形式中的人也可以在渴望和幻想中向往更高的东西。时光让我们失败、毁灭，但"永恒的渴意"与幻想则引导我们飞升。这也许就是我们的小小胜利，是我们臆想中的了不起的"成功"。相信下面这些有力的句子，包含着我们这一代人几乎全部无奈、无助和忧伤的句子，不是所有被称作诗人的那些人都能写出的："与我们一样易受伤害，会因流血而死去"的鹰——

使我终于相信我们

同样可以在天空飞翔，属于神和属于天空的
也属于我们：我们之间的区别仅仅是
立足点不同，你的起点是高高的岩石
而我们始终待在大地上，从未设法
让自己像铁一样飞起来，与你并肩
　　　——《鹰》

2002年7月1—3日　北京丰益桥■

诗歌中的声音　西渡研究集

> 如果没有我们的声音
>
> 就没有合唱，如果
>
> 没有歌曲，就没有开花的树林
>
> ——萨福（Sapho，罗洛译）

在所有看重诗歌声音的现代诗人中，美国诗人弗罗斯特（R. Frost）可能是最为极端的一个。当弗罗斯特年近不惑时，他的诗歌写作渐入佳境，他意识到某种元素已经深入自己诗歌的骨髓，那就是声音——尤其是音调，它正在成为其诗歌的灵魂。他在不同场合反复地表述道："一首诗中有活力的部分是以某种方式同语言风格和文句意义缠在一起的音调……音调是诗中最富于变化的部分，同时也是最重要的部分。没有音调语言便会失去活力，诗也会失去生命"；他甚至颇有些自信地宣称："在用英语写作的作家中，只有我一直有意地使自己从我也许会称为'意义之音'的那种东西中去获取音乐性。"[1] 弗罗斯特敏锐地捕捉到英语中的声音特性，并将之转化为一种微妙的内在于诗歌的调式，他在多重（至少是双重）的意义上发掘了诗歌声音的丰富层次。

---

(1) [美]理查德·普瓦里耶、马克·理查森编：《弗罗斯特集》（曹明伦译），辽宁教育出版社，2002年版，第875页、869页。

"在歌曲中居住……"
——西渡与90年代诗歌的声音问题 ※   张桃洲

※ 选自张桃洲《现代汉语的诗性空间：新诗话语研究》，北京大学出版社，2005年版。

弗罗斯特对声音的强调引出了他的一个著名论点："诗歌就是翻译中失去的东西。"这句话多少有些神秘的成分，一如他所说的"意义之音"。在弗罗斯特那里，"意义之音"就好像诗歌中全部因素的综合或最高统摄："它是我们语言的抽象的生命力。它是纯粹的声调——纯粹的形式"[1]，但显然又远不止这些。关于前一点，对弗罗斯特至为喜爱且深受其影响的西渡解释说，"诗歌在翻译中失去的是什么？失去的就是它的声音"，"原作中那些只存在于声音中的秘密，则非有极高天赋的诗人译不出来"。[2] 在另一篇评论弗罗斯特的专文里，西渡进一步阐述道："弗罗斯特对声音和意义之关系的发现，改变了英语诗歌过分依赖单词重音和有限的格律模式的倾向，为诗歌的音乐性注入了新的活力。诗歌的声音对弗罗斯特而言不是对那些格律模式的机械重复，而是以某种方式和语言风格、文句意义纠结在一起的有着丰富可能性的声调，它本质上是一种说话方式。"[3]

西渡无疑深谙弗罗斯特诗歌的精髓，因而并非巧合的是，在西渡的诗歌理念中，声音也占据了一个极其显眼的位置，他的某些观点与弗罗斯特如出一辙："在一首诗中，声音往往是一个决定性的因素……声音的变化却具有无穷的可能性。独特的声音既是诗人个性的内在要求，也是对诗人创造力的一个考验。"[4] 值得注意的是，西渡在提出这些论点之际，并未系统地读到弗罗斯特关于诗歌声音的表述，他对诗歌声音的重视更多地源于他自身的写作实践。不仅出于对这种理念进行验证的愿望，更是为了通过诗歌的声音展示我们母语——现代汉语的美感，西渡在他的实践中进行了不倦的探求，呈现了声音在汉语诗歌里的多重景观。他以弗罗斯特式的执着在诗歌声音方面所做的探索，理应受到瞩目。

---

(1) [美]理查德·普瓦里耶、马克·里查森编：《弗罗斯特集》（曹明伦译），辽宁教育出版社，2002年版，第870页。
(2) 西渡：《诗歌中的声音问题》，见《守望与倾听》，中央编译出版社，2000年版，第25页。
(3) 西渡：《徘徊在明亮与灰暗之间》，载《中国图书商报·书评周刊》。
(4) 《守望与倾听》，中央编译出版社，2000年版，第24页。

一

实际上，汉语诗歌向来不乏对声音的重视。从两千多年前的"诗言志，歌永言，声依永，律和声"（《尚书·尧典》）起，声音作为古典诗歌的核心要素之一，逐渐演化出了一套自足、完备的格律体系，成为千百年来诗人们必须遵循的法则。即使被视为完全抛弃了传统格律的新诗，也在其发展历程中一直葆有探讨声音的兴趣；不过，20世纪前半叶新诗在声音方面的兴趣，大多偏于语言的声响、音韵的一面，而较少深究集结在声音内部的丰富含义。进入当代特别是20世纪80年代以后，声音的复杂性引起了程度不一的关注，声音成为辨别诗人的另一"性征"。

像很多年少时就爱好词句的诗人一样，西渡是带着单纯的声音进入诗歌领地的。从一开始他就敏于声音在诗歌里的表现：

在起风的夜里想起那片单薄的树林
一定在风中弯下身子，未名湖
是否寒冷封住她的倩影
锋利的冰刃划过身体
一天又一天，我把青春的日子
放进湖底
如今她们不会突然醒来
而我却因此在起风的夜里彻夜难眠
未名湖
我每天走在你的身边
为什么想起你却要流下泪痕
——《未名湖》（1988年）

在早年这首吟咏"未名湖"——它早已成为无数学子寄托千愁百结的对应物——的诗作里，西渡抒写了青春年代特有的落寞。诗的意象和结构是单纯的，他格外凸显了自己清冽的嗓音：由"林"与"影""体""子"与"底""眠"与"边"的随意应答营造出的语调稍稍显得低沉，两次以问询的姿态向"未名湖"发出的吁请，渗透着无名的伤感乃至悲慨。但是，"我""她""她们""你"等人称的交错使用，以及前后"在起风的夜里"造成的复沓效果，使本来单一的思绪并不单一。

值得注意的是，这种清冽的音效是西渡诗歌中一以贯之的品质，即便其后来的写作渐渐趋于繁复，他也从未舍弃这一清冽甚至激越的基本声调。在西渡这里，诗歌的声音首先体现为对汉语的特性的把捉，但这种把捉不仅限于汉语的声响、音韵等外部属性，而且还有与语言特性相符合、与生命律动相应和的语感和语调。对于西渡而言，声音在诗歌中的意义，既是他极度敏感于语词音律的表现，又是他的写作意识、诗歌技艺及诗歌习性（气质、禀赋）等高度综合的体现，同时还包含了他所偏爱的淳正、高远的诗歌理想与主题。正如西渡在他的专文里所说，"弗罗斯特的诗中回响着多重声音，天真的、成熟的、幽默的、严肃的，轻快飞扬的和低缓沉郁的。从他的诗中，我们不仅能辨别出抒情主人公和人物的种种不同的声调口吻，甚至还能从中辨别出自然的声音和物本身的声音"[1]，同样，他自己的诗歌也回响着多种旋律——从温婉、平静的独语到粗砺、驳杂的对话，及至类似交响乐的混合音，呈现了他对世界、历史和生命的多重体验。

由相对单一的纯音逐步发展为各种声调交叉的复音，显示了西渡作为一名诗人的生长历程。大致说来，西渡早期诗歌的声音，较多地呈现为基于语言的音质而生成的韵律和调式，由于借助语言本身的乐感，他的诗获得了歌谣的某些特征：

放马的哥哥呀

把马儿赶下来

放羊的妹妹呀

把羊群放上来

阴山里的春草

阳山里的兰花

---

[1] 西渡：《徘徊在明亮与灰暗之间》，载《中国图书商报·书评周刊》。

在青海的南山聚头了

——《关于青海》

在语气词"呀"的轻声帮衬下,齐整的句子滋生了类似"花儿"的悠扬、婉转的腔调;"赶下来"与"放上来""哥哥"与"妹妹""阴山"与"阳山""春草"与"兰花",这些语词不仅词性和外形互相对称,而且音质上也形成呼应,加重了整个诗节的准歌谣特性——毋宁说,这是对歌谣的有意模拟。

而在写于同一时期的一首《歌谣》里,歌谣的调子消失了,却保留了结构的对称与回环。全诗只有三节,各节的起首、中间和末尾的句式是相同的,一些相应部位的词语也可以进行转喻式的置换,令人想起《诗经》里那些简单、质朴的句式。这首诗与上引的《关于青海》相比,虽然在表面的声调上远离了歌谣,但复沓的句式安排和诗中具有古典意味的乡村景象,更深地接近了歌谣的本质,凸显了标题"歌谣"隐含的意念。在阅读结束之处,一个疑问被牵线似的扯出:究竟什么可被称作"歌谣"呢?这一发问把诗里蕴藏的音调,同语言的远古的音韵、文体的种族记忆勾连起来了。

也许,一位诗人在他早期的写作中,传达自己内心旋律的常见方法,是求助于语词本身的音韵力量;通过对语词间应答关系的发掘和发挥语感的作用,他会设法找到词语之间韵律的秘密连接点。事实上,西渡后来在一次书面访谈中,承认自己"喜欢大致整齐的诗行,匀称的诗节,但不用脚韵"[1]。这的确是影响他早期诗歌声音建构的形式观,与他所追求的纯正、庄严的风格相称。由于均齐的形式观和对声音的天然敏感,西渡诗歌最初的声音设置很大程度上带有不自觉的成分,即便是有意模拟歌谣,大概也仅仅出于对语言产生的音韵或风格的好奇。《歌谣》体现了以声音命名事物的朦胧愿望,就像萨福(Sapho)时代的歌者,试图用吟唱引出或呈现"开花的树林"。这一时期,贯穿于西渡诗作中的,总有一个核心语象,如"风""琴""马"("豹"或"老虎")、"春天"等,像一条线牵引着一首诗的音调,并使

---

(1)《守望与倾听》,中央编译出版社,2000年版,第266页。

之浑然而成一个单独("单薄"而独立)的整体。《走过一片防风林》《春天是一只老虎》《少女》《恋爱十四行》《最小的马》《啼哭的身体》《四季的光》便是如此,比如《四季的光》,就以"光"串联全篇,导致诗歌的声音摇曳生姿、婉转动人,呼应了情感上如泣如诉的特征。

在保持诗意完整的前提下,西渡有时通过对一些较长的诗句进行切分,以实现同一句内的韵律:

我在天亮前梦见
一匹纸马驰过
深夜的围篱

梦中的纸马
驮着果实的情人
站在贴红字的窗下

节日的窗下
一群幸福的募集者
揭下新娘的头巾
　　　　——《梦中的纸马》

这三节其实由三个长句断开而成,得到的效果是,每节三行所呈现的物象分别被突出,语气变得短促,传达出一种克制的节奏。这样的尝试也暗示着,"不用脚韵"的告白,表明西渡一方面不愿过分倚重语言的外部音响,另一方面也不会刻意回避或拒斥韵律对于诗意的可能作用。

有时,语音间的回响是在不经意中发生的,如《当风起时》的第一节末尾:

友人的身影在风中越走越远
……
我独自把背叛了我的爱人怀念

以及末节头二句：

> 还有人在风中制造房屋
> 把自己砌进更深的孤独

这正是一种既不过分倚重音响，又不排斥韵律的宽泛态度。这一点在一些十四行体诗里体现得格外明显，例如，《时装设计师之死》从视觉外形上看是比较典型的十四诗，而在音韵上却并未严格遵循应有的脚韵，只是部分地押了韵，即第一节的"亡""上"，末二节的"冷""棚""影"和"体""西""耻"；《夏》同样如此，仅有第一节的"羊"与"庄""层"与"音"押韵，以及末二节的"生"与"人""子"与"洗"遥相押韵。可以看到，音韵的兼容对诗歌律感的生成没有造成影响。

及至后来，语音间的回响在西渡诗歌中的运用，仿佛成了一种自然而然的习性："一支火焰指向夏至的斑斓猛虎／一名水手在仪表的深处领航／一面镜子聚集着午夜的光亮／要引向一个必然的结局和模糊／的失望。"（《樱桃之夜》）"我在喧闹的大街上读到过你的诗篇／洪亮的声音越过双层客车和立交桥的腰线"，"你在诗篇里收藏属于上帝的馈赠／注视人世的目光有着柏拉图的悲悯"，"人群中传颂着你日臻精练的言语／你是书籍在这个时代的一个寄宿"，"我所懂得的道理你已提早实行／超越尘俗的愿望使你高于屋顶"，"而你和我们不同，你是绿色的天使／我们聆听你的歌声却难以触摸你的肉体"（《序曲》）；"她的双帆迷失于如胶似漆的风暴／她的颈项顶着南方鹳鸟的黑巢"，"她在幻觉中／甚至抵达了天琴座琴弓的内侧／在那里变成了一只纯种的天鹅"（《天鹅》）。在《白痴之歌》中，音韵的辅助似乎是必不可少的：以降调的、闭合的"i"音几乎一韵到底（虽然最后一节没有押相同的韵，但仍然是降调的，延续了前面的语调；不过，思路上对前面的全部陈述造成了颠覆），烘托出第一人称的微讽语气所隐含的自我调侃意味。

从《残冬里的自画像》（1992年）起，一种舒缓、绵长的句式开始较多地出现在西渡的诗作里。这同时意味着，西渡在寻求着声音调式的变化。有必要指明的是，绵长句式延缓了声音的速度，强化了诗歌语流的沉着（浊）感，成为帮助西渡结束稍显"单薄"的青春期写作的有效手段。实际上，早在20世纪90年代初的一些篇章中，西渡就意识到应该变换不同的音调方式。如《黑白铁十四行》，除最末二句"但那里始终有一个婴儿／哇哇啼哭、震动了空气"，表面上符合莎士比亚十四行体的"结束语"程式外，全诗醒目地以二十多个句号将词、短语和句子隔开后并置，形成急促而参差的语感，这不啻是打破了西渡诗歌中惯常的整一句式的一个异类。《航向西方世界》（小型组诗）采用进行曲的调式展现文明的进程，《阴影中的夹竹桃》以较多的惊叹号和问号表达诘问的意绪，《花之书》在与古典进行美学对话的背景下用物抒发现实的情怀，[1]《献给卡斯蒂丽亚》如同交响乐混合着对神性、情爱、命运的思考……这些，都显示了西渡诗歌声音的多样建构。其间有独语，也有对话和复调，以及越来越明显的杂音。

二

显然，在现代诗歌中，声音的含义突破了那种僵化在词语躯壳里的格律概念，而变成了一种既建基于普通音律，又超越了后者的意义和方式，一种情绪的旋律和源于个人趣味的语感，一种渗透于诗歌整体、弥漫在字里行间的"氛围"。在此，西渡的诗歌提供了具有典范性的个案：声音在其中一方面清晰地敞露了语言的特性及语词间的关系，另一方面，深刻地昭示了诗人与自我、世界的多重联系。

很多人在谈及弗罗斯特时，因其诗歌中明朗、平静的音调和大自然景物的频繁出现，而总是倾向于把他描述为一个一般意义上的自然诗人或田园诗人，这其实是一种误解。正如诗人布罗茨基（J. Brodsky）指出的，在弗罗斯特的诗中，"大自然既不是朋友，也非对

---

(1) 西渡曾就《花之书》做了解说："《花之书》选择了古典诗歌中最常见的十三种花做题目……我并未完全脱离古典诗歌在这类题材中所积淀的审美因素，相反，我尽可能地利用它，但达到的效果却是现代的。"见《守望与倾听》，中央编译出版社，2000年版，第285—286页。

手，更不是人类戏剧舞台上的背景。它是诗人令人恐怖的自画像"[1]。美国评论家特里林（L. Trilling）也说，弗罗斯特"在诗中想象的世界是一个可怕的世界……我常常觉得《望不远也看不深》是我们这个时代最完美的一首诗，请你们读读这首诗，看除了被感觉到的空寂之外，是否还有什么东西在向你发出警告"[2]。在此，声音不只是悬浮在诗句表层的风格标记，更是潜藏于诗歌肌体的秘核；只有一层层进入声音的内质，才能辨清诗歌的真义。

如同弗罗斯特诗中无处不在的令人惊悚的悲音，西渡诗歌在温婉的语调和整饬（甚至古典）的外形之下，也潜隐着不易觉察的哀伤的低语。也许正是对命运的隐忧，或者如评论家敬文东所分析的"时间"因素，[3] 赋予了西渡诗歌内核中那如影随形的低沉的哀音。诗集《雪景中的柏拉图》[4] 的开篇短诗《悟雨》如此写道：

我去拜访墓地
星期天飘着微雨
杜鹃的啼声
湿润过青葱的梦

教堂的檐溜
淋透梧桐的密叶
一个人曾经歌唱
现在他一声不响——
疲倦的雨燕

疾掠过塔尖
没有人能够懂得

---

(1) ［美］约瑟夫·布罗茨基：《悲伤与理智》，《文明的孩子》（刘文飞等译），中央编译出版社，1999年版，第220页。
(2) 引自《弗罗斯特集》（曹明伦译），辽宁教育出版社，2002年版，第1183页。
(3) 敬文东认为，"最重要的是，对时间的体认让西渡有能力写出我们这一代人最隐蔽的忧伤"。参阅敬文东《时间和时间带来的——论西渡》，载"诗生活"（www.poemlife.net）网站。
(4) 西渡：《雪景中的柏拉图》，文化艺术出版社，1998年版。

此时烟雨的江南

父亲摇篮般的斗笠

正在玉米地里浮动

  从表面上看，这首诗的音调是柔和甚至轻快的。诗句都是由比较均衡的音组和顿[1]构成："地""雨"与"笠"，"声""梦"与"动"，"得"与"叶"，"唱"与"响"，"燕""尖"与"南"的押韵尽管并不十分规则，但由于配合了均衡的音组和顿，加上"青葱""梧桐""疲倦""摇篮"等句中词的呼应，足以形成一种适度、谐和的韵律。而贯穿于全篇的烟一般的"雨"的意象，更为诗句铺设了一抹宁静的色调。可是，透过显得流畅的语气和清丽的景象（"青葱""雨燕"），一种内在的阴郁音调却始终挥之不去："一个人曾经歌唱／现在他一声不响——"；这种阴郁音调的起因，倒不在于抒情者置身"墓地"，而是他在此情此景中突然想到了远在江南的父亲（"摇篮"一词既为抒情者带来了回忆中的亲情，又将他的视线拉回人生的起点，与"墓地"形成对照），浓重的夹杂着伤感与悲悯的意绪油然而生。这里，将空间的北与南连接起来的是"雨"，一个是现实的雨，另一个是想象中的雨。应该说，"雨"引起的愁绪与古典的愁是毫不相干的，它更易于让人想到鲁迅《雪》在同样的南与北的联想中发出的礼赞："那是孤独的雪，是死掉的雨，是雨的精魂。"因此，这首诗具有双重的声音设置：在表层以平和以至略显轻快的节奏，消除了"墓地"背景所带来的阴冷色调，在深层则仍然回响着徘徊于死与生、观察与冥想之间的忧郁低音。

  《悟雨》表达了某种积郁已久却又突如其来的生命领悟。"雨"似乎是西渡格外偏爱的意象，这从天而降的精灵，在屋瓦上、田野里和神经的末梢，轻轻奏出自然的旋律，引起了无限的遐思："那时白而亮的雨珠／就像一只只欢乐的鸟儿／（那些美妙的肉体！）／落满树的上下"（《雨水十四行》）。更为重要的是，雨还是忧郁的分泌物，代表

---

(1) 这首诗主要由常规的二字或三字音组构成，每行多为二顿或三顿。全诗的音组与顿的划分如下：2-2-2 / 3-2-2 / 3-2-2 / 3-3-1 // 3-2 / 2-3-2 / 3-2-2 / 2-1-2-2 / 3-2 // 3-2 / 3-2-2 / 2-3-2 / 2-4-2 / 2-4-2，体现了温和的语调和均匀的语速。

了遥遥无期的希望中的失望:"我们从小企盼的那场赐福的雨呵,使／我们狼狈不堪,销毁了惨淡经营的一生"(《新年》)。对雨的颂咏有其悠远的宗教来源[1],不过西渡对此做了讽喻的处理:在使徒保罗——"一个在春夜里专注于听雨的失眠者"——那里,"雨是从我们的体内／下到空气中的","疲乏的雨""犹如高烧的前额／苍白、滚烫、悸动着,陷入昏迷"(《保罗之雨天书》);而在圣母玛丽亚看来,"灵魂的雨""像一个失败的女人／步入了黯淡的中年之境"(《玛丽亚之雨天书》)。就这样,雨垂落下来,在诗里"变成了晦暗的词语";雨嵌入诗行间像掉在琴弦上,一再奏响那缕低沉的阴郁之音:

雨水浇灌的花朵
我走过的时候已经熄灭
……
林中出生的人
还要在林中安息
——《树林》

雨以其轻盈、优美的旋律掩藏了其本质上的阴郁:后者如克尔凯戈尔(S. Kierkegaard)所说的"致死之疾",时刻在胁迫着人的生命;它是蛰伏于意识深处的命运的暗影,像"杨花投在矮墙上的阴影"清晰而模糊,沿着"身体中被死亡占领的通道"(《黑白铁十四行》),覆盖了诗人的声带。对于西渡来说,对宿命的感知或许是一种与生俱来的禀赋,也是伴随他成长的心灵现实。常常,他内心会升腾起一种莫名的体验:"黑暗冰凉的手／我突然感到它／摸进了我的内脏"(《雪》)。这无疑诱使他将发声器官往下移,因为"悲伤作为一种情景,在我们身体里最幽暗的部位"(《残冬里的自画像》);他的真实的声音便来自"幽暗的内部":"你听过鲨鱼的情歌吗／那灰暗的声音,就像／一个哑子在用手诉说／爱情"(《鲨鱼》)——喑哑无声,这才是穿越种种浮嚣和喧哗的最有力、最本真的声音。

---

(1) 《圣经·新约》:"他叫日头照好人,也照歹人;降雨给义人,也给不义的人。"(《马太福音》5:44)

对命运的敬畏与忧惧，会形成一种内在的警醒，一方面阻挡盲目乐观情绪的泛滥，另一方面协助诗人的书写抵达某种境地，亦即叶芝（W. Yeats）所说的"在疑惑不定之中歌唱"[1]。以这种"疑惑"的情态唱出的声调，不能不是平缓而沉静的，它们构成西渡诗歌的"灰暗"的声音基座：

我知道它们还要在夜晚侵入
我的梦境，要求一篇颂扬黑暗的文字
　　——《颐和园里湖观鸦》

诗人显然并非胜利者的同道，而是弱者和失败者的代言人，他在胜利之时所尝到的也仍旧是生命的悲哀的果实。西渡自称是一个不懂得快乐的人，他的文字内核永远包裹着对于未知的惶恐与惊悸：

有时他的目光里突然掠过一丝茫然：
像有山鹰疾速地滑落，带着阴影，
它的翅膀掠过正午沉睡的村庄。
　　——《题友人像》

从更深的层面来说，忧惧与一种有限性观念密切相关：人作为秉有时间性的生物，其背后总是悬置着一个无形的终点。当然，并不是所有的人都会有意识地将这一终点的悬置内化为一种个人体验，一种"向死而生"的生存态度。诗人的独特之处在于，一方面强烈地感受着时间引起的忧惧的咬噬和挤压，另一方面用锐利的语词不断地表达着这种体验。在一则短文里西渡写道："我们无法设想在我们的经验中抽去时间的因素会有什么后果。因为那样一来，我们的一切体验、恐惧、希望、爱……都失去了赖以建立的基础"，"写作是在与一个沉默的、隐身的对手较量，而这个对手正是时间"，"生活使死亡发生，

---

(1) 叶芝：《人的灵魂》，见《现代西方文论选》（伍蠡甫主编），上海译文出版社，1983年版，第51页。

诗歌却要改变时间的方向,阻截死亡剥夺生命意义的企图"。[1] 这种对时间有限性的觉识及与之"对抗"的体验,无疑影响了诗艺的选择,西渡诗歌中两种特殊的观瞻姿势——回溯的视角和全局视野——的较多采用,可由此获得解释。两种观瞻姿势有着与之对应的调式和音质。

回溯,即"先行"进入终点,以一种拟想中的逆向视角审视生活,仿佛一个年迈者站在余生的某一点上向后张望,带着浓重的"转身的忧叹"气息。这一逆向视角形成了诗人和叙述者的二重声音,它们与其说传达了一种沧桑感,不如说体现了超越现世的悲悯情怀。《海上的风》《夜歌》《老年男子之歌》等正是如此[2]:这些诗篇都模仿了一位老人的口吻,隐含着回溯的视角和追寻逝去的往昔(时间)的主题;在其中时间被确立为潜在的对话者,以此为基础,生长与停滞("夕阳沉落。阴影随之增长 / 它仿佛已成长为一种实体")、瞬间与永恒("当我们说永远,意思不过是此刻")、灵魂与肉体("灵魂 / 仿佛埋入夜晚的陶俑,在通往 / 黑暗的甬道上,肉体却无动于衷")等主题在回溯中相互叠加,撞击出惆怅与揶揄的叹息之音。

全局视野则是观察者后退一步,然后放眼四处所获致的效果,这为诗歌提供了一种摄像机般的包容的结构方式。例如在长诗《月光之书》(1997年)[3]中,月光就是这样一部吸纳万象的摄像机。但值得注意的是,月光既是俯身向下的各种人生场景的摄取者,同时又是被仰视和被书写的对象:"月光在语言的作坊里一次次 / 承受锻打,被制作,被挥霍";在此,月光好像一个便于观看的透明装置,显得既丰沛又空洞:"月光之书没有始终,每一面写满相同的文字 / 但仍然一字未写,我面对的 / 仍然是彻底的空白"。通过人称转换,叙述者的话音里传出了对话与独白、近景与远景相交替的声调,其中掺杂着古与今、中与西的空茫的回声。当月光漫过静谧的时空之际,"阴影"依旧是

---

(1) 西渡:《时间的诠释》,见《守望与倾听》,中央编译出版社,2000年版,第291—292页。

(2) 回溯的视角同时导致西渡诗歌中的青春形象也满怀着隐忧,如"扎羊角辫的小学生"让人"想起幼时对长大的恐惧"(《夜歌》);即便是"少女之歌",也难以掩饰恐惧与忧虑:"这些珠玉般的日子连缀着,重复着 / 每天的幸福,把我带入不朽的天堂"(《少女之歌》)。

(3) 西渡写于次年的长诗《雪》在结构上与之极其相似,尽管二者的主题殊异。

决定整首诗基调的醒目背景:"更多的阴影／像大地上的伤痕泄露月光的秘密"。雨,曾给人带来轻愁的雨,如水的月光也遮挡不住它再次奏响阴郁之音:

一只燕子,多么小,在我的掌心
蜷成一滴蓝色的雨水,多么小
多么轻盈,像一片羽毛,一缕光

三

从西渡诗歌纯正、优雅的声音中,抽绎出更为内在的低沉音调,多少会修正人们对其所做的浮光掠影的印象式评判,诸如书卷气、学院化等。墨西哥诗人帕斯(O. Paz)曾经准确地指出,"现代诗歌的个性不是来自诗人的思想和态度",而是"来自他的声音。更确切地说:来自他声音的韵律。这是一种无可名状的、不会混淆的音调变化,注定要将它变成'另一个'声音"。[1] 通过上述分析,有理由认为,真正能够展示西渡诗歌个性的,正是潜隐于其优雅外表之下的悲凄之音。在现代汉语的语境下,诗歌的音韵、节奏、调式等外部声音的建设一直是一个难题,更不用说某种"属己"的内在声音的确立。因此,西渡在声音的多样性方面所做的探索,势必会为当代汉语诗歌留下深刻的启示。

一方面,声音在本质上是一种游弋于时间之中的形态,它是流动的、扩散的和有方向的。时间既是声音得以存在的先验构架,又是烘托声音出场的媒质。在不同的语流、语速、语气的共同作用下,声音在时间之壁上弹奏着不同的音调。另一方面,不管从生理机制还是

---

(1) [墨西哥]奥克塔维奥·帕斯:《批评的激情》(赵振江等译),云南人民出版社,1995年版,第94页。

特性来说，声音的发出都与"气"[1]的运动密不可分，因而声音的核心要素——节奏、韵律的形成及表征（张弛有度、或缓或急）类似于呼吸，应和着生命的律动和吹息。此外，有必要提示的是，长于声音调度和安排的诗人必然敏于倾听，即对语言的秘密、个体生命的秘密有深刻的体察。这也正如西渡在一份札记中写的："练习你的听力和目力，让它们对词语明辨秋毫"，"每个词语都有自己的个性，有它自己的气味、颜色、声音和形体之美。词语和词语因自己的个性形成相互吸引或排斥的关系。这是词语的秘密。诗人的目标就是去揭示和发现这一秘密"。[2]在此意义上，分析诗歌的声音便是透视诗人的语言态度和生命意识。

西渡认为："现代诗歌的私人性，决定了它所使用的语言是一种介于口语和书面语之间的对话语言或者自我交谈的语言。"[3]尽管他赞成"有节制"地接纳口语入诗，但他的诗歌在总体上是偏于书面语的，显得硬朗、典雅和精致，这一语言取向同其诗歌的视觉效果、风格、主题保持一致。在很多（特别是早期）诗作——诸如《特洛伊》《天国之花》《但丁：1290，大雪中（之二）》《朝向大海》，以及被他称为"向青春的告别之作"的《挽歌》系列中，西渡没有回避"大词"的使用，他甚至采用了一种高亢而激越的声调，接近于希尼（S. Heaney）所说的"雄辩的语调"。显然，问题不在于诗歌中是否用了"大词"[4]，而在于它们是否恰当地处理了复杂的个人经验、传达了独特的个人声音，从而得以把它们"从普遍的意识形态化的危险中拯救出来，复活它们作为词语的个性"。西渡通过塑造多重声音而维护了语词的复杂性。比

---

(1) "气"是中国古代哲学和诗学关注的重要元素之一［相关论述可参见小野泽精一等著《气的思想》（中译本），上海人民出版社，1990年版］。关于"气"之于诗文的重要性，较早的主张见曹丕《典论·论文》："文以气为主，气之清浊有体，不可力强而致。"关于声与"气"的关联，精辟的说明见刘勰《文心雕龙·声律》："夫音律所始，本于人声者也。声含宫商，肇自血气，先王因之，以制乐歌。……故言语者，文章神明枢机，吐纳律吕，唇吻而已"。另有将"气"与音韵联系起来的"气韵生动"（始于谢赫《古画品录》）之说等。

(2) 《守望与倾听》第296—298页。
(3) 《思考与解释》，见《守望与倾听》第283页。
(4) 西渡在一次书面访谈中对此做了辩解："'圣词''大词'通常具有普遍性，极易被意识形态化，其深层的含义因而常被深深遮蔽着。……我总是在自己的意义上使用这些词语。我使用它们，是因为它们传达了我自己的生命感受。我希望拭去遮蔽在这些词语身上的积垢，重新显露它们身上诗意的光芒。"见《守望与倾听》第270页。

如《悼念约瑟夫·布罗茨基》一诗,在一种公共的、往来于语言间恩怨的倾诉之下,表达了个人内心的隐痛,而在另一首悼诗《悼念伊扎克·拉宾》中,呼之欲出的政治高调却被充分个人化的表达所消解:"我厌恶政治,也从未将你/作为一国领导人给予尊敬;/我的理想,用美的伦理代替/国家的伦理。'一种可怕的美诞生'",在高音的内部固执地涌动着一股低音的细流。

在更多情形下,西渡将诗歌的声音限定在一种"私人性"或"对话关系"上,亦即一种内倾的独白语调。前述的《白痴之歌》《海上的风》《悼念约瑟夫·布罗茨基》等,虽然具有明显的独白性质,但不难发现它们其实是借助了不同"面具",来表达作者自身的情感和经验,使后者以"另一个自我"的面目出现,因而形成了双重的音调。长达一百余行的《蛇》(2000年)更突出地体现了这一点:这首诗正是对"另一个自我"的抒写,但"自我"被两个第三人称——"他"与"它"的分离所转化,"它"是"他"的"另一个自我",而"他"又是"我"的"另一个自我";全诗以"他"的描述展开"自我"的剖解,仅有一节(第11节)突然转入了"你",并随后引出了"我",变戏法似的将"自我"一分为三;在充满思辨的呼告下,与"自我"有关的蜕变、"自我的放逐""自我的敌人"等主题得到了呈现,不仅与某种古老的原罪母题("天堂和地狱在你的身上合一")对接起来,而且也回荡着瓦雷里(P. Valéry)那首同题诗的绚烂华美的乐音。

诗歌声音的多重设置,免不了羼入一重特别的语调——反讽,这是现代诗歌的一个特征。从20世纪90年代中期的《寄自拉萨的信》起,西渡诗歌的这一调性逐渐增强,即便是在那些抑郁的低音中,也不失时机地渗进了反讽:"曲折的回廊/在它的肠子里因禁欲而苍白的喇嘛/悄悄走动,像刚出生的鼹鼠/不同于上帝的尖顶,布达拉宫/倾心于黑暗,和笨重的金字塔相似/它的建立始于一种屈从死亡的阴暗愿望"。及至最近几年,反讽仿佛不经意间从词与词的缝隙泄漏的气流,游丝一般地掠过西渡的诗作;它是个人经验与时代境遇轻轻碰触后产生的摩擦音,展现了诗歌伸入现实世界的一个侧影。

与这一反讽语调同时在西渡诗歌中增强的,是一种叙述的声调。撇开叙述(叙事性)在20世纪90年代汉语诗歌中引起的众声喧哗不论，可以明确的是，西渡对此所做的不懈探索，丰富了他本人诗歌的音色。诚如臧棣在评述《一个钟表匠人的记忆》(1998年)时指出的，这首诗"集中体现了20世纪90年代诗歌的叙事性的诸多审美特征"，令人感兴趣的是叙事赋予"它的语感显得非常老练，节奏缜密，而又舒缓有致，陈述的语气在这里像沉潜的呼吸一样扑面而至"。同时"独白的形式为钟表匠的记忆奠定了一种内在的声音，它听起来很像一种内心的诉说，而记忆所扫描的历史现象便是建立在这种内在的声音之上的"。[1]的确，从声音的角度来看，《一个钟表匠人的记忆》正由于叙事，在个人独语与历史的宏大器声之间保持了平衡：

在世界的快和我的慢之间
为观察留下了一个位置。

另外，绵长的句式和克制语调的结合加强了语言的韧性，从而导致诗歌的声音趋于繁复和细密，这在《旅游胜地》《福喜之死》等诗篇中得到了充分的展示。不过，无论机智的反讽还是熟练的叙述，都难以抹去西渡诗歌里的阴郁之音。这取决于他的生命意识，即一种隐蔽的、无声的对生命的守望。守望就是一种倾听，对语言和生命秘密的屏息聆听。如果说守望与倾听是两个内心的动作，那么这两个动作是浑然一体的。守望是对骆一禾所说的"修远"的期待，正是在这一漫无止境的期待中，西渡的诗歌形成了一种清冽而纯正、优雅却无法掩饰忧郁的歌音。

当这个年代的多数人迫于内心的空茫而附和时代的加速度时，守望与倾听，或者说守望中的倾听，降低了诗歌声音的音调，使之变得平缓。对于西渡而言，与其说守望与倾听是他进入诗歌的两种方式、两个向度，不如说是他运用语词，在内心里对爱、生死、命运等主题喃喃低语的震响和回声。他的诗歌力图表达对这个时代的精神困境的观察与思索。西渡曾言："诗歌使我敢于面对生命中那些永恒的困惑，

---

(1) 臧棣：《记忆的诗歌叙事学》，载《诗探索》2002年第1—2辑，天津社会科学院出版社，2002年版，第54、56、59页。

这是使我们意识到生命的唯一办法。"[1] 在他那里,写作显然成了一次"思想的悸动",一种不可替代的低声吁求:

我们看到一树梅花悄然独放。
但开始仍然是不可能的:在我们内心里
一种即将复活的希望开始被淫雨淋着
　　　——《残冬里的自画像》

从何处开始?这让人不禁想起瓦雷里的一段话:"你们一听见这个与众不同而又纯粹的声音,这个不会与其他声音混淆在一起的声音,你们马上就会有一种开始的感觉,感到一个世界的开始;一种完全不同的气氛就会立刻形成,一个新秩序就会产生……"[2] ■

---

(1)　《守望与倾听》,第258页。
(2)　[法]保罗·瓦雷里:《文艺杂谈》(段映虹译),百花文艺出版社,2002年版,第290页。

诗歌中的声音　西渡研究集

"不完美才是我们的天堂",美国诗人华莱士·史蒂文斯(Wallace Stevens)早就这样感慨。作为一家保险公司的副总裁,他兢兢业业地将工作进行到底;作为诗人,他亦将诗歌进行到底:"他丰富的内心和隐忍的语言分寸感,不仅打理了必要的日常事务,也成就了诗歌这个超级虚构的美丽事业。他使我们相信,诗歌就是一种因地制宜,是对深陷于现实中的个人内心的安慰。"[1]史蒂文斯告诫我们:"记住,尽管苦楚,只要／不完美在我们内部燃烧,快乐就会莅临笨拙的诗行"[2]。诗人自信地为"不完美"与"天堂"——这原本对峙的一对,画上了等号。他甚至还宣称"金钱是一种诗歌"。也许,对于史蒂文斯来说,他的因地制宜就是:"不完美"与"天堂"同在,"金钱"与"诗歌"同在;打理日常事务的史蒂文斯与写出美丽诗歌的史蒂文斯同在,行动与歌唱同在。

　　"胼胝是离你最近的／现实,也是你所热爱的"(《拏云》),诗人西渡在一首近作里这样说。西渡一直在写作中关注着时间,[3]用他自

---

(1) 张枣:《序:"世界是一种力量,而不仅仅是存在"》,见《最高虚构笔记——史蒂文斯诗文集》(陈东东、张枣编,陈东飚等译),华东师范大学出版社,2009年版。

(2) [美]华莱士·史蒂文斯:《我们季候的诗歌》,见《最高虚构笔记——史蒂文斯诗文集》,第132—133页。

(3) 敬文东:《时间和时间带来的》,这篇文章对西渡诗歌中的时间意识进行了详细论述。见《诗歌在解构的日子里》,北京大学出版社,2008年版。

俄耳甫斯为什么歌唱?
——西渡诗歌论※

曹梦琰

※ 原载《滇池》2011年第1期。

己的话说:"写作是在与一个沉默的、隐身的对手较量。而这个对手正是时间。"[1] "胼胝"凝聚着时间,更确切地说,它凝聚着时间中的行动。是生活与时间旷日持久的摩擦,形成了离我们最近的现实——"胼胝",换种说法,它是身体的痕迹。对于终将腐朽的肉体来说,时间是杀手、毒药。容颜老去,躯体佝偻,磨难与疾病缠身,"胼胝"隐隐征兆这一切。然而同样是在时间中,写作却呼唤出了不同的东西:"你一呼吸/就咽下一颗星星,直到通体透明/在夜空中为天文学勾勒出新的人形星座/闪闪发光,高于事物"(同上)。时间磨损着身体,甚或有一天,终将限制它行动的自由,双目失明的博尔赫斯,多病的普鲁斯特。但即便到了那一天,诗歌仍然能够轻盈地从呼吸中走出,美丽而耀眼,它摆脱身体痕迹的束缚——"高于事物"。钟鸣说:"既然只有声音是自由的,那又何必去管身体被囚在何处呢。"[2] 然而,实际上,倾听歌唱,却再次引发了我们去寻找歌唱者被束缚与囚禁的身体的愿望。

一

西渡的处境,显然不同于20世纪五六十年代的诗人,被迫为时代歌唱,也不像今天派,因为时代的压力而不得不让写作带有对抗性质。[3] 西渡的时代(或者说我们的时代),倘若说到束缚,那就是它再也无力支撑诗人对诗歌的理想——"我们的日常经验趋向于苍白、破碎和虚无",这样的经验不能支持语言"偏爱完整的倾向"。[4] 落差感困扰着诗歌写作。

俄罗斯女诗人茨维塔耶娃在写给里尔克的信中,曾热切地说:"如果你真的想亲眼见到我,你就应该行动";然而就是在同一封信中,她

---

(1) 西渡:《面对生命的永恒困惑——一个书面访谈》,见《守望与倾听》,中央编译出版社,2000年版,第291页。
(2) 钟鸣:《笼子里的鸟儿和外面的俄耳甫斯》,见《秋天的戏剧》,学林出版社,2002年版,第67页。
(3) 西渡:《写作的阴影》,见《守望与倾听》,中央编译出版社,2000年版,第10页。
(4) 同(3),第11页。

却不无矛盾地说爱情"活在语言里,却死在行动中"[1]。爱情的实践将必然邂逅它命定的不完满,即具体的爱情与爱情本身(或者说爱情的语言)之间的差距。不管怎么说,有关爱情的行动,至少还配得上我们认真思考一番,选择爱还是死。从比喻意义上来讲,20世纪80年代的众多诗人们正是怀着这般的爱情理想来对待生活的。至少那个时候,生活还能够提供给人们值得他们献出行动的面容与身姿。诗人西渡的年代,却让青春期为爱而死的行动显得幼稚而荒谬。首先的尴尬就是,我们该如何面对屠龙术?

> 庄子这故事说的是一个人
> 为了钻研一种无用的本领
> 倾尽了家产。当他的技艺
> 炉火纯青,他的青春已飘零
> ——《屠龙术》

平淡无奇的叙述口吻,我们都知道的故事:将"一种无用的本领"练得"炉火纯青",却是"青春已飘零"。与行动首先错位的是时间:将词直接变成物,让诗歌顷刻改变世界的梦想只属于一颗青春的心,而诗艺的锤炼却以青春的逝去为代价。所以说,"屠龙术"将注定因为一种青春期的执着而走入虚无之地:

> 我们甚至发明了龙
> 但我们终究无法为自己发明天空
> 这就是一切悲伤的起因

表面上,时间改变了世事,但实际上,时间改变的是人的年龄和心态。"中年写作"的提法一度很流行。90年代后诗人写作的转变纵然有时代的因素,但更重要的原因或许在于,时间最终让曾经青春的心发现——没有"天空"可以施展这华丽的行动。曾经怀揣着爱情的

---

(1) [俄]玛琳娜·茨维塔耶娃:《茨维塔耶娃文集·书信》(汪剑钊主编,刘文飞等译),东方出版社,2003年版,第443—444页。

理想改变爱人，最终却不得不看到，除了她老去的容姿与消失的爱情，一切都没有变。"你转身而面对无物"，"唯一的剑客在长夜中与自己作战"（《剑》），又一个版本的屠龙术。此类华丽的行动于时代和年龄而言已是不合时宜的。如今只是：

在乱哄哄的车站广场
我一边忍受人们的拥挤
一边四处向人打听
一个头戴荆冠的人。
　　——《消息》

想挤进春天的不止你我。
乡间公路上爬满看花的汽车，
看花的男女于野外互看。
　　——《桃花》

尽管有"荆冠"与"春天"对诗意的召唤，"拥挤""挤进""互看"之类的行动却在瓦解诗意，或者说，制造伪诗意。世界已不是那青春洋溢的初恋情人，诗人必须忍受它的乱哄哄，它的拥挤，和别有用心的男男女女们。它琐碎、凡庸，再也勾不起对当初奔赴约会的速度的向往。也许是，身体已经衰老了，不得不减缓速度：

沿着铁路线奔跑的少年，追上了火车
被天堂遗忘的扳道工，数着
一排排月光的肋骨，被火车站
抛弃的天使，喝光了所有的酒，
却再也想象不出完整的天堂。
　　——《火车站》

"少年"能够追上火车，"瘸腿"的扳道工却"被天堂遗忘"。这就是时间神奇的造化：追火车无用的行动能够让年轻的人抵达一种专属于青春的完满，那是一种追逐诗意的无用奔跑；衰老的扳道工对世界的行动却只可被称为工作，他兢兢业业，无力也无心做出无用的挥霍之举，于是他丧失了"想象"完满的能力，或者说丧失了世界的诗意。在时间的流逝中，奔跑的行动转变为"数着一排排月光的肋骨"的寂寞之举。衰老的身体丧失了速度，也就丧失了和速度相关的诗意。被迫减速，甚至，静止？青春的恋爱显然是谈不下去了。

  当然，对于青春期华丽、充满速度的行动，诗人尽管哀叹它们"无用"与"无物"。他却依然对这无端的屠龙术带有莫名的感情，甚至骄傲："我们曾为此私下忏悔／却常常有一种傲慢的脱离大地的感觉"（《屠龙术》）；"剑在血中吐出光明，长成你的骨头"（《剑》）。这骄傲可能源于青春期的狂妄，却无法被时间抹杀，它在时间中沉淀，转化为一种傲慢的姿态：即使置身于凡庸的现实，即使不再妄图改变世界，却依然对诗歌保持自信；依然对行动本身享有哪怕一丝脱离肉体衰老，仅仅隶属于骨头的凌厉，和那么一刻脱离现实的幻觉。这是诗歌的傲慢，即使它低在尘埃中。所以，即使到了如今，诗人还是找到了一种最好的行动——静止，或者说，像静止那样，固守他对诗歌的信心：

> 我终于拿定主意。
> 在广场扎下根来，
> 决定用一生等候。
> 我仰面躺下，突然看到
> 星空像天使的脸
> 在燃烧，广场顿时沸腾起来。
>   ——《消息》

> 回想早年，你我都像植物一样枯索，
> 在热闹的缝隙，伸展寂静的根。
> 如今守着安分恬静的妻儿，
> 甘心把挤留给时髦男女、新进少年。
> 一点点摆脱衣冠。
> 一点点向植物靠拢。

在长夜里尝试长出有限的花和叶。

——《桃花》

被迫放弃华丽的屠龙术,主动放弃伪诗意,把"挤"的行动"留给""时髦男女"与"新进少年"。诗人选择了一种最特殊的、植物般的行动,看起来像静止一样。不同于一般行动对距离与速度的追求,植物也有距离,它纵向延伸,它的根走向人们目光所不能抵达的地底深处;它的速度同样不能即刻把握和感知,只有在旷日持久的观察中,人们才能得知有关它的生长与凋零。即使等候是漫长的,这种植物般静止的行动还是迎来了生活的诗意,那"有限的花和叶"。诗歌无力再和它的生活恋人谈一场轰动的恋爱,也无法抚慰后者的衰老与破碎,但它还保有与恋人促膝长谈的权利,偶尔,生活会对它的努力报以宽容的一笑。

在米什莱(Michelet)眼中,植物与动物都进行着一种交换活动,彼此模仿:"真正的动物好像千方百计地模仿植物世界的一切",像树木那样"近乎永恒",像"花朵般绽放,随后枯萎"。[1]这是一种天性对另一种天性的羡慕——对会思考的人来说,也许还包括天性发挥到极致后产生的厌倦与反思:"满世界挤来挤去,堵在天地之间。/吐一地桃核,如谣言/让全世界的植物惊叫,/动物一点点灭亡。/你说,大地为何忍受这奇怪物种?"(《桃花》)厌倦了人"这奇怪物种"的天性,诗人决定像植物那样,承袭它们的枯萎与永恒,来与世界谈一场温和的恋爱。沉默已久的诗意终于轻启芳唇:"语言的蝴蝶飞来飞去/探触这世上沉默的嘴唇。"

也许,对于爱情的语言,爱情的行动将永远是一次俄耳甫斯式的回头——他失去了他的欧律狄克,就在那饱含爱意的行动中。面对破碎与苍白的经验,诗歌所发起的一次又一次拯救爱人的行动无异于失败的救援。然而,俄耳甫斯为什么歌唱?这是否暗示我们,完美的歌者是与他不完美的行动一同被铭记的。诗歌在处理经验的时候,总会遇到难以消化的硬块,鲠在歌者的喉咙中。真正的诗歌并不回避这

---

(1) 转引自[法]罗兰·巴特:《米什莱》(张祖建译),人民大学出版社,2008年版,第39页。

些,尽管歌唱要因此而凝滞与阻塞。只有在艰难的行动中,诗歌才能找到消融阻塞的方式——一个漫长的过程。对于诗人来说,不完美的天堂就是:所有的救援都是失败的,但是还有下一次。

二

诗歌是一种慢,诗人们都是某种意义上的怀旧者。就像对屠龙术心怀莫名的感情与骄傲,对于纯粹的歌唱,诗人西渡也怀着无端的眷恋。尽管作为他诗歌写作的一个时期,这种歌唱已经是过去式了。[1] 诗人的新作中,我们偶尔也读到了怀旧者的梅花与海棠。然而,就此刻的因地制宜来说,美丽的花朵远不如黑夜中爬行与劳作的蜘蛛更容易勾起人们有关怀旧的种种:

> 向世界输送着相反的
> 电力——围绕古老的轨道
> 关于世界的前途
> 它赞成——用脚爪
> 表决,把大海和天空
> 装上黑框,用墨汁
> 把灯泡涂黑,让少女们永不醒来!
> ——《蜘蛛》

小小的怀旧者如此令人不安:"它得出结论:世界是一顿到来的美餐!"它固守古老的、沉睡的诗意和用"脚爪"解决问题的迂腐。对于时代而言,它就是那个妄图抬起腿绊倒大象的蚂蚁。难道这也是一种青春期的任性?但明明早已是"一脸的衰老经",诗人心知肚明这是发泄之歌,是怀旧者无法抵达的梦想。而现实的情形则是,古老诗意在现代经验中迅速瓦解与腐朽:

---

(1) 敬文东:《时间和时间带来的》,见《诗歌在解构的日子里》,北京大学出版社,2008年版。

他们议论，鸟便飞走
他们挥汗，花便停止开放
他们跳舞，云便停止下雨
他们前进，歌声便退却
他们喝水，河就断流

树木一千年的积蓄
在一个早上挥霍一空
——《伐木》

"伐木丁丁"再也呼唤不出"鹿鸣嘤嘤"的美丽韵律，怀旧者纤弱的蛛丝无法将世界拖回旧日的轨道。改变世界的是现代的、强有力的伐木者，有关树木的诗意在他们的行动中分崩离析。"空山 空山 空山"，不再是禅境，和采药未归的世外高人亦无关，只是彻头彻尾的空虚——在一切被"挥霍"后。古韵再也无法被原样歌唱，因为歌者的喉咙已经受损。

讲故事的人逐渐消失了，本雅明（Walter Benjamin）敏锐地从中察觉到："似乎一种原本对我们不可或缺的东西，我们最保险的所有，从我们身上给剥夺了：这就是交流经验的能力"，因为——"经验已贬值"。[1] 鸟、花、云、水和人们的联系，已经不复存在于那些古老的经验所给予我们的启示中。诗人必须从破碎的、贬值的经验中，重新梳理出一种歌唱的方式，适宜于被伤害的世界和受损的嗓音：

你是我的清香的小米粥、微苦而爽口的紫菜苔
你是我的清白的小葱
消毒的蒜、暖胃的姜
而我是你的纯朴的土豆、盐
滚烫的烤红薯

---

(1) [德]本雅明：《讲故事的人——论尼古拉·列斯克夫》，见《启迪——本雅明文选》（汉娜·阿伦特编，张旭东、王斑译），生活·读书·新知三联书店，2014年版，第95页。

——《绝望的厨子的情歌》

张枣也有一首《厨师》。诗人专注于描摹厨师的做菜过程，每一行诗都在小心而熟练地推进菜的成熟度与完美度，仿佛诗歌和世界的恋爱正在渐入佳境的小火烹调中。"厨师因某个梦而发明了这个现实"。诗人张枣还沉浸于诗歌发明现实的梦想中。西渡的厨师，则罗列着简单、质朴的食物，比喻"你"与"我"，交换着诗歌与世界的关系——像爱人之间那样平等、温情有度。

"你是我亲手做的一道菜，由别人品尝／我狂闻过你的味呀，却从未染指"。诗歌对世界的无力感还是呈现了出来：虚弱的怀旧者为世界献上美丽的情歌，然而让世界最终改变的却不是怀旧，而是"筷子""利喙"般牟取即时利益的强者，它们和伐木者一样，摧毁了原初的诗意——本属于世界的美丽情歌。

诗人曾悉心呵护着与世界的关系：清香、爽口、暖胃、淳朴、滚烫。然而饕餮者却打破了这种和谐与安稳，世界为他们"贡献了精华"，再也无法回到那个清白的过去。诗人却依然守候在爱情中——"我负责为你的余生回锅／在我的恒温锅中煲你的残羹冷炙"。叶芝（W. B. Yeats）曾为他一生爱慕的恋人写下《当你老了》："多少人爱你青春欢畅的时辰，／爱慕你的美丽，假意或真心，／只有一个人爱你那朝圣者的灵魂，／爱你衰老了的脸上痛苦的皱纹"[1]。诗人也如是这般怜惜着千疮百孔的生活，他曾经美丽的爱人，他负责为余生回锅的行动将胜过一切华丽的诺言。"恒温"——某种共度余生的许诺？是成熟的诗歌给予世界最持久的温度：

雪花飘落如爱的叮咛
这是天国的玫瑰，天堂的福音
从未抵达自由女神的心灵

却不得不忍受疲倦的、麻木的

---

(1) 叶芝：《当你老了》（袁可嘉译），见《叶芝诗集》，太白文艺出版社，2006年版，第20页。

鞋的践踏。在圣诞前夜的繁华中

让人联想到天使凋零的羽毛

　　——《纽约降雪》

　　献给世界的爱之歌,而这纯粹的歌唱不得不迎来疲倦而麻木的人生,千疮百孔的人生。尘世终究是不完美的,就像我们的爱人前一刻还是爱的雪花、天国的玫瑰、天堂的福音,顷刻间却被践踏。"飘飞的雪花越来越像缺席的记忆",雪花毕竟还是离生活远了些,它最真实的结局是降落,降落到那令我们绝望、被我们践踏,同时也践踏我们的生活。最后将自己变成生活本身:

活的愿望被一再蔑视

大海的呼吸突然终止

而腐烂的依旧腐烂

受难的也依旧受难

　　——《旱》

　　诗人曾许下为受伤生活的余生回锅的诺言,然而,如果什么都改变不了呢?如果诗歌之于世界,只是一次次失败的救援,只是一次次遭遇破碎的歌唱。甚至连"活"这件事情都不堪忍受了,诗歌的呼吸也许真要停止了。面对腐烂与受难的爱人,诗歌究竟能做些什么?

　　就改变世界而言,或许所有的诗歌都注定是绝望之歌。当然,诗人西渡并不这么认为,就算他无法阻止绝望在情感上的发生并悄悄潜入他的诗歌,他依然对写作的使命有清醒的意识:"我们这个时代的写作是否必然地带有一种挽歌的性质?为什么夜深人寂之时,我仍然能够倾听到一些人在用纸和笔挖掘的声音?但挖掘并非为着埋葬,而是为着发现和保存人性中最珍贵的东西,为着维护人的内心生活的神圣性质。"[1]

　　《晨跑者之歌》中:代表行动的晨跑者"你"邂逅了经验破碎、贬

---

(1)　西渡:《追寻内心生活》,见《守望与倾听》,中央编译出版社,2000年版,第9页。

值的过程:从"开阔的野麦地"到"两侧耸立着玻璃幕墙的幽暗峡谷","活蹦乱跳的麻雀"变成了"按时上下班的呆鸟"……在这个光怪陆离的时代中,行动者不是"太快"就是"太慢",他的经验总与时代错位。而"我",作为昏睡者,则是一个避开时代的怀旧者:"噢,但愿我一觉醒来,火车已经停靠／一个上世纪的火车站"。

诗人有意让"我"和"你"走入彼此:"但你的脚怎么伸进了我的梦里?!／在梦里,我似乎也不由自主地像一匹木马／机械地奔跑起来。那是你在我的身体里奔跑!"时间的流逝中,奔跑者再也应付不来花花绿绿的生活;沉睡者却拨转了时间的方向。也许,诗人并不想否定奔跑的行动,只是,给它换了个方向。在怀旧者的梦里,晨跑者或许正朝着比上个世纪更为久远的过去奔跑。而这一切,都是歌唱,逆时光的隐秘歌唱。

诗人终归还是选择歌唱来保存他所珍惜的东西,在不尽完美甚至破碎不堪的世事中。尽管世界并没有改变,歌唱却以某种方式在人们中间流传与深入。至少它是一种鼓舞:"尝试爱和成长,／这是春天的命令,哪怕在／风中凋零,哪怕希望被埋葬"(《塔》)。时间会化腐朽为神奇,也能化神奇为腐朽,它将带走太多速朽的东西。不是每一首诗、每一个诗人都会被记住——在时间的流逝中。但歌唱本身却为我们所需要,它潜藏于木质深处,和记忆一起延续下去:

> 梦见蝉退出最后的身体,结束诗人生涯,
> 把歌声藏进木质的深处。
> ——《秋歌》

诗歌中的声音　　西渡研究集

一

在诗人西渡每种相继面世的诗集或著作中,我几乎都会看到他的肖像。《雪景中的柏拉图》(他的诗歌处女集)的封底藏着一张贫困时代的年轻面孔,那想必是一幅学生时代的留影,诗人侧身望着书外的读者:平头,消瘦,眼神友善,眉毛浓黑;嘴角微微上扬,踌躇满志地准备发起一场与时间的爱抚和肉搏;嘴唇上方保留着青春期第一季羞涩的软须,象征着从南方带来的好天气;鼻梁上架着一副异常宽大的眼镜,接近方形,为了看清这个世界更多的风景,镜框的两端仿佛超出了脸颊的边缘,就像诗歌总是野心勃勃地朝向我们的现实发起冲锋:

> 一切还不曾开始
> 这是个前提,它使怀念的企图成为
> 对自身的一种嘲弄。正如威廉斯所说
> 开始可以肯定也就是结束,因此
> 困难的是我们要怎样献身给生活
> ——《残冬里的自画像》

爱抚与冲锋还不曾开始,诗人却开始了他的生活。散文集《守望

肖像·游移·风湿病
——西渡诗歌论※ 　　　　　　　　　张光昕

※ 原载《艺术时代》(香港),2011 年 7 月号。

与倾听》的封皮是西渡喜爱的绿色。同样是在封底，他的头像在一气棕色水彩的涂抹后呈现出来。这是一张典型的诗歌工作者的脸：白皙、清秀、肃穆、谦逊；当年上扬的嘴角，如今庄重地紧闭着；胡须剃得相当出色，没有一丝邋遢；眼镜也变得考究一些，它被生活磨圆了，似乎也变小了一圈。这是一张进入职业状态的脸，被体制洗刷过的肖像，它正自言自语一般描述着诗人刚下飞机时的模样："一个半小时后，我推开家门／恢复了尘世的身份：一个心事重重／的丈夫和父亲，敬业的小公务员／面对一大堆商业和时事公文"（西渡《从天而降》）。从这幅肖像中我们看出，诗人早已献身给生活，唯一的例外是，西渡留起了长发。他的长发微卷，牢固地贴附着头颅，不过肩、不飘逸，更类似于平民式的，而非摇滚式的。

　　西渡第二部诗集名为《草之家》，诗集的外衣也十分应景——依然是绿色。作者像被移入勒口：长发依旧、圆眼镜依旧、紧闭的嘴唇依旧，面部多了些中年的丰满和光泽，基本与我后来见到他本人时的样子相吻合：噢，原来他就是西渡！他是一位诗人！如果没读过他的诗，我很可能相信，他只不过是周星驰电影里一个一闪而过的小角色。

　　在他最新出版的诗集《鸟语林》中，翻开橄榄色的封面，西渡的照片几乎被放大了三倍，也被处理成了充满怀旧气息的黑白色。这是一张耐人寻味的肖像：标志性的长发增添了些许诗意的凌乱，也暴露了更多生活的油渍；在诗人钟爱的圆形眼镜后面，一种力图穿越时间的目光终于泛出了几盎司中年的疲惫；苗壮、坚硬的胡须像一丛接一丛对生活的疑问，越认真对待它们就越顽强地冒出，总也无法一次性根除，索性就让它们逗留在脸上吧，懒得去修剪；永远紧闭的嘴唇暗示着他写作之外的缄默和讷言，与年轻时代上扬的嘴角不同，此刻我发现它竟是朝下的，包含了他谦卑、悯宥的人生观，比一个身挑重担的平民百姓的肩膀更低："让我们下降到尘埃中／匍匐在大地脚下，甚至更低／低于俯身的情人，低于地下室／的通风口，低于情人的低语。"（西渡《雪》）

　　值得注意的是，这张在时间上离我们最近的诗人肖像，与那张多年前留平头的处女秀，有着惊人相似的站位：两张都是向左侧身，偏过头来望着我们，流露出与这个世界格格不入的神情。不同的是，诗人已不再年轻。从《雪景中的柏拉图》到《鸟语林》，我们看到的是一个虔敬的诗歌斗士，一个钟表匠人或一个菜农，如何在他的对手、职业或成果面前有尊严地败下阵来，如何像蜘蛛那样，在一个生活的墙角编织一卷"衰老经"（西渡《蜘蛛》），这也许是西渡对待人生一如既往的姿态。而他的目光依然投向前方，投向世界的每一处褶皱，像煤矿工人对人类的定义那样：他是"一种深入的动物"（西渡《露天煤矿——为宝卿而作》）。他失去了漂浮的年华，却赢得了交锋后的沧桑。两张置于时间两端的肖像，在我们惊奇的眼神中慢慢地融为一体，而它们身后背负的那些时代深处的飞扬和寂寞，那些卑微瞬间的伟大发现，那些因抛得太高而收不回来的诺言和理想，统统藏进他的诗句里，从此彻底地隐姓埋名：

——它们刚刚在你的诗中做完爱，带着
激情的剩余，分泌出除夕餐桌上的鲑鱼
而一年的尽头是一个恰到好处的制高点
使我看见我的灵魂滞留在低处，一群人围着它
——《向下看或关于路——致臧棣》

时间在一个诗人的脸上呼啸而过，在他的作品中长眠。就像西渡线条分明的嘴唇，在词语里引吭长歌，在现实中沉默。时间应允了诗人在镜头前嘴角向下的权利，一直向下，直到抵达他安放在低处的灵魂。如果将西渡不同时期的肖像，按由远及近的顺序依次摆放在一个长廊里，我们也按照时间规定的方向从远处走来，依次观看这些肖像，当我们这些观众在眼下这一点站稳时，不禁惊叹道：与其说是诗人的作品在印证、注释着他的一系列面孔，不如说是这些连接在一起的肖像更加有力地帮助我们咀嚼、品咂他的诗歌。时间是通过雕凿人类的肉体来触碰灵魂的。当我们注视诗人的肖像时，西渡创作的所有作品都霎时间获得了它们的肉体性，变得极端易感、多虑、躁动不息。让他的读者幡然悟出，在那些优美的文字之下，有血液在缓缓流淌，有毛孔在自由舒张；在那些完整、圆熟的诗歌形象内部，同样分布着自信和脆弱，忠诚和背叛。甚至可以说，我们将诗人这几幅面孔摆放在

一起，这本身即构成了一首动态而游移的时间之诗、血肉之诗，它携带着体温，充满了呼吸和心跳，流荡着人类的梦想和欲望。以时间为引线，这组肖像成为西渡诗歌中的诗歌，包裹着他创作的灵魂，这灵魂渴望居住在人类沉重的肉体中，连同这副肉体、顺着诗人的嘴角，不是一路飞升，而是一直沉潜向下。当肉体与精神在某一个低处对视了一下，就好像：

在我们的身体中强行插入了
一把钥匙，只听咔嗒一声
我们的身体中，有一把生锈的锁
突然打开了，掉落在冰冷的草丛中
几乎与此同时，你轻轻挣脱了我的手
　　——《连心锁》

当我们这群人围拢在一起，找寻遗落在草丛里的那把锁，或观瞻诗人滞留在低处的灵魂时，西渡也许就站在我们身后，戴着圆形眼镜，穿着宽大的T恤衫，蹬着拖鞋，神情自若地混进观众队伍里，谁都不会认出他，他想来接住他掉落下来的灵魂。布罗茨基（Joseph Brodsky）说过，一首诗的主要特征在于其最后一行。[1] 这个被祖国撵得满世界找灵魂的读诗高手或许在暗示我们，这最后一行，极有可能成为灵魂的滞留处。就像我们观看西渡最近的照片（流露出内敛的惶恐与迷惘），就更容易读懂他过去的更为年轻时的容颜（准备甩开膀子大干一场的挑战姿态），而前者在尚未问世以前充当了后者诸多未来可能情形的一种，这就是所谓的灵魂的未来吗？

诗歌是一种永远处于未完成状态的文学体裁，它诱惑我们不断地出走，又在出走后反复勾起我们的乡愁。在这种意义上，诗的最后一行（并非完结之处）有能力重新生成、定义它的第一行及其后的每一行，让这首诗在每一个时间的驻足点上都有一个崭新的、独立的意义。无论是童年、青年、中年，还是老年，这最后一行让肉体在走向衰朽的

---

(1)　[美]约瑟夫·布罗茨基：《文明的孩子》（刘文飞等译），中央编译出版社，2007年版，第78页。

征途上的每一刻都值得赞扬,诗歌就是在语言中用不同方式把生存中唯一的虚空灌满:"只有你不失时机地现身/给命运安上一双不安分的裸足/像一个微型的马达,使规定的/情节急转直下,成为没有的主语。"(西渡《没有》)诗歌性感的肉体性如马达般颤动,它托住了一直下降的灵魂,赐给后者一个低处的、湿润的居所,与它在此密谋另一个天堂。肉体重新孕育灵魂,每个句子在每一刻都焕然一新。也就如同西渡常说的那样,是儿子生下了父亲(克尔凯郭尔语),"我们发明的/重新发明我们"(西渡《屠龙术》)。

二

西渡承认,时间问题是他在诗歌中一直探索的重要问题之一。他在一次访谈中指出:"时间是生命唯一的主题,人生就是时间在每一个替身上不断地开展自己。所以,它必然也是诗的主题。我怀恋过去,因为过去生成我;我关怀未来,因为未来也在生成我。生命所以不是铁板一块,不是石头,就因为它总是由过去和未来不断生成,而处在持续的生长中。"[1]一个时间中的个体,正是在时间的这种双向生成的游移性中被塑造出来,并在每一个时刻都展现出独特的丰富性;同样,在时间中诞生的诗歌,它的意义也在第一行和最后一行之间来回游移,不断制造每一个词语转角处的惊喜和疑窦,就像西渡一本正经地钻进一位钟表匠人的回忆里,却碰上了从每一个人的生命中必然钻出的钉子:

> 我无法使人们感谢我慷慨的馈赠
> 在夏天爬上脚手架的顶端,在秋天
> 眺望:哪里是红色的童年,哪里又是
> 苍白的归宿?下午五点钟,在幼稚园
> 孩子们急速地奔向他们的父母,带着

---

(1) 曹梦琰:《诗是隐形的剑——西渡访谈》,载《滇池》2011年第1期。

童贞的快乐和全部的向往:从起点到终点
——《一个钟表匠人的记忆》

我目前的住所刚好在北京海淀区的法华寺后院,这座古刹也因上演过"谭嗣同密会袁世凯"而远近闻名,并被钉上了一块"海淀区重点文物保护单位"的牌子。法华寺被征用为民族大学的附属幼儿园,红墙灰瓦之间,隐约能看到被洗刷过的历史痕迹。欢蹦乱跳的孩子们用歌声和游戏把这座沉寂而古朴的院子彻底吵醒了,果真让我分不清哪里是"红色的童年","哪里又是苍白的归宿"。而时间真正的秘密,被每天下午五点钟的阳光固定在全中国的幼儿园门口,重演着钱钟书的"格言":外面的大人和老人翘首苦盼,里面的小孩迫不及待地冲出铁门,我无数次地在这两群人之间低头穿过。我知道,当我刚好行至某一对亲子之间时,孩子,我,孩子的父/母,在那一刹那构成一个奇特的组合,我们三者"对称成三点,协调在某个突破之中"(张枣《祖母》)。我是从起点到终点的一个中间形态,但走的却不是从一端到另一端的单向街,童心和成人心态共存在我的体内,它们共同塑造了此时此刻的我。

这倒非常类似于卡夫卡(Franz Kafka)讲过的一个寓言:一个人走在一条路上,前后各有两个对手。后面的向前推他,前面的却挡住不让他通过。当后面的对手推他时,前面的对手却帮了他;而当前面的对手挡住他时,后面的对手却帮了他。他的梦想是,能够跳出这条战线,在旁观者的位置上,看两个对手互相搏斗。[1]由此看来,我、西渡和身边的每一个人一样,都挣扎在这条时间战线上,这条连续体被分成了过去、现在和将来,就像寓言中的我和前后两个对手。不复存在的过去(比如童年)和尚未来到的将来(比如为人父母)一齐投射到路过幼儿园门口的我身上,构成了我的现在(另一个处于贫困时代的西渡?),它们引诱着我,挤压着我,逼迫我快步离开,寻找一个突破口。阿伦特(Hannah Arendt)把这种旁观和突破称为反省,反省的对象是那些不复存在的,或尚未来到的事物,都是些不在场的东西。卡

---

(1) 转引自[美]汉娜·阿伦特《精神生活·思维》(姜志辉译),江苏教育出版社,2006年版,第225页。

夫卡的寓言正是反省的结果，是思维活动的产物，它是对抗时间本身的一种斗争。[1] 它让我们纵身跳出机械的时间连续体，跳出钟表匠人的时间，在旁观者的位置上看到了一种现象学时间的诞生：

而我开始像一个动词，迷恋
行动的成果，结果是，在宾语的
缺席中，重新把你错认，
徒然地，在梦中追忆与命运女神

辩论的细节，由此得出的结论：
我们永远不可能结束自身，即使
我们把死当成一个宾语，向命运
使劲推销，结束也永远是不可能的。
——《没有》

如同十年前的西渡认真地写下"开始仍然是不可能的"（西渡《残冬里的自画像》）一样，十年后的他又重申道："结束也永远是不可能的。"我们的生命就是在出生和死亡之间的往复游移，人类在精神生活里永远不可能结束自身："人们说，死后一切都归尘土，／但不知道死能否消灭心之哀痛：／欢乐每时每刻都在飘逝，／悲哀却在我们心中不断堆积。"（西渡《人们说，死后一切……》）而在过去和将来的缝隙里钻出了一个肉体的小脑袋，也钻出了诗歌。作为一种在时间中断裂的形式，我们的肉身和诗歌混合着欢乐和悲哀，被普天下的凡人亲眼所见、亲耳所闻、亲手触摸。在西渡的诗歌里，幼儿园的孩子们开始长大，诗人建议他们不妨去尝试一下另一种对抗时间的方法。于是，在即将踏进的学校门口，他们听见一个熟悉的声音："去吧，孩子，松开妈妈的手，／去从歧视和不公中学会公正，／让苦难和灾祸教会你爱和同情，／从严酷的限制中拓展你的自由。／／而我将一如既往地守候，即使／黑夜来临，满城升起灯火，／即使你永不归来，我从

---

(1) 参阅[美]汉娜·阿伦特《精神生活·思维》（姜志辉译），江苏教育出版社，2006年版，第229页。

此失去你：/你就是我付出了一切的生活。"（西渡《学校门口的年轻母亲》）

三

尽管西渡的故乡在江南，然而按照中国当代的诗歌版图来划分，我们习惯于将这位一年只理两次发的资深编辑视为一个北京诗人。这很大程度上与他的北大生涯有关，尤其是1985年前后北大自身孕育的诗歌传统对他的决定性影响（徐永、海子、臧棣等北大诗人都先后成为西渡模仿的对象，骆一禾、戈麦也是他极为推重的诗人）。[1]这些津津乐道的渊源已在西渡众多的文章中反复提及，并为业内的诗友所周知，因此不必进入本文论述的范围。我们可以把视线稍稍从传统上移开一点，更多、更细致地阅读一番西渡的作品，或许会有更加愉悦、震颤的阅读感受。在对西渡诗歌的细读方面，臧棣无疑是个关键性的人物。他对《一个钟表匠人的记忆》的卓越批评，已经取得了诗与文相得益彰的完美效果。[2]"诗歌是一种慢"不仅有效地概括了西渡创作的核心理念，而且对当代的汉语新诗也贡献了一条睿智而优雅的认识论。

在西渡浸淫其中的北大传统之外，对于诗人个人而言，他的北方经验可以由一只蟑螂来作证："你几乎谙熟时间的秘密／生存的机会在于侧身缝隙／童年的伙伴中，只有你／追随我，从江南的绵绵细雨中／越江而北，抵达红色的首都／在难以容身之地找到／安身立命之所。"（西渡《蟑螂》）和所有从南方乡村来到北京定居的上进青年一样，西渡眼中的北京是一座梦幻的都市，是一个时刻需要凭借诸如高度、速度、温度、浓度、响度、知名度、面积、压强、功率、汇率、指数、榜单、票房、三围、表格、曲线、性价比、五百强以及GDP等各类评价体系发号施令的大型杂货铺和实验场。城市就像欢乐谷里的太阳神

---

(1) 参阅西渡《面对生命的永恒困惑：一个书面访谈》，《草之家》，新世界出版社，2002年版，第283—284页。

(2) 参阅臧棣《记忆的诗歌叙事学——细读西渡的〈一个钟表匠的记忆〉》，《诗探索》2002年第1期。

车,载着它摇篮里的孩子们,漫不经心地从一边摆向另一边,让追求新奇的人们头晕目眩地回到地面,静静发呆。北京,在很多生存在这里却不属于这里的人们眼中,正在"看得见的城市"与"看不见的城市"之间来回迅速地切换,就像西渡的作品也喜爱在他的南方经验和北方经验之间不断地游移:

十八岁,我们爱上村里的姑娘,
十八岁,我们离开了村庄。
……我们离开了村庄,却把姑娘
忘在村上,却把村庄忘在山上
却把山忘在荒凉的风中……
————《远事与近事·村庄》

在诗人的印象中,作为一个地理概念,北方应该是一幅这样的情景:"院子里,枯干的桃枝上 / 挑着几只鼓鼓的气球 / 点缀着仅有的节日气氛 / 只有风,仍在不知疲倦地吹"(西渡《北方》)。在干燥、荒芜的大地之上,北方成为贫瘠和极权的代名词,风成为北方四处投递的名片。而对于自己南方的家乡,则赢得了他高声的赞美:"南方呵,火热的南方,/ 连阴影都是滚烫的!"(西渡《蛇》)带着纯粹的南方感受力,西渡走在狂风肆虐的北方的大街上,作为一个久居京城的客人,他不由自主地向北方掏出了南方的名片:"我独自度过了最孤寂的十年 / 在这座很少下雨的北方城市 / 我常常把风沙击打屋顶的声音 / 听成绵绵细雨。梦中下着 / 这样的雨,我会睡得格外香甜"(西渡《玛丽亚之雨天书》)。确凿无疑的是,在西渡个人的诗歌词汇表里,雨是南方的特产,就像风是北方的忠臣一样。西渡的目光游移在南方和北方两种经验之间,把北方的风沙误读为南方的雨,把南方的特产带到他长期生活和写作的地方。在西渡描写雪的篇章中,我们看到了南方和北方,梦幻中的国度与现实中的城市,一齐交叠在中国的雪景中:

在图书馆阴暗的天井里,这古代严峻的大师
眺望着逝者的星空,预见到两千年后

> 美洲的一场雪、一次火灾，以及我们
> 微不足道的爱情，预见到理想国的大厦在革命中倾覆
>
> 但现在时光已教会他沉默，柏拉图和他的雪
> 在书卷里继续生存，充满了智慧和善意
> 这时是否该我抚摸着理想国灰暗的封皮
> 当我深夜从地铁车站步行回家，遇见柏拉图的雪
> ——《雪景中的柏拉图》

在深夜的地铁车站，在干燥的北京，从南方来的"我"瞥见了"雨的精魂"（鲁迅语）。作为从那部巨大的、漫游的神车上走下来的弱小一员，西渡的这种如大雪般迷离、纷繁、矛盾的城市经验，成为他北方经验中最具魅力、最蕴含增值力的一部分。在这种意义上，西渡的诗歌在海子、戈麦作品的基础上，开拓出了全新的格局和气魄。借助诗人贴身口袋里贮藏的多种经验，本文可以试着对西渡的作品体系来做一个不恰当的观察，为他的诗歌勾勒出一张简洁的侧面素描，以便与诗人的肖像两相参照。

尽管西渡投身写作之时已身在北方（西渡最初发表诗作的时间为1986年），作为一位新晋的校园诗人，他狂热地沉迷于北大的诗歌传统里，海子等人对他的吸引力是巨大的，因而让他早期的诗歌氛围里升起一团浓重的、难以清除的玄学迷雾，这团迷雾与他得天独厚的南方感受力迅速地结合在一起，使他1997年之前的大部分作品，像南方的庄稼一样，享受着雨水的恩泽和疯长的快乐。在审美效果上，它们都基本呈现出强烈而纯粹的抒情性和形而上学追求。诗集《雪景中的柏拉图》可以作为西渡在这一时期的诗歌作业本。还记得封底出现的那个戴着大眼镜的小平头吗？看他自信的嘴角，忧郁的神情，仿佛要同这个世界大战三百回合。可以认为，《雪景中的柏拉图》是地道的南方大厨烹饪出的江南菜系，适合西渡以及绝大多数在20世纪80年代的诗人们的舌头和肠胃，他们不仅可以充满激情地吞噬，而且能够心满意足地消化和吸收，并从中获得柏拉图式的快感。不论那个时代其他诗人的来路和背景如何，西渡的南方经验已内化为他写作的童子

功,成为他抒情的血液。它能够帮助狂飙突进时期的诗人建立一个天鹅绒般圣洁、柔美和高贵的"理想国":

  她用梦想爱抚远方的事物
  她所抵达的境界过于幽深
  她的双帆迷失于如胶似漆的风暴
  她的颈项顶着南方鹳鸟的黑巢
    ——《天鹅》

  这样的幻境正是诗人希望在《雪景中的柏拉图》中构筑的。在那里,我们可以跟随西渡仰望天空中流云一样的天鹅,让我们残损的目光重新抵达那个失去的天堂:"当一朵云在天空中经过,我身上的某些部分/就会隐隐作痛,像是有一个秘密的器官/被偷偷摘去:我似乎能听到一声召唤来自天上/并感到一阵永恒的渴意。"(西渡《云》)作为天鹅的相似物,云引起的饥渴感是诗人在干燥、少雨的北方对南方经验的秘密吁请,他迫切盼望着那块南方的云朵快点飘向北方,带来一场接一场江南的好雨。对雨的重新描述,是西渡将南方经验汇入北方经验的第一要务。在这种饥渴感引发的描述行为中,在天鹅般的云朵带来南方的雨水之际,一种伴随而来的疼痛感在诗人身体里驻扎下来,成了诗人的南方经验在肉身上收获的副产品:"这是一天的下午,/时光在衰弱,迎着黄昏。/事情,一些在结束,/另一些还在开始。/而我被疾病抬离了地面,/降低了灰暗的呼吸,/既不开始,也不结束。"(西渡《秋天的家》)阴郁、多愁的南方经验传染给西渡一种诗歌风湿病。作为一种顽症,它保存在了诗人其后的写作习惯中,进入他的写作行为本身。诗歌风湿病在消极的意义上回应了身处北方的西渡对南方经验的召唤,让诗人在他后来的写作中始终保持了肉体的在场,并且让它始终与美学上的南方和雨水形影相随,既不开始,也不结束:

  ……事实上,湿也是
  万物共同的皮肤。湿重新把
  我们生下,作为与万物的连体

儿：最阴险的手术刀也不能
把我们从新世界的身上分离
这样的奇迹我们曾经多么熟悉
今天我们重新和雨攀上亲戚
　　——《日常奇迹》

在对雨的重新描述中，西渡重新发明了"湿"的含义，也重新诠释了肉体与诗歌的关系。浸在护理液里的隐形眼镜是湿的，冬天插在热水盆里的双脚是湿的，与湛蓝的波纹一同起伏的水上芭蕾舞演员是湿的；劳动中的前额、悲伤时的双眼、性爱中的下体、怀孕时的子宫……都各自分泌出一种湿，一种灵魂的润滑剂，万物共同的皮肤。不论是在乡村还是城市，雨让每一个室外的人淋湿，也让他们在这共同的皮肤之下成了兄弟："……雨水浇灌／蜗牛的菜园，驱散了事物／古老的敌意，让我们和昔日情敌／握手言欢，在此与彼，今生与来世／之间，从来不像我们设想的那样／界限分明。在雨中学会宽恕吧，那伤害／我们的，也同样伤害了我们的敌人"（西渡《玛丽亚之雨天书》）。在这种意义上，人是湿的产物，诗也应当在湿中获得再生："'生活不同于词语的地方，在于它／始终是湿润的……' 他用他的独眼／观察生活，并得出了独具慧眼的结论"（西渡《存在主义者》）。诗人借萨特（Jean-Paul Sartre）之口道出了生活的湿润本性，在某种程度上，这种湿也是生活的肉体性，正是患有诗歌风湿病的西渡，在他自己的体内将这种来自诗歌内部的湿分泌出来，涂抹在自己的笔尖和纸张上面：

一个时代结束的消息在菜园中
散播开来，像一场春雨淋湿园中
韭菜，那想象的花园中的诗行
充满了生长的巨大愿望
　　——《公共时代的菜园》

四

1997年以后，西渡在写作中找到了全新的增长点，让他其后的作品"充满了生长的巨大愿望"，《草之家》恰如其名地成为一份对这种生长愿望的丰富记录（比如其中收录有他对诗歌叙事性的尝试之作，有他对戈麦诗学理念的回应及对后者的悼念作品，有即兴的抒情诗和追忆青春自我悼念之作等）。除了20世纪90年代以来中国诗歌写作呈现出的写实转向和叙事转向对西渡的影响之外，从他个人对诗歌的想象出发，《草之家》开始尝试用他的诗歌风湿病实现写作的肉体性的在场，用诗歌来描绘"一个时代结束"之后，一个崭新的时代究竟以怎样的方式到来？身临其境的西渡，以外科医生般的精确，详细刻画了这个新时代如何通过改变我们的肉身情境来改变我们的精神状况。在这个全新的起点处，开始或许是可能的，因为这个时代的口号是：一切皆有可能。身处这个如同中国的动车或高铁一样疾驰的世界中，面临着复杂多变的生活时局，西渡对自己的写作也做出了同步的调适，"在快和慢之间楔入一枚理解的钉子"（西渡《一个钟表匠人的记忆》），自觉地将身边真实的生活细节移植进他的诗歌中，力图用词语来模仿、再造生活的湿润性，最后用他所描摹的生活，用他罹患的诗歌风湿病，刺激词语从内部分泌出一种湿，从而实现更新、完善现代汉语的诗学夙愿。诗人这一时期的写作开始有意识地走出当年的、陈旧的玄学迷雾，开始重新发明新式的雾："雾，就像阅读分泌出的一种湿"（西渡《树阴下》）。

这种新式的雾不再来自外部的弥漫，而是来自事物的内部的分泌："……如果我们接受邀请／走到他们称为外面而事实却是／里面的地方，这些想法就会／成为我们和它们之间的一个／秘密……"（西渡《日常奇迹》）也就是说，玄学迷雾所贡献的理念的湿，开始很大程度上被诗人鼻尖上渗出的细小汗水接管，后者成为被诗人歌颂的一种现实的湿，尽管那实在是一种反讽意义上的歌颂：

> 暴躁的城市将得到更多
> 的光明。速度将更快
> 披覆的阴凉将更少

在电锯的轰鸣声中,白颐路上
堆下十里高大的白杨

道路将更宽,速度将提高
不止一档,戴安全帽的城建工人
像奔忙的蚂蚁费劲地
拖曳着春天巨大的尸体
载重卡车轰鸣、粗重地呼吸

速度将更快!夏利车内的重庆姑娘
驶向命运的里程将缩短一半
她甜美的乳房将暴露得更多!
戴黄帽的小学女生在暖房中
被时代催化,我将更快地

远离北京图书馆阴暗的走廊
阳光。阳光将更多地照耀
白颐路将更多地敞开它的胸膛
蜥蜴闪过像一个阴谋暴露得
彻底、无法取得春天的原谅

阳光将更多地照耀!电子公司的
摩天大楼为市政注入阳刚之气
巨型天线模仿着上帝的尖顶
更多地触摸到商业的体温
"当代"的繁华持续到黎明

春天,我两次经过白颐路工地
被建设的高温熔炼,被阻挡
夏天的翅膀全无阴影。光辉中的
光辉,心脏中的心脏

我经过那里赶在夏天之前
——《为白颐路上的建设者而写的一支颂歌》

这首诗是西渡书写城市经验的代表作。之所以要将全诗完整抄录于此，是因为诗中提到的白颐路（如今已改名为中关村大街），即北京海淀区从白石桥到颐和园的一段笔直的马路，乃是我在北京最熟悉的一段街景。我的母校和与它毗邻的国家图书馆就坐落在白颐路上，而很少远行的我已在母校生活了近十年。据一些上了年龄的人讲，白颐路在没有改建之前拥有绝佳的景色：宽大的马路上栽了六排高大的白杨，绵延十里，两两一组，分布在路的两侧和中间，让行人获得最大限度的阴凉，在那里散步一定美不胜收。我无缘走在风姿绰约的旧白颐路上，西渡比我幸运，在北大读书时恰好赶上了它最好的年华。不知他是否在夏日的傍晚约过哪个漂亮女生在这里徜徉忘返，还是在深秋的午后一个人骑着自行车在它宽阔的路面上撒丫子狂奔。这种想象是幸福的，而几年后的现实却是残酷的，正像诗人目睹的那样：白颐路迎来了它的大规模整容手术，参天的白杨被整齐地阉割。新的白颐路将拥有双向多条车道，供北京市更多的小轿车寻找爱情或纵情飞驰（实际上我每次在校门口都看到极端拥堵的场面），马路中间设置隔离栏，上方架起了过街天桥（校门口的那座天桥是我去首体的天成市场和书乡人书店的必经之路）。没错，正像西渡歌颂的那样，白颐路会像它所面临的这个全新时代一样，在时间中变得更多、更快、更宽，连同这个城市的光明、摩天大楼、电锯和焊枪、带着噪声和尾气的汽车、重庆姑娘的乳房，以及它所暴露给城市的胸膛。这大概就是现代人城市经验的应有之义。

这些在建设中的白颐路上曝光率越来越高的城市形象，在西渡的描述中渗出了它们的湿迹。这种湿是渴望生长的巨大愿望，还是辛勤工作的美德液体？是对乘风消逝之物的哀伤挽歌，还是对尚未得到之物的阴沉欲望？这是一种发生在我们身边的湿，是大地的湿，是肉体的湿。就题材而言，对白颐路上的建设者的歌颂行为是诗人北方经验（城市经验）的一个案例，而西渡在歌颂方式上采用了他钟情的南方品质，即对湿的方法论实践。作为万物的共同皮肤和介质，这种湿让词与物之间的触摸更加地润滑、畅快、宾主尽欢。现代汉语经过这种润滑之后，能够最大限度上拒绝干涩、粗砺和枯竭的表达方式，能够更加顺利地锻造自身的精确、细腻和复杂。西渡的诗歌风湿病在这里显示出了它积极的功能：和他早期作品中擅长表现的对崇高献出的唯美的忧愁和痛苦不同，就像风湿病人可以准确地通过肉体预报未来天气这种喜剧效应一样，诗歌风湿病可以作为对日常生活的一架诗意探测器。在它敏锐的嗅觉通过的地方，我们身边林林总总、褒贬不一、哭笑不得的事物、事件都将进入他的诗歌，仿佛白颐路所炫耀的那样，诗歌中的形象将更多、词语表达将见效得更快、当代诗歌承载现实生活的气度将更宽。然而，这架诗意探测器早已将人类最终的诗意成分确凿无疑地测定完毕，那就是人在时间面前彻底的失败：

我能数沙，我能测海，
我懂得沉默并了解聋人的意思。
我回答一切而彻底无知，
我救治一切而不能自救，
我侍奉一切而为万物的首领。
但是未来者，请问我是谁？
——《菩萨之歌》

五

在2010年底出版的第三部个人诗集《鸟语林》中，西渡继续延续着这种败局已定的诗意探测，继续寻找生活中的湿，继续践行着他在命运之中更深入的游移。他在诗集后记中，把自己的诗歌写作自嘲为在沙漠中种菜，[1] 表达了他对生命更多的焦灼、无助和荒诞。这种复杂的感情完全配得上那幅被放大了三倍的作者肖像：眼神更加迷惘，嘴角更加向下。一直向下，西渡顺着灵魂坠落的方向仔细地搜寻、探

---

(1) 参阅西渡《鸟语林·后记》，海南出版社，2010年版，第133页。

测，在承认了人生注定的失败之后，他不得不审慎地、有选择地寻找自己可以注视、交谈的对象。逃离了白颐路的他，在初春的玉渊潭公园找到了几只灰褐色的野鸭：

> 它们为什么留恋
> 这一小片寒冷的水面？
> 它们小心移动的样子
> 仿佛随身携带着什么易碎的器皿
> 忍耐而胆怯，生僻如信仰
> 仿佛刚刚孵化出来，
> 等着我们去领养。
> ——《玉渊潭公园的野鸭（一）》

西渡的遣词造句也像野鸭游水的仪态那样小心翼翼，生怕惊走了这些相见恨晚的穷朋友。"……有几只爬上了湖堤／看它们慢吞吞、笨拙的步伐／你会怀疑它们是否仍属于／飞行的族类……"（西渡《玉渊潭公园的野鸭（二）》）这些天堂的掉队者、天鹅的外省远亲、鹰隼的孱弱崇拜者，仅仅安静地享受着一小片寒冷的水面。它们的前世果真那样风华绝代吗？怎奈何内向的今生这般忍耐和胆怯？它们的来生果真那样孤独寂寥吗？怎奈何热闹的今生这般崇尚集体主义公社化？"而我也确实感到某种犹疑／是把它们装进我的口袋／领回家去，用它们教育／我即将出生的孩子，还是／听任预报中的寒潮／摧折它们娇弱的翅膀？"（西渡《玉渊潭公园的野鸭（一）》）对于一个长期的诗歌风湿病患者来说，教育孩子远离寒冷，或者预报即将来到的寒潮，似乎都不是什么困难的事。而困难的是，这一回，诗人真切地置身在了犹疑之中（犹疑成为诗集《鸟语林》的总体语气和格调，与诗人的肖像相互印证）。这种犹疑在西渡的近作中随处可见："对我来说，难以面对的反而不是／曾经养育我的山水和亲人的问候／而是蜜蜂的质询。那是你留下的难题。／即使我能从自身召唤出一位／敏于思辨的神，也难以回答／这样的针对自身的疑问"（西渡《旧地重游》）；"事物倾向于自己的本性／树木也开始沉湎于自我思考／树枝间的果实像

发亮的问号／延伸着自我的疑问……"（西渡《日常奇迹》）

诗人在内心犹疑，野鸭在水面游移，两者成为镜面两侧的事物，被西渡的诗歌捕捉、固定，镶嵌在我们生活的右上角，像一张别致的邮票，赋予我们寄出自己的权利：寄往梦境，寄往现实，寄往过去，寄往未来，寄往天堂，寄往地狱……我又犹疑了，是否真的要寄出自己呢？保持现状可以吗？"噢，但愿我一觉醒来，火车已经停靠／一个上世纪的火车站，站台上上世纪的人物／人来人往：四周围着一圈穿白大褂的医生／正研究我的嗜睡症；而你仍没有停止奔跑"（西渡《晨跑者之歌》）。人人内心都存在犹疑，作为游移的镜像，它也同样是湿的结果，它和湿润本身都保留在人类的本性之中，等待着在左顾右盼中渴望定格的诗意。

我们在犹疑中究竟要定格什么呢？西渡在玉渊潭公园观看野鸭后的第八年，在另一个清爽的夏日正午，在东北某个小城的桥堤边，我也曾与一个女孩坐在岸边的石阶上，静静地望着对岸一处水渚，几户小小的村舍，一群灰色的野鸭。我们被它们游弋中的安谧吸引住了，长久地坐着不说话。这里是我父母每天傍晚散步的必经之地。夕阳下，两个灰色的、平凡的身影如野鸭般缓缓地款步向前，走在他们封闭、平稳的日子里面。而在这个无声的正午，在我与她驻足的地方，却听不到它们的足音，也许那熟悉的声音还没有经过这里，只有蓝天、白云、村舍、野鸭，和它们在水面上划出的悠长波纹。与普天下所有的抒情者一样，我愿意用锤子把自己钉在此时此地，那愿望从未如此地强烈：为自己和自己爱过的人拍一张今生唯一的照片，冲洗它，框住它，撕掉它。我宁可不走向将来，比如我娶了她；也不倒回过去，比如重历青春的诱惑和热恋的落寞。我只要现在，像歌德（Goethe）那样，喊出一句：停一停吧！于是一切静止，只有三两只野鸭闲庭自若，带着那令我艳羡不已的高傲，游进自己的世界。这唯一的画面，这逝去的画面："此刻，我同意把速度加大到无限"（西渡《一个钟表匠人的记忆》）。我的爱，我的罪；我的纸，我的火；"我金发的玛格丽特，你灰发的舒拉密兹"（保罗·策兰《死亡赋格》）……

这画面刺痛了我，它让我重返孤独。我成为犹疑的对象，也成为犹疑的主人，我只定格到了一张今生再也难以见到的画面，记忆中的画面。我成了这画面的风湿病患者,分泌出我自己的湿。而诗人西渡也在他自己的犹疑中,在他为生活分泌出的更多的湿中,在时间如水的流逝中,在他写出的第一行和最后一行中,也仿佛停靠在了某个地方,定格在了某个时刻。那里是吞噬一切的沙漠吗?那一刻是诗人的正午吗?那个人是当初那位留着平头的诗歌斗士,转业后的钟表匠人,如今这个孤独的沙漠菜农吗?你会见到小王子吗?你见到绿洲了吗?而你说,我希望下一个十年可以写得更多一点。[1]好吧。等下一个十年,在下一个词语的转角处,也许是白颐路,也许是玉渊潭,也许是沙漠,也许是绿洲,不管怎样,我们相约老地方再见:

> 把写过的诗再写一遍,
> 直到把一首好诗写坏。
> 把对别人说过的话,
> 临睡前对自己再说一遍。
> 把牙蛀掉,消耗我们
> 一度美好的容颜。
> 把玩具一件件拆散
> 又重新组装。
> 重温儿时的功课
> 把同一道难题反复演算。
> 以加倍的耐心润滑时光的齿轮,
> 把一生慢慢过完。
> ——《一生》

---

(1) 参阅西渡:《鸟语林》,第134页。

诗歌中的声音　西渡研究集

一

从形制和体貌上看,西渡的短诗《祖父》颇类于塞缪尔·约翰逊（Samuel Johnson）所谓的"容易的诗"（Easy Poetry）[1]。其中有这样的句子：

祖父扛着锄头朝山上走去
一脸的皱纹都笑着，路上
遇见他的人也都满脸笑着
人们说祖父忒会"讲言笑"
但他们的方音听起来就像是
"搞严肃"。所以祖父
又严肃又搞笑。这性情
传给了父亲，父亲传给了我。
在内心，我几乎是阴郁的
但人们却说我"你真逗"
我的哑巴同事递给我

（1）参阅黄维樑《中西新旧的交汇》，作家出版社，2013年版，第10页。

心性与诗
——以西渡的《杜甫》《苏轼》为例※

敬文东

※本文据敬文东于2016年6月14日在中央民族大学讲座的录音整理，整理者：张皓涵。

一张纸条:"你为什么整天
笑嘻嘻的?"也许我该说
因为我阴郁。由此看来,我
不像是人们眼中的不肖子孙。
　　——《祖父》

仰仗这些看上去简单、质朴的诗行,西渡也许是在暗示一个长久以来被隐藏,却又时时纠缠现代中国诗人的核心问题:诗人的心性是否必须与诗保持某种一致性(或称同一性)。在此,西渡仿佛"笑嘻嘻"地暗示说:这可是一个"讲言笑"是否有必要等同于"搞严肃"的大问题啊。如果此处的答案是肯定性的,接下来的问题就只能是:为什么必须保持一致性?又当如何在写作中,尽力促成或撮合这种一致性呢?毕竟按照苏珊·桑塔格(Susan Sontag)的观察,唯有心性上的"倒错"而非中正,"才是现代文学的缪斯"。[1]

中国古贤哲们乐于称道的"正心、养心、尽心、大心、放心直至从容",还有"最后时刻姗姗而来的道心"[2],既是他们修习心性的主要步骤与内容,又是心性自身所拥有的各种阶段与症候。而所谓心性,不过是人对世界或万物所持的某种心理状态,但它总是乐于同自我意识牵扯在一起。出于心性完整而非分裂这个伟大的原因,中国古人在创作诗篇时,基本上不存在心性与诗是否一致的问题:两者间天然就是一致的,或总是倾向于一致的。如果出现例外,那也不过是两者间在总体上倾向于一致性的铁证。这既是古人对"文如其人"之信条深信不疑的根源所在,[3]也是他们对"修辞立其诚"顶礼膜拜的心理基础。心性的完整,有如诗歌在形式上的整饬与圆融——心性与诗形(即诗歌形式)之间,似乎存在着某种神秘的联系。而自我意识或许是普遍并且普适的,称得上自古皆然,谈不上任何神秘色彩;但单子式个人过于孤绝的自我意识,却只能是现代性的终端产品。其特点,无非

---

(1)　[美]苏珊·桑塔格:《反对阐释》(程巍译),上海译文出版社,2003年版,第60页。
(2)　敬文东:《从心说起》,《天涯》2014年第5期。
(3)　参阅敬文东《用文字抵抗现实》,昆仑出版社,2013年版,第60—63页。

是分裂、焦躁与孤独。[1] 以苏珊·桑塔格之高见，这等惨境的来由无非是："我们这个时代，是一个有意识地追求健康，却又只相信疾病包含真实性的时代。"[2] 现代人更愿意相信：病态才是真相，健康只是幻觉。无限开放、扩张的现代经验较之于封闭、有限的农耕经验，不仅显得复杂多端，而且因其心性上的焦躁、分裂与孤独，显得面相繁多：完整、统一的心性从此丧失了，有如整饬有序的诗形被新诗的形式纵欲脱去了贞操，又好比叶芝说的"再也保不住中心"（叶芝《基督重临》）。

　　写作《祖父》之前的西渡早已明白：新诗自诞生之日起，就在有意无意间，察觉到统一的心性之丧失这个不容回避的事实，并且有过不乏激烈的应对。郭沫若的《天狗》《凤凰涅槃》，戴望舒的《雨巷》《我以残损的手掌》，大体上是对这个问题或事实的正当防卫，有时还不免有防卫过当之嫌。拜现代社会（或现代性）所赐，更多的人终将死于心碎；[3] 新诗人们普遍处于心性分裂的状态之中，却总是试图在个人心性与诗绪之间，制造一种类似于——映射般的平衡，毕竟心性上的失衡或巴洛克状态（Baroque Condition），的确不是一件令人愉快的事情。他们希望自己所创的诗篇，能与自己的心性相一致。但此事之难，实在与"华亭鹤唳讵可闻，上蔡苍鹰何足道"（李白《行路难·其三》）相等同。但也有相反的情况发生：新诗人横下一条心，干脆破罐破摔，在诗中把心性的侧面甚至反面呈现给读者。按照20世纪中期成长起来的西方文论，给真实的心性戴上面具，以面具冒充真实的心性，考虑到现代经验的过于繁复，就不仅具有合理性，甚至在相反相成的角度上，还可以被认作面具与诗绪本来就是一致的。

二

　　一谈到心性与诗是否具有一致性的问题，会立即涉及读者和诗人

---

(1)　参阅赵汀阳《第一哲学的支点》，生活·读书·新知三联书店，2013年版，第110—120页。
(2)　[美]苏珊·桑塔格：《反对阐释》，第56页。
(3)　此处化用了索尔·贝娄（Saul Bellow）的长篇小说的题目"更多的人死于心碎"。

之间的关系（中外之别和古今之别在此问题上的作用暂且不提）。在古典时期，读者和诗人的关系原本不成其为问题，甚至一度被认为无足轻重——至少欧美新批评（The New Criticism）就是这样待见它们的。但自读者—反应理论（Reader—Response Theory）出现以后，这种关系变得既火爆，又复杂。为应对这种日益强盛起来的复杂性，彼得·拉比诺维兹（P. J. Rabinowitz）曾提出过"隐含读者"之类的概念。这个概念初看上去好像较为费解，其实质倒是非常简单，不过是"作者的读者"而已。"作者的读者"意味着：任何一个诗人在营建任何一首诗篇时，都不免暗自希望能够出现准确理解其诗绪的读者；这类被作者高度期许的读者，能准确破译诗人寄存于作品之中的自我形象。[1]有过三十年诗歌写作史的西渡大概会承认：出于现代经验的复杂性，出于心性分裂的缘故，每一位新诗写作者在谋划任何一个诗篇时，都会通过特定的语词、语气，还有特定的句式，精心营建这个诗篇念想中原本应该出现的氛围；诗人自身的肖像，则或明或暗地隐藏于这种氛围之中。接下来的事情似乎显得更为顺理成章：诗人打心眼里希望隐含读者（亦即"他的"读者），最好能将这个肖像与诗人自身的真实形象严丝合缝地叠在一起，以至造成心性与诗具有同一性（或一致性）的幻觉，或有时骇人听闻地居然就是真相。

　　愿意与隐含读者相匹配、相对称的，是韦恩·布思（Wayne C. Booth）热情称颂过的隐含作者。布氏既老谋深算，又善解人意。他知道：心性的分裂在现代社会乃是不争的事实，破罐破摔又不免有些难堪（假如不说难为情的话），所以，倒不妨拿很有些虚伪特性的隐含作者来抵挡一阵。隐含作者的出源地，它的大致情形，差不多就是叶芝描述过的："我们通过自我斗争来创造诗歌，这有别于我们跟他人斗争时的修辞。"[2]乍听上去，这话似乎很难理解，但韦恩·布思的解说却很通俗：每一个作者（无论小说家、诗人还是散文作者）都要在具体的创作中，给自己预留一个位置；在这个位置上冒出头来的作者形象，就

---

(1) P. J. Rabinowitz,*Before Reading:Narrative Conventions and the Politics of Interpretation*, Ohio State University Press,1987,p.17.

(2) 参阅[美]韦恩·布思（Wayne C. Booth）《隐含作者的复活：为何要操心？》，《当代叙事理论指南》（James Phelan、P. J. Rabinowitz主编，申丹等译），北京大学出版社，2007年版，第68页。

是他(她)特别想让读者看到的那个形象。这个形象是"通过自我斗争"——而非通过与他人较劲获得的,亦即"我"必须想方设法,甚至不惜让自己的左手扇向自己的右脸,也要搞出一个"我"想要得到的那个"我",以应对现代经验的复杂性,顺带着讨好隐含读者。这个形象(即"我")就是匹配于隐含读者的隐含作者。隐含作者意味着:鉴于现代性带来的残酷、复杂、扭曲的人际关系,每一位小说家、散文家或诗人,都倾向于以面具而不是以真面目示人;诗篇中的"我"(即肖像)与传记材料中的"我"大不相同,甚至截然两样。

罗伯特·弗罗斯特(Robert Frost)在此是个绝佳的例证。此公在诗中塑造的自我形象足够慷慨、热情、大度、友好、睿智,好像荒原般的现代社会上这号人竟然到处都是,因此深受不明真相的诗歌群众所喜爱;传记材料中的弗罗斯特,应和着现代社会定义下的人际关系,则是一个自私、暴躁、冷漠,甚至不乏卑鄙特性的小人。弗罗斯特的自我意识很强,自我保护意识当然也很强,他深谙现代诗歌之"猫腻",知道读者的心坎之长相何如,其爱好何如。于是,他有意识地生产出了韦恩·布思所谓的隐含作者,以便让"他的"读者来破译,来认亲。这样做的好处或合理性,在韦恩·布思一连串的虚拟式反问中,得到了完好的呈现:

> 假如我们不加修饰,不假思索地倾倒出真诚的情感和想法,生活难道不会变得难以忍受吗?假如餐馆老板让服务生在真的想微笑的时候才微笑,你会想去这样的餐馆吗?假如你的行政领导不允许你以更为愉快、更有知识的面貌在课堂上出现,而要求你以走向教室的那种平常状态来教课,你还想继续教下去吗?假如叶芝的诗仅仅是对他充满烦忧的生活的原始记录,你还会想读他的诗吗?假如每一个人都发誓要每时每刻都"诚心诚意",我们的生活就整个会变得非常糟糕。[1]

---

(1) [美]韦恩·布思(Wayne C. Booth):《隐含作者的复活:为何要操心?》,《当代叙事理论指南》(James Phelan、P. J. Rabinowitz主编,申丹等译),北京大学出版社,2007年版,第66页。

看起来，现代主义诗作中的面具实在出于迫不得已：它是被逼而成的产物，因为在现代性语境中，真诚直接性地意味着死路一条。韦恩·布思接下来举例说，即使像西尔维娅·普拉斯（Sylvia Plath）那样的诗人，即便她再现了"自毁性的缺陷和痛苦"，看似真诚，其实也戴着面具，因为她"在创作诗歌时所实现的自我，也要大大强于在用早餐时咒骂配偶的自我"[1]。思想家们早已证明，现代性的终端产品之一是个人，单子式的个人，孤零零的个人。赵汀阳的表述在此格外值得重视："现代性一方面在政治权力和利益追求上肯定了个人，但又在生活经验和精神性上通过大众文化否定了个人，这个悖论相当于使个人在主权上获得独立性的同时又使之在价值上变得虚无，使个人获得唯一的自我的同时又使之成为无面目的群众。"[2] "价值上的虚无"和"无面目的群众"在互相界定，它们有可能导致的结果之一，是心性的分裂；遗憾的是，在现代社会，这种可能性刚好变成了不可更改的现实性。正是这种无法回避的现实性，在逼迫新诗写作者被迫制造隐含作者，在唆使他们眼巴巴地渴望隐含读者。问题是，"作者的读者"会如作者们期许的那样出现并且上当吗？西渡对面具似的隐含作者持何种态度？他的态度对当下新诗写作意义何在？

三

孟子有著名的"四心说"：恻隐之心、羞恶之心、辞让之心和是非之心。"四心"分别对应于如下"四端"："仁之端也""义之端也""礼之端也"和"智之端也"。[3] 大致说来，四心（亦即四端）既能保障人对世界的恰切认识，也能让人的行动较为圆满和圆融。因此，"至晚从孟亚圣开始，无须理学、心学，也无须佛学东渐，中国哲人就坚持认

---

(1) ［美］韦恩·布思韦恩·布思（Wayne C. Booth）：《隐含作者的复活：为何要操心？》，《当代叙事理论指南》（James Phelan、P. J. Rabinowitz主编，申丹等译），北京大学出版社，2007年版，第68页。
(2) 赵汀阳：《第一哲学的支点》，生活·读书·新知三联书店，2013年版，第122页。
(3) 参阅《孟子·公孙丑上》。

为境(或景)由心生。"[1]有古老的戒条"修辞立其诚"在一旁掠阵,或充任王佐,中国古贤哲对"文如其人"持异常信任的态度,所谓心中有佛,所见万物皆佛;心中有粪,所见万物皆粪。在绝望者如曼德尔斯塔姆(Osip Mandelstam)眼中,连太阳都是黑色的。但这个戒条在新诗写作中,似乎遭到了灭顶之灾:诗与心性、诗与诗人的真实形象是分离的,而且这种分离还拥有成色不错的合法性,并趁机把自己哄抬到了新诗现代性的制高点。像弗罗斯特那样制造光鲜的隐含作者以打扮自己,是诗与心性相分裂的情形之一种;把自己传记意义上不太邪恶的那一面在诗歌中有意表现得更邪恶,则是诗与心性相分裂的情形之又一种——用现在流行的话说,那简直是对自己进行的"高级黑"。在现代主义诗歌写作中,对自己实施"高级黑"的例子很多。在西方,大致上以波德莱尔(Charles Pierre Baudelaire)和金斯伯格(Allen Ginsberg)为最;在中国,似乎以李金发、李亚伟、宋炜为最(小说写作中大概没人比得过王朔)[2]。传记材料显示,他们都不如自己制造的隐含作者那么糟糕。他们抹黑自己,只是为了抹黑现实;他们尽可能通过败坏自己的形象,通过对极致性隐含作者的塑造,以便达到鞭挞肮脏社会的目的;他们努力展示自己的邪恶,用以衬托世道人心之坏。

在现代社会,尤其是考虑到无法解除的"必要之恶"无处不在,[3]故意抹黑自己,或者与邪恶比赛到底谁更邪恶,反倒更具有批判的力度。西渡漫长的写作史或许能够显示:无论是从美化自己的角度还是从丑化自己的角度形成隐含作者,都是他不同意的。虽然纳博科夫(Vladimir Vladimirovich Nabokov)曾为前者辩护说,大作家都是超级骗子,其作品与现实毫无关系,却能独创一个世界,[4]但依然无法改变前者既虚伪又自恋的超级禀赋;后者则纯粹是拿自己和世道人心比滥,其口气是:我比你更滥,所以我赢了你。这都不是西渡能够同意的。关于这一点,马上就会很清楚地看到,因为"讲言笑"的人一直在真正地"搞严肃",他完全"不像是人们眼中的不肖子孙"——

---

(1) 敬文东《论垃圾》,《西部》2015年第4期。
(2) 参阅王蒙《躲避崇高》,《读书》1993年第1期。
(3) 参阅刘东《思想的浮冰》,上海人民出版社,2014年版,第95—108页。
(4) 参阅赵一凡《西方文论讲稿:从胡塞尔到德里达》,生活·读书·新知三联书店,2007年版,第36页。

> 我对自己说：你要靠着内心
>
> 仅有的这点光亮，熬过这黑暗的
>
> 日子。
>
> ——西渡《杜甫》

仅凭直观，稍有训练的读者也能一眼看出：虽然语带忧郁，西渡却没有制造隐含作者。在此，面具被移开了；或者：面具干脆就没有存在过。这几行诗很清晰地暗示：没有必要假装崇高与神圣，因为生活与现实本来就是世俗的、不洁的，[1]却又不能因此滑向比赛谁滥的俗套。在同一首诗中，西渡借杜甫之口宣称："我废弃了圣人的理想，不再做梦。"看起来，他只愿意在诗中做一个标准的现实主义者，以本然的面目示人，却又绝不与现实同流合污，更不与现实比赛究竟谁更滥，就像杜甫在安史之乱后为后世的诗人所做的伟大示范一样，试图依靠内心"这点"微弱的光，熬过难以熬过的黑暗。

在这几行诗里，或许"这点"和"熬"才是关键词："这点"表征的微小、微弱，与"黑暗"的无边、无垠恰成比照；而微小、微弱与无边、无垠之间的修正比，急需要"熬"来回应。因此，"熬"更有可能成为关键词中的关键词。"熬"在此意味着艰难，但不屈服；意味着可以歌、可以哭，但从不失其怜悯之心。这与传记材料中杜甫的生平形象若合符契[2]，也跟"这点""光"不相般配到了恰相般配的程度。在此，西渡诗艺上的平衡术跟心性本身的质朴正相匹配，显得既恰到好处，又下盘沉稳。这种状态下出现的"熬"，更有资格成为中国人数千年来无法被抹去的宿命，也更有资格构成这种宿命的象征形式。自所谓的"黄金时代"（即上古三代）终结之后，中国旋即堕入永久的乱世；[3]

---

(1) 参阅阿城《闲话闲说》，江苏文艺出版社，2016年版，第52—76页。
(2) 关于杜甫的生平形象的一般描写，可参阅莫砺锋《杜甫评传》，南京大学出版社，1993年版，第30—145页。
(3) "中国"据说是个很复杂的词，其疆域历来并不固定，有一个由小到大的融合过程（参阅李零《茫茫禹迹》，生活·读书·新知三联书店2016年版）。这里只是在一般的意义上使用"中国"这个概念，第3—52页。

而乱世中包括皇帝在内的每一个人,都几乎无一例外地贱如蚂蚁。[1]西渡以一个干脆、响亮的"熬"字,就道明了这一切,也总结了这一切:再坏的乱世,也可以"熬"下去,只要内心还有一点点光亮,像杜甫。"熬"和"光"两相结合,就是乱世之中急需的勇气和决心。虽然西渡很清楚如下事实数千年来从未变更:

无边的空间,永无尽头的
流亡。山的那边,是山;路的尽头
是路;泥泞的尽头,是泥泞;黑暗
之外,是更深的黑暗。
——《杜甫》

但是只要有"光"和"熬"存在,情况就算不上最糟,因为至少还可以活下去。对此,阿城的解释有异曲同工之妙:"中国文化里虽然有很艰深的形而上学的哲学部分,但中国文化的本质在世俗精神。这也是中国历经灾难、战争、革命而仍然存在的真正原因。"[2]世俗精神的实质,恰在于"熬"和虚拟之"光"的合体。在这种还不算最糟的情况下,西渡以杜甫的口气而非面具的口气,以完整的杜甫的心性而非分裂状态中的杜甫之心性,道出了一线希望:

在春天,竹子的生长被暴力扣住,
在石臼的囚牢里,它盘绕了一圈
又一圈,终于顶开重压,迎来了光。
于是宇宙有了一个新的开始。
——《杜甫》

---

(1) 据斯蒂芬·平克(Steven Pinker)研究,在人类历史上的二十一次大屠杀中,中国占据六个席位,以死亡人数看,安史之乱排名第一,蒙古征服中国排名第二,明朝灭亡排名第四,太平天国排名第十,三年自然灾害排名第十一,第三次国内战争排名第二十一。参阅[美]斯蒂芬·平克《人性中的善良天使》(安雯译),中信出版社,2015年版,第232—233页。

(2) 阿城:《文化不是味精》,江苏凤凰文艺出版社,2016年版,第74页。

但这种不是希望的希望终归是脆弱的,其间的一切真相,尽在作为关键词的"熬"之中。西渡在此提到的脆弱之希望,尤其是希望的脆弱特性,尽得中国古典诗歌之妙,正所谓"一弹再三叹,慷慨有余哀"(《古诗十九首·西北有高楼》)。一方面有动物一般坚韧甚或壮怀激烈的东西在里面,另一方面则是令人叹息的哀痛。而叹息,正是"熬"的音响形象,但更是"熬"的声音化,或肉身造型。

四

对于现代主义文学(比如诗歌)来说,美或审美是一对很尴尬的概念;用美或审美的眼光去打量、凝视现代主义诗歌,会让人感到很羞涩、很别扭,甚至不好意思开口,就像革命年代的人说不出"我爱你"。这是一件很奇怪,却又很真实的事情,恰如西川的咏诵:

美丽的**假**古董是美丽的吗?美丽的**假**人倒可以是美丽的**但那**是假人。
假人荒着**灵魂**。即使假人人山人海也聚不来山海一般的
灵魂!
那么**美丽**是可以自灵魂抽身的吗?
——西川《潘家园旧货市场玄思录》(加黑的词为西川所为)

因此,围绕丑组建起来的氛围系统或诗意系统,才是现代主义文学(尤其是诗)的关键;悲观、绝望、荒诞、孤独、死亡是现代主义诗歌的常态,艾略特的"荒原"(Waste Land)之喻显得过于温柔了一些,也过于轻描淡写了一些。与现实竞争究竟谁更滥以达到鞭挞现实的目的,才是现代主义诗歌写作的基本策略,面具或隐含作者的存在因此是必须的。正是以此为基础,兰色姆(John Crowe Ransom)才敢放胆

做结:现代诗乃"有罪的成人"之诗。[1]

与此迥然有别的,正是中国古人的质朴主张:"感人心者,莫先乎情,莫始乎言,莫切乎声,莫深乎义。诗者,根情,苗言,华声,实义。"[2] 以"阴郁"之心"搞严肃"的西渡,正可谓身在现代主义诗歌之"曹营",却心存"美出源于善"[3]而非源于"真"[4]这个伟大教诲之"汉阙"。[5]身"曹营"心"汉阙"的心性处境和诗学处境,让西渡既避免了纯粹的审丑,又避免了美和审美有可能带来的矫情与伪饰。用不着怀疑,善是人后天习得的东西。在有意修养心性的人那里,善是可以伴随修习行为不断成长的特殊之物。以中国古贤哲之见,写作满可以成为一种特殊的修行,所谓"道不远人"[6],甚至"道在屎溺间"[7]。人的心性既可以与诗文一道成长,心性由此成为诗文的被供养者,也可以反哺诗文,心性由此成为诗文的供养者。他们(它们)是互为供养人的关系。对此,今人黄永玉的表述称得上既质朴,又感人:

> 我少年时代听家父说过,他听我的太祖母谈起过龚定庵,是那篇《病梅馆记》引起来的。她说龚璱人的人品是从自己的文章里养出来的。太婆是个瞎子,我一两岁的时候见过她。我长大以后,时常想起这句话。自己的文章,伴着自己的经历,培养自己。卓别林从滑稽演员到大师,契诃夫从写滑稽文章的契洪茹,到大师的契诃夫,人格和气质都是从自己的文章中脱颖而出的。[8]

这真是质朴到伟大的高论!它把良善、圆融的心性来源于诗人与

---

(1) 参阅赵毅衡《重访新批评》,百花文艺出版社,2009年版,第10页。
(2) 白居易:《与元九书》。
(3) 参阅李泽厚、刘纲纪主编《中国美学史》第一卷,中国社会科学出版社,1984年版,第135—150页。
(4) 美源于真实希腊文化中成长出来的经典教条。参阅黑格尔《美学》第一卷(朱光潜译),商务印书馆,1979年版,第140—142页。
(5) 2005年,西渡以一人之力,编有多卷本的《经典阅读书系》(中国计划出版社),其中包括古诗、唐诗、宋词、元明清诗、古文(上、下)等卷,足以显示他对古典汉诗和古典文学的熟悉程度。
(6) 《中庸》第十三章。
(7) 《庄子·知北游》。
(8) 黄永玉:《文化漫步:黄永玉岳麓书院演讲笔录》,《创作》2000年第1期。

写作之间那种哺育和反哺的亲和关系，表达得极为清楚。在此，所谓写作，不过是对善的习得方式之一种，善由此而荣膺心性的主要部件。中国古人总是倾向于心性为静的观点，陆机的看法很有代表性："烟出于火，非火之和；情生于性，非性之适。故火壮则烟微，性充则情约。"[1]对此，钱钟书有过精到、精准的评论："前之道家，后之道学家，发挥性理，亦无以逾此。"[2]诚如陆机的暗示，倾向于宁静的善并不妨碍情深意厚：在性"充"与情"约"之间，有一种令人欣然和值得人信任的修正比。西渡对此"大"约是"大"有会心，他因此以苏东坡的口气写道——

圣人太多。
而我重视常识甚于玄学，诸教
之说，我取其近于人情者。生命
值得拥有，它让我喜欢；上善若
水，我心如流水，也如白云。
这世界该多一点温暖。这是
最好的道理。
　　　　——《苏轼》

西渡从心性的角度赞赏的，正是苏东坡乐于赞赏的："诸教／之说，我取其近于人情者。"只有"近于人情"的观点，才更可能切近于"温暖"，更能够趋近于"最好的道理"。苏东坡有谈玄的能力，却拒绝谈玄，顶多对一点点小禅趣有挂怀，但禅趣从不离烟火气；他更愿意醉心于生活之甘美，谈论生活之甘美。而完善、圆融的心性，正在于对生活之甘美的用心体悟，和用心书写。瞧瞧东坡居士笔下满纸烟云中交织的人间烟火味，一切都明白如话。西渡表面上以苏轼的口吻发言，实则以《苏轼》一诗勉励自己：心性尽可以阴郁，却始终不失其圆满，因为阴郁有可能正好来自心性的圆满；是对良善心性的渴望而

---

(1)　陆机：《演连珠》第四十二。
(2)　钱钟书：《管锥编》，中华书局，1986年版，第1211页。

不是别的因素,导致了内心的阴郁。

林语堂在《苏东坡传》一开篇就说:"苏东坡是一个无可救药的乐天派、一个伟大的人道主义者、一个百姓的朋友、一个大文豪、大书法家、创新的画家、造酒试验家、一个工程师、一个憎恨清教徒主义的人、一位瑜伽修行者、佛教徒、巨儒政治家、一个皇帝的秘书、酒仙、厚道的法官、一位在政治上专唱反调的人。一个月夜徘徊者、一个诗人、一个小丑。但是这还不足以道出苏东坡的全部。"苏东坡的全部,存乎于中国文人每一想起他就要会心一笑的那个"会心一笑"中。[1]苏东坡重视和信任的,始终是人间烟火气与常识;他对心性的恰切理解,也以常识和人间烟火气为出发点,那种玄学的善与心性对他没多少意义。苏东坡更乐于相信:对人情物理的尊重就足以培植善,培植欢快的心性;这种善和欢快的心性经过凝聚,能够成为(或变作)杜甫的"光",那一点点微弱却无比坚定、不可或缺的"光"。在此,西渡暗自阐明了诗歌写作对于心性所起的培植作用,对心性所具有的供养人的私德。和《杜甫》相比,《苏轼》似乎更有能力消除隐含作者,解除现代主义诗歌写作中隐含作者对诗人所具有的诱惑性,以至于更有能力迈向中国古贤者推崇的"文如其人"之境界。像黄永玉的太祖母称道的龚自珍那样,西渡也有望通过自己漫长的写作史,"伴着自己的经历,培养自己",成为心性坚定和光明的人。尽管阴郁仍在心间,但不应忘记的是:唯有大善者,才有真正的阴郁和忧虑。这种心性能让诗歌写作与心性本身之间,拥有难能可贵的一致性。因为此时此刻,任何面具都没有诗人本来的样子更迷人,更让普通读者(而非"作者的读者"即隐含读者)信任。

西渡之所以能够轻轻松松做到这一点,排开其他因素,也许和苏东坡有关。今天的人可以毫不犹豫地说:苏轼就是人与诗文互相搀扶迈上更高境界的典范,是心性与诗高度一致的地标式人物。章惇是苏轼的政敌,在构陷苏轼并让苏轼陷入绝境那方面居功至伟。当老病的苏东坡在被赦还朝的路上听说章氏也被发配到偏远之地时,就给章氏之子写信,叮嘱他要好好照顾老父,还给章惇开了药方,让章子照方抓药。中国人

---

[1] 参阅林语堂《苏东坡传》(张振玉译),陕西师范大学出版社,2006年版,第2页。

常说"君子报仇，十年不晚"，苏轼的心性在普通中国人看来显然不可思议。能为此等心性做注释的，是苏东坡自己的话：我上可以陪玉皇大帝，下可以陪乞丐，眼中所见无一不是好人。[1] 苏东坡有这样的心性，西渡才有胆量模仿苏轼的口气，说出如下轻描淡写之豪言——

在死后，我的耳朵
头次如此贴近大地，我获得
绝对的听力：草木的呼吸
震动山川，蚂蚁的行军引诱
隐约而遥远的鼙鼓。这个
无人看守的世界依然沉醉于
丝帛买来的和平：弄权的
继续弄权，醉的醉，歌舞的
歌舞，瓦舍勾栏依然万人
空巷，装圣人的继续装。
没人预感到时间将很快夺走
他们现在所有的：最高贵的
将成为最卑贱的囚房，此刻
醉心于炭烧的，将被迫吃下
最难咽的食物。而我已拥有
大地青山，我知道我并不高广
的坟茔，将比帝国的城基稍微
坚固一些；而时间最难以消化的
是我偶尔说给世界的那些悄悄话。
——《苏轼》

这些诗句除了传达它本来应该和准备传达的主题外，仍然没有忘记暗示诗歌写作对于心性的滋养。具体到苏东坡那里，诗歌写作与心性之间的一致性，已经达到了类似于"剑在人在，剑亡人亡"的境界，

---

[1] 参阅高文虎《蓼花洲闲录》。

心性与诗文完全合二为一，哺育和反哺相辅相成。这应该是西渡无限向往的境界，也是他写作《杜甫》和《苏轼》的目的：自我意识在每时每刻都是同一的，心性圆满、圆融而从未分裂。因此，身在现代主义诗歌写作之"曹营"，西渡却渴望能像东坡居士那样，对隐含作者、隐含读者的巨大诱惑拥有极强的免疫力；他渴望像东坡先生那样，在处理任何诗歌题材或诗歌主题时，都能以不变的本性、本心同任何一位读者赤诚相见。或许，这就是西渡在《杜甫》中，尤其是在《苏轼》中，为中国诗歌的现代性重新发明、开掘出来的古典性。

五

《杜甫》和《苏轼》都是具有"高保真"性质的代言诗。诗中的"我"态度诚恳，心性质朴、圆融，完全可以直接被视作杜子美和苏东坡，而不仅仅是他们的替身；或者：诗中之"我"等同于杜子美和苏东坡附体于诗人西渡，宛若夫子附体于韩愈或柳河东。就像柳河东与韩愈化身为夫子说话的嘴或握笔的手，西渡则成为杜甫、苏轼明面上的独白：这就是所谓的代言。钱钟书说得很精辟："唐以后律赋开篇，尤与八股破题了无二致。八股古代称代言，盖揣摩古人口吻，设身处地，发为文章；以俳优之道，抉圣贤之心。"[1] 从技术的层面上说，代言或许是非常简单的事情，恰若刘熙载所言："未作破题，文章由我；既作破题，我由文章。"[2] 似乎仅仅在几个分秒之中，"事情就这样成了。"[3] 和钱钟书、刘熙载相比，今人龚鹏程对代言的描述就要具体得多（倒不一定精辟或复杂得多）："因为是代人啼笑，所以作者必须运用想象，体贴人情物理，在诗篇的文字组合上，构筑一个与当事人切身相应的情景。因为是就题敷陈，作者也得深思默运，拟构一月照冰池、桃李无言之境，在内心经验之。然后用文字幻设此景，令读者仿佛见此月照冰池、桃李无言。这跟情动于中而形于外、若有郁结不得不吐的言

---

(1) 钱钟书：《谈艺录》，中华书局，1984年版，第32页。
(2) 刘熙载：《艺概·制义概》。
(3) 此处戏拟了《圣经·创世记》1∶7 中的语气和句式。

志形态迥然异趣。"[1]但从心性的层面观察，代言并不是简单易行之事：代言者必须与被代言者心性相通。仿佛专门为了作证似的，西渡在另一首诗中写道：

> 为了理解石头，你必须成为石头；
> 为了理解天空，你必须成为天空中的一朵云。
> 山影入怀，泉水之光穿透玻璃的杯壁。
> "喝下去，你便拥有山水的性灵，
> 爱上它，你就变成另一个你。"
> 越过天门，我们并肩行走于云涛之上。
> 隐隐地，从山腰传来人间的鸡鸣。
> ——《山中笔记》

只有石头才能理解石头，但只要一朵云终于理解了天空，它就能在天上听见人间的鸡鸣，最终和人间打成一片。至此，西渡的意思变得更为清楚、敞亮：虽不敢说代言者和被代言者在生命境界、观察世界的方式、生活态度等主要人格指标上完全相等，但起码得旗鼓相当，最不济也得有"虽不能至，心向往之"的深切渴求。否则，就会堕入"以俳优之道，抉圣贤之心"的下流境地。这就是古往今来包括韩愈在内的绝大多数代言者归于失败的根本原因：归根结底，技术是次要的；当云不能理解天空，一块石头无法理解另一块石头时，隐含作者与隐含读者就能派上用场。

但最终，代言是为了通过代言者而成为被代言者；或者，通过理解杜子美、苏东坡，而成为杜子美和苏东坡。由此，代言诗变成了西渡自己的诗；因为心性上共同的圆融与诚恳，情形甚至还有可能更进一步：是已故诗人杜甫、苏轼在冥冥之中代西渡立言。在《杜甫》和《苏轼》中，从心性与写作同一的角度，西渡更愿意暗示的是：古往今来，一切伟大的诗人不仅是一家人，而且是同一个人；古典性维度上心性与诗篇的一致性，应该成为现代主义诗歌效法的榜样。而能否实现这

---

[1] 龚鹏程：《中国诗歌史论》，北京大学出版社，2008年版，第93页。

个目标,只在于诗人能否打通写作与修身养性之间的壁垒,并将之推行到底。正是在这个基础上,方有西渡辉煌而澄澈的代言;它暗示的是写作的必要性,但更是如此这般的写作为何总是欣欣向荣,为何永远生生不息 ——

  我一直
  爱着。这是唯一的安慰。
  我死的时候,我说:"给我笔,"
  大地就沐浴在灿烂的光里。
    ——《杜甫》■

诗歌中的声音　西渡研究集

一、诗歌的"悬案"

  诗家或常以文辞平易圆透之作为上,但许多时候,作为语言国度的拓殖先锋,诗歌亦需熔铸新的命名,率意造语,新锐不断腐朽的语言,进而新锐生活及其经验。比如,意新语工的隐喻,一定意味着在词与词、事物与事物之间,创建了新关联,虽一时看似语涩难解,实乃对僵化的事物理解形态发动革命的微观基础。当代诗歌于此居功甚伟,惜多未被辨识、阐发,以致淹没。诗人西渡2010年写了一首纪念已故诗人骆一禾的诗,中有句云:"把攀索系在云的悬案上。"[1]细察之,其惊心孤绝恰似当代汉语诗人写作的形象:诗人在事物与词语之间的冥河上摆渡,有如悬案攀索,路径、目标都不牢靠。其实早在2002年的一首诗里,西渡就表达过类似的忧思:"在我们和天空之间,能交换的东西越来越少。"[2]这几乎可以看作"云的悬案"的草稿。相比之下,"云的悬案"不但意达,而且"意"已转生为"象",从"思"升跃为"诗",凝结为一个完整的意象,如在目前,令人不禁作言外之思。

  在摈弃了与意识形态的简单敌对、经历了沉溺于语言的高峰体验

---

(1) 西渡:《挲云》,未刊稿。
(2) 西渡:《雪》,《草之家》,新世界出版社,2002年版,第89页。

悬案,或迷津的火焰
——西渡诗歌阅读笔记 ※   颜炼军

※ 原载《江南诗》2016年第4期。

之后，当代汉语诗歌写作的确如"悬案"——看似无解，但此无解之大之广，恰又展开了充满生机的诗歌道场。西渡的"悬案"之诗，自然有基于此的考虑，但还可做进一步解释。众所周知，始于20世纪80年代那种缘纤细攀索"向上"的、"修远"（骆一禾语）的诗歌理想业已中断，"神所钟爱的灯成批熄灭"[1]，历史之轮踉跄下坠。有着"向上"之惯性的汉语诗歌，也因之被迫挤压虚浮的泡沫，低头省察现世的、日常的尘世琐屑和肉身，而此"向下"之路是加速度的。无论是内因外因，当代诗歌的"向上"之路逐渐陷入语塞，似乎越多说，越水泄不通。在西渡近十多年的诗歌和论述中，我们看到了这种日渐增强的忧虑：当代诗歌的路向经过上述调整，虽然反拨了"向上"带来的空洞，但也遮蔽甚至取消了诗歌的太虚之眼。

据此，"云的悬案"还可引出更具体的诗学问题。在中西诗歌传统中，"云"都是作为自然或宇宙意象在诗歌中出现。"云的悬案"，换言之就是雾霾换了青天，这不只是环保问题，亦是诗学问题，失去自然或宇宙直接参照和呵护，是现代生活，也是现代诗歌的最大特征。工业社会提出的诗学命题是：我们如何从人造物拥堵的世界抽象出超验的尺度，借此写出"向上"的诗歌？而在当代汉语诗歌语境下，这种失去不仅是生态意义上的。一百多年来国人孜孜以求的再造文明的理想，如英语诗人艾略特曾描画的那样从英雄冲动沦为了喜剧："不是'嘣'的一响，而是'嘘'的一声。"[2] 这一理想显然不能再自诩天命，充任诗歌腾跃的支点。无论政治、文化、生态……皆成"悬案"。再具体一层，"云的悬案"即诗的孤绝：面对枯燥而喧哗的消费社会，面对日益猥琐憔悴的世道人心和现代性机械进程所致的精神艰难，诗歌可谓下临无地，问道于盲。"把攀索系在云的悬案上"，这一上下左右皆难的，有些孤胆英雄气概的超拔形象，写照了当代诗歌背对着时代之"四面八方"而自言自语的处境。当然，它也可以被误解为对诗歌存在方式的一种戏讽：不时出现于新闻或谣言的种种从"悬案"跳下的不合时宜者或抑郁症患者，他们往往是诗人的同类或

---

(1) 西渡：《秋天来到身体的外面》，《雪景中的柏拉图》，文化艺术出版社，1998年版，第31页。
(2) ［英］T. S. 艾略特：《四个四重奏》（裘小龙译），漓江出版社，1985年版，第104页。

影子。

在这"悬案"时代，诗歌真可谓"忍耐而胆怯，生僻如信仰"[1]——诗人西渡如是说。其实，这差不多也是对诗人西渡近三十年的写作状态的一个生动描绘。他20世纪80年代从北大毕业后，就长期寓居京都，在体制内讨一份职业谋生，亦用写作守护着灵魂廉价的尊严。近十多年来，皇穹下的雾霾日渐浓重，他为数不多的作品中的"悬案"形象，亦日益清晰圆满。我们可看到其中呈现的四种基本抒情主体，它们分别是"优雅的厌世者、唯美的享乐主义者、忧郁的自我解剖者和冷静的历史观察者"[2]，这些分裂的自我之间如何协调？"一张接一张地戴上脸，快得毛骨悚然，又把它们弄坏。"[3]诗人自己也深知这种冲突："我们为了片刻的复活，不得不一再死去。"[4]诗人抒情面具的晦明变幻，对应着心神不定的时代，也呼应着我们的基本生存状态：分裂的自我彼此冲突、争斗、相残，但为了活下去，为了维持主体这个中心的暂时统一，仍不得不彼此相容相让。

二、厌世者，或积郁之诗

19世纪，法国诗人波德莱尔曾把诗人比作大白天蹒跚于巴黎街头的天鹅，西方现代诗人的忧郁形象由此诞生。波德莱尔的另一个比喻——诗人见弃于自己的母亲，犹如毒蛇见弃于人类，更决绝地预见了现代诗人的处境。蛇作为魔性的象征，在西方现代诗歌中不但象征对正统的质疑和反抗，更意味着被一个糟坏的世界误解、压抑和弃置导致的疼痛和孤绝。继波德莱尔之后，瓦雷里、劳伦斯等诗人都写过同类题材的杰作。在现代汉语文学传统中，鲁迅最爱写蛇，他的《野草》中那条啮食自身的蛇形象，可谓20世纪中国知识分子之内在积郁最典型的象征。西渡出生于湿热的江南，对蛇有直观的经

---

(1) 西渡：《玉渊潭公园的野鸭（一）》，《鸟语林》，海南出版社，2010年版，第1页。
(2) 西渡：《灵魂的未来》，河南大学出版社，2009年版，第119页。
(3) [奥地利]里尔克：《布里格笔记》（陈早译），华东师范大学出版社，2015年版，第19页。
(4) 西渡：《从天而降》，《草之家》，第8页。

验,也喜欢瓦雷里笔下作为"古老的失败爱好者"的蛇,20世纪末他也曾写过一首颇自赏的《蛇》,似乎就是在向瓦雷里致敬。诗中抒写了诗人作为积郁者的形象:"他深入神秘的远方,在阴影中／营巢,生育阴郁的后代。"[1]诗人自知,现代诗人的积郁的繁殖和遗传,与他们深入"神秘远方"的工作实乃一体两面。当然,中国当代诗人和知识分子的积郁不同于西方现代诗人的忧郁。从社会心理学来看,作为心理创伤的积郁源于神话破灭,因此无论个体还是集体,都需要发明新神话——编织有温度、色彩和意义感的语言。质言之,积郁不是浪漫主义的别称,而是历史跌蹶遗留的内伤。对此,耿占春先生的一篇文章有颇精辟的分析:"我们自身的抑郁症不是西方自由主义结果中的抑郁症,就是说,不是那种快乐之后的有点疲惫和无聊的忧郁感,而是无法消除的伴随着屈辱感和失败感的那种抑郁。二者之间即使沾着一点浪漫主义文学的远亲关系,我们自身的抑郁症还是深深地烙印着社会的印迹。"[2]耿先生的洞见,可以用来解释西渡诗歌中显现的积郁:

> 那么快地,他适应了失败者
> 的生活:在最短的时间
> 把自己在草丛中藏好,以致
> 上帝也不能把他作为把柄
> 来处理神学的疑团;但他
> 永远是他自己的疑团,自己的结……
> ——《蛇》[3]

中国当代历史变形之迅速,导致代际特征多元而混乱。西渡出生于1967年,这个年份前后三五年出生的中国诗人,在经历上大致可构成一代人。相比之下,他们之前具有红卫兵、知青等经历的那拨诗人,大多在"广阔天地"中完成心智建构,而西渡这一代诗人心智的成

---

(1) 西渡:《草之家》,第74页。
(2) 耿占春:《谁能免除忧郁?》,《天涯》2012年第2期。
(3) 西渡:《草之家》,第73页。

熟,基本上在中学后期和大学本科阶段,几乎与20世纪80年代的全民性人文追求的时间重合。可历史跟他们开了个很大的玩笑,在他们大学毕业之际,恰逢八九十年代之交。揣着瘦弱的理想主义和诗歌梦想,他们懵懂地与残酷的历史转型相遇,"那么多人来不及在梦中靠岸"[1],"这代人在一种毫无防备的情况下,一下子被抛入一种无根的状态,历史对他们不再是一个无法逃脱的宿命,而是一些充满偶然的事件"[2]。此番遭际的后果可以想见。按弗洛伊德的话说,它给这代诗人造成了严重的精神创伤:"我们在私人领地饲养的天鹅/羽毛变黑、嗜血,几乎患上了不育症。"[3]天鹅乃是他们所信仰的历史和道德神话的隐喻,而"只要缺少表达信仰的神话与道德目标的神话,这个世界就还会有抑郁与自杀"[4]。

"天鹅不育症"的重要症候是,面对任何困境——无论是物质、精神、爱情还是道德的——他们应对和化解的方式,都相对比较纯粹,以被历史抛弃了的神话逻辑,来组织和言说所面对的一切。落差显然是巨大的:"所有的道路通向你/所有的道路都是深渊。"[5]在当代诗人中,西渡的同龄人,也就是20世纪60年代中期到1970年之前出生的这批诗人,似乎自杀或抑郁的比例都较高。从早期自杀的海子、戈麦到前几年弃世的卧夫等诗人,大都出生在这个时期。在西渡三十岁前后的诗里,也常常可以闻到死亡的气息:"泉水中年轻的自杀者/无缘无故地泪流满面"[6];"主呵,让我死得悄无声息,像一朵花/落地无声,甚至不惊动熟睡的爱人"[7];"我的内脏被死亡那黑暗冰凉的手/抓了一把"[8];"你无法像死者所干的那样/在一秒钟内把一生彻底抛出去"[9];"美貌像溺水者一样在镜中呼喊。/彩蜘蛛把血涂在你的

---

(1) 西渡:《航向西方的世界》,《雪景中的柏拉图》,第37页。
(2) 西渡:《灵魂的未来》,第116页。
(3) 西渡:《雪》,《草之家》,第84页。
(4) [美]罗洛·梅(Rollo May):《祈望神话》(王辉等译),中国人民大学出版社,2012年版,第8页。
(5) 西渡:《短诗七章》,《雪景中的柏拉图》,第45页。
(6) 西渡:《春天的自杀者之歌》,《雪景中的柏拉图》,第9页。
(7) 西渡:《安魂十四行》,《雪景中的柏拉图》,第126页。
(8) 西渡:《雪》,《雪景中的柏拉图》,第35页。
(9) 西渡:《残冬里的自画像》,《雪景中的柏拉图》,第58页。

脸上"[1];"……这时候我所向往的另一半是死亡"[2]。之前通电话,西渡告诉我,他大学本科同寝室六位室友,现在已经有三位非正常离世。每念及这些逝者,西渡常说:"他们是替我们去死。"对大多数选择弃世的诗人而言,自杀是呵护灵魂尊严的最后方式,虽然活下去更不易:"我们的肉体不过是一簇飘浮的灰尘/我们的道路充满艰辛和无聊的聒噪。"[3]总而言之,无论身上的死亡果核以什么方式萌芽,却在这代诗人身上留下某种共有的精神气质。当他们学着呼喊"生活万岁"时,其实是在宣泄生活的严重不适感:

如果我们不能理解生活
就让生活淹没我们吧。在我们的时代
那真正占有生活的,也许正是
在生活中失败得最惨的人

这是西渡1999年所写的《生活万岁》中的诗句,也是写一位大学毕业后因找不到"生活开关"而投水自杀的中年男性。这可能不算西渡最好的诗,却生动地呈现了诗人对同代人的积郁的思考,其实也是诗人关于生活失败感的自白——幸运而坚强地活下来的人,面对的是另外一种沉重,就像西渡在《途中之歌》里写的:"更重的轭套向我们娇嫩的颈","日子在恐惧的迁徙中失落"。这种失败感也传染到其爱情观念中——就像包法利夫人连偷情都有一种注定毁灭的紧张感,西渡诗中的爱情话语亦常常散发出某种无助和幻灭的气息:"让我用一生的时间赞美它们的无助"[4],"我被你的雷电灼伤/葬身于豹子的肚腹"[5]。

生活被失败感缠绕,意味着"阴郁的念头洒满晴空"[6],意味着

---

(1) 西渡:《青春》,《鸟语林》,第72页。
(2) 西渡:《死亡之诗》,《雪景中的柏拉图》,第70页。
(3) 西渡:《序曲》,《雪景中的柏拉图》,第93页。
(4) 西渡:《地理志》,《草之家》,第183页。
(5) 西渡:《情诗》,《草之家》,第177页。
(6) 西渡:《颐和园里湖观鸭》,《雪景中的柏拉图》,第83页。

"生存的道路像刀刃一样窄"[1],它时时唱着"反叛之歌、沮丧之歌、厌倦和颓废之歌"[2]。然而,如古人所云:"忧劳者易生善虑。"[3]除了以死反抗,反向的、更极端的应对方式,也许就是爱憎分明的道德洁癖和抗拒生活的坚韧品质。西渡于此有许多思考,他认为,应该对现代以来诗人的颓靡、不道德等负面形象加以反省,他指出,现代诗人"必须在不降低诗歌敏感性的同时,具有更加成熟和健全的心智,以胜任一个现代人日理万机、错综复杂的日常生活","一个现代诗人,某种程度上应该是一个圣徒。在宗教上的圣徒逐渐销声匿迹的时代,诗人要成为众人生活的楷模"。[4]怀抱这样的信念,西渡的诗歌如他的为人一样,有一种真诚的严肃感——这也是他们这个年龄段诗人作品的常见特质。而相比较之下,比他们早十年左右出生的诗人的作品里,就常常充满豪迈、暴力、顽皮、机巧和世故。

在1999年写的《饥饿艺术家》里,西渡对"饥饿"与艺术之间的辩证关系进行了这样的思考:"饥饿既是最艰难的艺术/也是天赋的艺术,从中没有人/倒下去,却使人性日臻完善。"如果把"饥饿"理解为灵魂的艰难,那么西渡坚信:从艰难中生产艺术,是可以促进人性臻于完善的。在2002年的一篇短文中,他就诗人和诗歌的角色,提出如下构想:"在这样一个特殊的时代,看顾灵魂的责任,责无旁贷地落到了诗歌身上。那些来自遥远年代的灵魂,他们未来的命运是无可奈何地熄灭,还是光明朗照,将取决于我们的作为。面对这样一种责任,我现在担心的问题是,我们的心灵是否做好了充分准备。当灵魂的电流通过我们向未来传递的时候,我们的心灵是否已经足够强大、足够坚定?它会不会骤然熔断,不是给后世带去温暖和光明,而是黑暗和恐惧?"[5]这段话里存在一个不可调和的悖论:追求圣徒式的生活之楷模,即意味着必然最大限度地承受来自生活世界的伤害和黑暗,正如浮士德在沙滩上建立的理想国,就是其葬身之地。在写作中,这种追求变成了艰难而充满诱惑力的黑暗诗学:"像一个穿针引线的高

---

(1) 西渡:《秋歌》,《草之家》,第37页。
(2) 西渡:《保罗雨天之书》,《雪景中的柏拉图》,第139页。
(3) (宋)魏庆之:《诗人玉屑(下)》(王仲闻点校),中华书局,2007年版,第361页。
(4) 西渡:《灵魂的未来》,第199页。
(5) 西渡:同上,第205页。

手 / 在黑暗中缝缀一件无缝的天衣。"⁽¹⁾

三、咏物，或"精选的风景"

2000 年前后，西渡开始着意写了一批咏物诗。名为咏物诗，但与古典意义上的咏物诗相比，实已是同名而异趣。西渡出生于江南某个风光秀丽的山村之际，中国大规模的工业化时代还未到来，他还幸运地拥有对青山绿水的美好童年记忆，他认为自己的诗歌便是从童年的青山绿水中长出的。⁽²⁾ 在他早期诗歌中，可以看到对大自然的记忆孕育出的美丽诗行："且让我们平静地想象 / 一批白马等待黎明 / 我打开窗户 / 眺望那林中的身影"⁽³⁾，"我美丽的身子 / 像晒在春天的一匹花布。"⁽⁴⁾ 西渡诗歌中对自然风物描写的精确感，正是源于足以陶冶物情、体会光景的江南记忆。与许多当代中国人一样，西渡十八岁离家远行，进入大城市读书工作，差不多与此同时，故乡也开始在工业化和物质化的历史浪潮中被大面积吞没，西渡 2015 年曾在《还乡》一诗里长恨道："地理的变迁快过一个人的生死。"⁽⁵⁾

最重要的变迁之一，是物态的变迁。过去几十年里，中国人与自然之间的关系发生了剧烈变化。近乎疯狂的后起大国工业化模式，迅速让人造的物态围截我们的生活，加速度生产和累积的物，败坏了世界的血气和五脏，加重了生活的困顿和枯燥。

诗歌咏颂自然物，乃是指向内在于其中的神性、元气或永恒性。英国近代诗人丁尼生（Alfred Tennyson）面对一朵花时发出这样的感慨：我知晓你，就可以知晓上帝和人。⁽⁶⁾ 汉语古典诗之咏物，虽多指向某个理想的自我形象，但这理想的自我，乃是处于天、地、人三才结

---

(1) 西渡：《在黑暗中——致臧棣》，《草之家》，第 130 页。
(2) 西渡：《灵魂的未来》，第 203、219 页。
(3) 西渡：《黎明》，《雪景中的柏拉图》，第 4 页。
(4) 西渡：《春天的自杀者之歌》，第 8 页。
(5) 西渡：《还乡》，未刊稿。
(6) [英] 丁尼生：《丁尼生诗选》（黄果炘译），外语教学与研究出版社，2014 年版，第 292 页。

构中。现代诗歌吟咏的自然物象,已不同于以往。现代物态的变迁包含两个层面:一是自然观念的变化,自然从神性/造化的展现,变为人类知识和科技处理的质料;二是紧接而来的人对自然的过度侵犯。浪漫主义中的自然形象,即出于对理性启蒙运动和工业革命的质疑;中国现代诗歌中的自然物象虽曾受欧洲浪漫主义的影响,但因缺乏工业革命式的物的体验,革命抒情很快就把古典诗中指向理想人格的自然形象,置换为人民、革命者、英雄、领袖等形象;反对革命抒情的朦胧诗,则把它们置换为英雄化的诗人或知识分子自己。对这种固化的咏物思维的自觉反省,大致从朦胧诗之后才开始。把西渡的咏物诗实验,置于汉语新诗咏物的历史脉络,我们就会看到一个非常关键的诗学命题:随着物的神圣属性/自然属性的消逝,当代汉语诗歌如何处理工业化和消费化的物化症候?

在许多情况下,西渡的咏物诗也循着古典自然意象的构造逻辑,发明灵魂处境的隐喻。在稍早一些的作品中,比如《蝴蝶泉》里有如下诗句:"我们发明词语/为了捕获自然矿脉中的美。"——这是直接面对自然发出的感慨和咏颂。而在《蜘蛛之歌》《朝霞》《树木》《雨水》《云》《草》《火》《在玉渊潭公园》等一批诗中,物成了都市生存之难的隐喻。《蜘蛛之歌》一诗就颇具代表性:

在日夜编织的丝网里长久等待
训练出异常完美的听力和视力
每一刻它倾听到自己微弱的心跳
但却越来越难以把握世界的边界

迷宫建造者沦陷在自己的城里!
一支嘀嘀嗒嗒的失眠之歌在钟表内部
用绝望的耐心饲养一个残酷的清醒
而它所等待的脚步声早已在远处消隐[1]

---

[1]　西渡:《草之家》,第125页。

此诗写于 1996 年，看似延续了诗人里尔克的名诗《豹》一路的主题，却非常鲜活地写出了当代中国的现代化体验："迷宫的建造者沦陷在自己的城里！"诗人暗用古希腊米诺斯迷宫的典故，预言了新世纪初以来中国城市和房地产急速扩张带来的生存难题，更是非常精微地写出了大城市水泥森林中的心灵状况。

对工业时代人造物的抒写，展示了西渡咏物诗的另一面相。在 1996 年所写的《石景山之春》中，西渡写下了 20 世纪 90 年代京郊的工业化场景："首钢的烟囱以灼热的胸怀／拥抱春天。巨大的烟尘淋湿了翅膀／在厂区和广大的楼群之间，地狱的／蛇群搜寻到晦暗的住所，巡逻的保安／呆立在两次闪电的光芒之间。"[1]1997 年的《定惠寺》则写到了大都市的物化症候："往西一公里，我所居住的塔楼／整个春天被风声包围／像吊在城市悬崖上的一只蜂箱／但是直到瓢泼大雨倾盆而下／从未飞进一只燕子，就像对面的肿瘤医院和中央电视塔／被春天永远拒绝。"[2] 稍后的作品如《火车站》《露天煤矿》等诗，亦细微地展示了中国式的现代化场景。

雾霾隐去了……
——康德阅读笔记之三

雾霾隐去了我们头顶的星空，
心中的道德律也渐渐模糊，
你怎么也记不住一张亲人的脸。
好些年，人们在口罩里呼吸

在口罩里谈话，在口罩里咽下
乌黑的痰，吐出沉默的树枝，
在口罩里做爱。大街上趴满
熄火的汽车，霾的卵一层一层

---

(1) 西渡：《雪景中的柏拉图》，第 89 页。
(2) 西渡：同（1），第 101—102 页。

落下来，就像末日的庞贝。
人们匆匆撤离。撤往哪里？
出发之地早已把初衷掩埋。

更多的黑暗，从肺叶升起；
烧化的纸钱，零落道德之夜，
返身拥抱我们内心的寒冷……
   2014.11.22 送寒衣之夜⁽¹⁾

  当网络上以各种中国式的幽默来调侃雾霾时，西渡写下了这首诗。它既展示了现代诗中非常重要的一个诗学命题：如何修复个体与宇宙之间的关系？又以反讽的形式刻录了雾霾时代的生存场景。末节中的"黑暗""道德之夜""寒冷"如扭曲的雾霾之脸，纷至沓来，读之令人痛心入骨。

  讽世乃诗人不得已之事，对于美和幸福的赞颂、虚构，可能才是咏物的正道，中国古人说诗无邪，荷马史诗开头就祈求缪斯赞美阿喀琉斯的愤怒，大都含有诗歌超越讽世的意思，最好的诗没有对立面。置身刚克消亡之世，邪气袭逆之物境，对于依然对人类未来抱有希望的诗人来说，王尔德的话依然是现代艺术之于生活的希望："生活模仿艺术远甚于艺术模仿生活。这不仅是由于生活的模仿本能，而是因为以下这个事实：生活的自觉目标是寻求表达，而艺术给它提供了某些美妙的形式，通过这些形式，生活便可以展现自己的潜能。"[2] 西渡也在诗歌中表达过这个意思："有时我们写出的比我们高贵，／但我们写出的也教我们高贵。"[3] 由于百年来苦难不断，汉语诗歌为生活提供典范的这一功能几乎失传了。西渡的诗歌中，尤其在咏物诗中，一直尝试展开一个谨慎的赞美之维：一方面，诗人要"把我们黯淡的生命转换为持续的赞美"；[4] 另一方面，诗人亦警惕赞美的踏空，希望诗

---

(1) 西渡：《雾霾隐去了……》，未刊稿。
(2) [英]王尔德：《谎言的衰落》（萧易译），江苏教育出版社，2004年版，第51—52页。
(3) 西渡：《同船渡》，未刊稿。
(4) 西渡：《花粉之伤（一）》，未刊稿。

歌能"穿越人性中黝黯的盲肠"。[1]对高贵的积愿，促使西渡写下了许多幸福之歌。诸如《风景》《芳香》《玫瑰》《鸟语林》《梅花三弄》《一瞬》《声音》《树阴下》等作品，展示了幸福之歌在当代诗歌中的美妙可能。比如在《树阴下》他这样写晨读的愉快："雾，就像阅读分泌出的一种湿，／贴着河岸，流过树林。"[2]西渡在《风景》一诗题记里引用了魏尔伦的句子："你的灵魂是一幅精选的风景"[3]，这差不多可以视作西渡的咏物诗学。当我们想到，在现代世界精选灵魂的风景是多么艰难时，西渡的诗告诉我们，"恐惧是真实的，而愿望同样真实"。[4]在茫茫"道德之夜"，诗歌如沙尘和雾霾中依旧绽放的花朵，是为灵魂精选的风景："在黑暗河畔／在黑暗家乡，以恋之名义／绽放钻石和马的火焰。"[5]

四、省思之诗，或"阴影的锤炼者"

在当代中国语境下，诗歌与正义之间的关系十分纠结。一方面，由于历史神话的更迭和破灭，个人与历史之间的不和，使得诗歌不但要萃取被掩蔽的历史细节，还要不断反省和调整观察的角度："在世界的快和我的慢之间／为观察留下了一个位置。"[6]另一方面，诗歌天然的隐喻质地，必须把历史观察转化为对词语和形式的锤炼，否则诗歌的太虚之眼就可能患上盲视。如西渡说的那样，诗人必须是"阴影的锤炼者"。[7]"阴影"既是前述个体意义上的积郁，也可以理解为被遮蔽和压抑的经验和想象；因此锤炼"阴影"，"用思想的唾沫调和生活中难以消化的部分"，[8]既是对诗人角色的剖析和反思，也是对社会历史场景的体察和思考。如西渡在另一首诗里坦言："我们和时代争论，

---

(1)　西渡：《茅荆坝之秋》，未刊稿。
(2)　西渡：《鸟语林》，第19页。
(3)　西渡：《风景》，《鸟语林》，第82页。
(4)　西渡：《挈云》，未刊稿。
(5)　西渡：《迷津中的海棠》，未刊稿。
(6)　西渡：《一个钟表匠人的记忆》，《草之家》，第3页。
(7)　西渡：《八月的工地》，《草之家》，第60页。
(8)　西渡：《存在主义者》，《草之家》，第16页。

和书本争论／也和我们自己争论。我退回生活的角落／却仍然向往寒风会在冰凉的瓶口／吹出一支像样的曲子。"[1]

　　自我剖析是现代诗的一大特点,常常体现为自我戏剧化形式。西渡的诗歌也长于自我剖析,这差不多也是积郁者的特性。最近几年的写作中,他常常把这种戏剧化形式置放到对于古典诗人的形象重写上。2015年前后,他先后写完了《苏轼》《杜甫》《陶渊明》《李商隐》四首诗,该系列还有令人期待的后续。一提到写古典诗人或古典题材,自然就涉及当代诗如何容纳古典元素的问题;但西渡的重心不在此,而是欲以此为基点,思考诗人在历史、文明中的可能性——这种思考贯穿了其写作全过程。比如,在《杜甫》一诗中,诗人借杜甫之口说出了诗歌在这个时代隐蔽的位置:

我对自己说:你要靠着内心
仅有的这点光亮,熬过这黑暗的
日子。无边的空间,永无尽头的
流亡。山的那边,是山;路的尽头
是路;泥泞的尽头,是泥泞;黑暗
之外,是更深的黑暗。在自己的
祖国流亡,也在自己的内心流亡。
然而,黑暗愈深,内心的光也愈亮。

　　诗歌打开的语言之光,能否像但丁《神曲》里的光芒那样,连通地狱与天堂之间的道路?此诗的末尾利用了光的隐喻,表明了当代汉语诗歌的自信:"我死的时候,我说:'给我笔,'／大地就沐浴在灿烂的光里。"[2]与许多诗人的崇古仿古不同,西渡这些借古典诗人的口吻写下的诗歌,试图潜入到伟大汉语古典诗人的生命和生活内部,去探看他们遭遇的痛苦、绝望和幸福所在,进而重新思考诗歌与世界的关系。西渡是一位对古典汉诗有持续思考和研究的诗人(我们只需看看他一

---

(1)　西渡:《德厚院》,未刊稿。
(2)　西渡:《杜甫》,未刊稿

个人编纂的"名家读诗"系列便可知他在此下的功夫），因此这些诗中也包含了对古典诗的清晰判断。比如，在《李商隐》一诗中他写道："在这告别之夜／我的泪流完了，变成了人间的／几首诗，几句话，让口拙的／汉人，在表白爱情的时候有了／语言。"⁽¹⁾ 这里隐含一个基本判断：古典诗甚至古典汉文化中健康爱情表达的匮乏，一个说不出平等之爱的文明是需要反省的，西渡在《〈西洲曲〉叹赏》一文中，也正是基于此而认为《西洲曲》之稀有和伟大。⁽²⁾ 在《陶渊明》一诗中，诗人把陶渊明与现代以来的人类价值追求勾连起来："我写下／《归去来分辞》，让一个种族拥有／家园；写下《桃花源》，让自由／的人们拥有梦想。"⁽³⁾ 同时也点明了陶诗的主要价值。在一个全民讲"国学"的时代，诗歌如何从芜杂的古典文化中提取优质的部分，作为解忧之药？我赞同西渡《苏轼》一诗中的这一基本判断：

> 世界是好的，一些人试图把它
> 变坏。变得无趣。圣人太多。
> 而我重视常识甚于玄学，诸教
> 之说，我取其近于人情者。生命
> 值得拥有，它让我喜欢；上善若
> 水，我心如流水，也如白云。
> 这世界该多一点温暖。这是
> 最好的道理。⁽⁴⁾

回到虚构的古代诗人的形象内部，只是诗歌展开的众多魔法之一，或者说，是诗人把对自身角色的省思，作为题材来写。作为"近于人情者"，诗人更忍不住直接探看峥嵘的人间。当西渡把诗歌作为对社会历史细节的消化器官时，他采取了特别的修辞策略。有些诗带着纪实的面孔，比如写于20世纪90年代的《在硬卧车厢里》《福喜之

---

(1) 西渡：《李商隐》，未刊稿。
(2) 西渡：《灵魂的未来》，第345页。
(3) 西渡：《陶渊明》，未刊稿。
(4) 西渡：《苏轼》，未刊稿。

死》,还有近几年写的《乡村画家》《卖刀人》《乌鸦》等作品。还有一些则直接以一个虚构的"我"来展开,比如《一个钟匠人的记忆》《秋天的家》《学校门口的年轻母亲》《养老院》等。无论以什么人称来写,西渡在修辞上都有意潜入主人公内部,使之具有浓厚的虚构特质。叙事性无疑是20世纪90年代诗歌的重要历史特征,但总体地看西渡个人的诗,我更愿意强调其纯技艺的一面,特征之一,便是自觉的虚构尝试,他有些诗歌甚至有着小说的特征,比如《福喜之死》《一个钟表匠人的记忆》就可以改编成短篇小说,事实上,在写《卖刀人》时,作者就尝试分别以散文和分行诗写了两个版本。[1] 散文版本大可以当散文诗或小小说读。在这些作品里,似乎显示出一种穿梭于成千的"你"和上万的"我"[2]的诗学设想。若按此拓展开,差不多就是波德莱尔写巴黎人群的方式,犹如寻找躯壳的游魂,可以附在任何身体上。[3]

但事实上,在21世纪以来的许多作品里,西渡以略微出乎我们意料的方式拓展了其诗学实践。西渡暂时放下"虚构"和"化妆"的热情,直接去写一种我暂谓之"时事诗"的作品——似乎从汶川大地震开始,许多当代诗人都开始这种尝试。在近代文学史上,把时事纳入写作有许多成功的先例,比如雨果写过许多19世纪法国的"时事诗",集之名为《凶年集》,其中《在街垒上……》一诗,写了一个巴黎公社时期革命血腥中童心未泯的小孩。[4] 现代主义文学传统进一步把写作内心化、幽僻化,的确激发了许多伟大作品,但当幽僻化以至腹语化成为惯性时,亦需要某种纠偏。确实,生活世界的波诡云谲向作家的虚构和想象提出了巨大挑战,也给写作挑战自身极限提供了巨大契机。更重要的是,文学的过度消费化和情趣化,灵魂处境的艰难,迫使严肃的诗歌写作注重自身的伦理品质,但这绝非把诗歌写作简单地伦理化和道德化,而是在表达一种诗学愿想:诗歌能够以潜在的词语能量,发明新的原则来优化难以回避的生活现实,以有效的命名来净化话语污染,进而改善滋生它们的现实之恶。

---

(1) 《卖刀人》两个版本皆为未刊稿。
(2) 西渡:《风景》,《鸟语林》,第82页。
(3) [法]波德莱尔:《巴黎的忧郁》(亚丁译),生活·读书·新知三联书店,2004年版,第42页。
(4) [法]雨果:《雨果诗歌精选》(闻家驷编),北岳文艺出版社,1993年版,第345页。

西渡后来的一批作品在这方面做了可贵的尝试,比如《在暴力的春天祈祷未来》《意见的事,事实的事和信念的事》《理性的准则》《危险的年代》《一个人的宪政梦》《长夜饮——悼新孝》《你走到所有的意料之外……——悼陈超》《风中之烛——纪念江绪林》等作品,尝试直接把当下种种世相,有重要影响的人物和事件纳入诗歌的编织袋,读之,顿觉变风、变雅、离骚之当代转世,令人有"既见君子,云胡不喜"之慨。由于这些诗与各种话语形态之间形成直接的对垒,因此诗人得有特殊的手段和处理方式。自然地,诗歌中就出现不少僭越一般诗歌守则的句子。我们的确没办法用评析现代诗的寻常眼光来看这类诗句,其中没有我们常见的隐喻、抒情和叙事,而显示出某种"反诗"的特征——这是当代诗真诚而自信的自我反对和变奏。这样的诗句,让我想起莎士比亚十四行诗第六十六首中,诗人对世界断喝式的谴责和思考:"Captive good attending captain ill."(善被俘去给罪恶将军当侍卫)——有人认为这是莎士比亚十四行诗中最动人心弦,最美的一首。[1] 好的诗歌必然从彻底无诗的地方开始。在西渡这类僭越的尝试中,足见当代汉语诗歌如迷津之国的火焰,正向四面开辟新的方向;也可以看到西渡的写作正发生某种重大的变化。这两者,也许都是值得我们期待的。■

---

(1) [英]莎士比亚:《莎士比亚十四行诗》(屠岸译),外语教学与研究出版社,2012年版,第132—133页。

诗歌中的声音　　西渡研究集

时间，是诗歌书写的重要主题之一，每个时代的诗歌都在其特定的时代语境中抒写独异的"时间体验"与"时间想象"。"时间主题在中国诗歌中占据了很重要的位置，时间以及时间引发的人的主观感受构成了中国诗歌重要的表现主题和不可或缺的内在因素。"[1]20世纪90年代以来，商业文化的强势渗入深刻改变了中国的文化语境，中国新诗也经历了一个不断转型的过程。在这一转型的语境下，诗人们对时间的体验与想象呈现出一些新的特质，这些新的"时间主题"及其表现形式，潜隐着20世纪90年代以来中国新诗的某些核心命题或关键症结。本文尝试以西渡的诗歌为入口，兼及同时代其他诗人的诗作，从"时间主题"出发，一方面讨论他们诗歌中渗透的时间意识和时间主题，另一方面则辨识他们的时间主题与特定的时代语境存在怎样的交错关系，进而考量二者有着怎样的互渗抑或断裂。对时间主题及时间想象之诗学意义的考辨，可以为我们提供一个观察20世纪90年代以来中国诗歌的窗口。

（1） 王向东：《中国古典诗歌与时间》，《北京社会科学》1992年第3期。

西渡诗歌的时间主题 ※ 　　　　　　　　　　　　　　　　　马春光

※ 原载《中国诗歌研究》2017年5月第14辑。

一、"正午的冥想"与"午后"的沉思

在一篇文章中,张桃洲曾谈及新诗在不同的时代语境中面对现实的不同特征,"20世纪前半叶新诗面对现实主要表现出一种观察和审视的能力,而到了后半叶特别是80—90年代,新诗获得了另一种能力和特征:冥想。"[1]在西渡的诗歌中,这种"冥想"的能力与特征鲜明地体现在他对特定时间("正午""午后")的诗性沉思中:"把生活的恩赐化为/感激的言语和正午的冥想"[2](《挽歌 第三首》),进而构成了西渡诗歌显豁的"时间主题"。

西渡的诗歌文本中,"正午""午后""下午"等时间意象频频出现,彰显了他对一天之中这一特定时间的敏感与关注。与"黎明""黄昏"等古典诗歌中积淀甚久的时间意象不同,"正午""下午"较少在古典诗歌中出现,也较少特定象征意涵的附着,对这一时间的诗性关注与沉思在某种意义上正是新诗"现代感受力"的典型表征。对于"午后"这一时间概念,柏桦有过论述,"下午(不像上午)是一天中最烦乱、最敏感同时也是最富于诗意的一段时间,它自身就孕育着对即将来临的黄昏的神经质的绝望、啰啰唆唆的不安、尖锐刺耳的抗议、不顾一切的毁灭冲动,以及下午无事生非的表达欲、怀疑论、恐惧感,这一切都增加了一个人下午性格复杂而神秘的色彩。"[3]柏桦所谓"最烦乱、最敏感同时也是最富于诗意"的诗性描述,正是当代诗人在现代日常生活中发掘生存意涵的时间感受力使然。与柏桦所表达的"下午"情绪稍稍不同,西渡侧重于对"正午——午后"这一时间段的冷静品咂与思考,他诗歌中的下午"敏感、富有诗意"而并不"烦乱",而是始终保持了以"午后之思"对生存世界进行"冥想"的特质:

我从一杯茶中找到尘世的安慰
让它从微小的苦恼填满的岁月中

---

(1) 张桃洲:《沪杭道上》,《读书》2003年第2期。
(2) 本文所引西渡诗歌文本皆出自西渡的三本诗集:《雪景中的柏拉图》,文化艺术出版社1998年版;《草之家》,新世界出版社,2002年版;《鸟语林》,海南出版社,2010年版。
(3) 柏桦:《左边——毛泽东时代的抒情诗人》,江苏文艺出版社,2009年版,第3页。

> 拯救出午后的一小段光阴
> ——《午后的歌》

在这里，西渡为我们呈现的是充分日常化的现实生活，日常生活的琐细化弃绝了所谓的宏大叙事与宏大抒情，这正是 90 年代诗歌的一个显著标志，因此，即便是"苦恼"也是"微小"的，这是一种基于日常的细微生存感知。从西渡的诗歌声音中，我们能感知到他对"午后的一小段光阴"的渴求与偏爱，但它恰恰是需要被"拯救"的，正是因为其珍贵，这"一小段光阴"（午后）成为抒情主体遁入日常生存深处、进行生存之思的一个入口，而"拯救""一小段"的表述本身即传达出一种时间体验上的紧迫感。"午后"一旦在时间的形象学意义上寻求其源头，"正午之弓"便具有了更加丰富的意义：

> 公正的太阳将在新的航线上上升
> 在柔媚的波光下，在生与死的门槛上
> 苦闷在空气中凝聚，我们的肉体
> 绷紧在正午之弓上，等待一声致命的弦响
> ——《挽歌 第五首》

"正午之弓"将我们射出，我们因此进入"下午"，太阳的下降运动意味着太阳的行将消失，我们将遁入黑暗，在诗人的感知中，这是"致命"的：每个生命个体都不得不面对"午后"——时间加速遁入黑暗的过程。"午后"的时间体验之丰富，正是诗人生存体验的真实书写：

> 在一个寂静的午后，在午后的梦中
> 雪花飘坠，陷没了洁白的稿纸
> ——《雪》

"稿纸"的陷没在某种意义上暗示了写作的不可能，"雪花飘坠"的"午后"正适宜诗人遁入生命的沉思。在"午后的梦中"，西渡把"冥想"的视点集中于"阴影"。"阴影"一词在西渡的诗歌中经常与"午

后"同时出现,在某种意义上构成西渡"下午的沉思"的重要维度。根据常识,事物的阴影在正午是最短的,随后在"午后"的时间会慢慢变长,这其中有着颇为复杂深邃的时间命题,它指涉了光与暗、长与短等内容。而根据荣格的心理分析理论,"阴影"恰恰是每个人的人格中四种原型之一,"阴影是心灵中最黑暗、最深入的部分,是集体无意识中由人类祖先遗传而来的,包括所有动物本能的部分"。[1]在《保罗·瓦雷里》一诗中,对"阴影"的描摹正是一种潜在人格的发掘,在这个意义上,对"阴影"的描摹是建构诗性"自我"的重要维度:

生活不过是某种粗糙的练习。
我在日子的白床单上临摹
一只燕子在午后的飞行
及其阴影,一个起码的习惯。

阴影渐渐变长,时间随之慢慢逝去,貌似时光的流逝获得了某种回报,其实它充斥着虚无与黑暗的时间体验。而有时西渡的时间想象力指向太阳自身:

有时他的目光里突然掠过一丝茫然:
像有山鹰疾速地滑落,带着阴影,
它的翅膀掠过正午沉睡的村庄。
　　——《题友人像》

诗中的"山鹰"在某种意义上是另一个太阳,它的疾速滑落,正是对时间迅速消逝之茫然的根源。这里写到了时间本身强大的意志,并暗示了人在时间面前彻底的无力。张桃洲指出西渡诗歌内蕴着一种"如影随形的低沉的哀音"[2],我们可以从其诗歌文本对"阴影"、黑暗的注视得以窥视。这种哀音正是其对存在、时间的思索使然,"阴影"

---

(1) 王岳川:《当代西方最新文论教程》,复旦大学出版社,2008年版,第34页。
(2) 张桃洲:《现代汉语的诗性空间》,北京大学出版社,2005版,第271页。

与"午后"联袂出现,体现了西渡内在诗意的一种强烈焦虑:"日晷的阴影像绝症一样在下午扩散。"(《中年男子之歌》)"扩散"的不仅仅是时间,还有诗人对时间、对即将到来的黑夜的焦虑症。太阳的下降伴随了阴影的不断"扩散",它往往给人一种衰老之感。西渡在这里不断地书写"阴影",正是以其独具特色的"时间想象力"来表达他的时间焦虑,"诗人的独特之处在于,一方面强烈地感受着时间引起的忧惧的咬噬和挤压,另一方面用锐利的语词不断地表达着这种体验。"(1)

巧合的是,北岛在《陌生的海滩》中也同时写到"正午"与"阴影":"正午的庄严中,／阴影在选择落脚的地方。"这正对应了西渡在《朝霞》一诗中所表达的"严峻的正午思想",二者文本的相似,恰恰透露了其内在诗学思想的某种承续性和一致性。这种思考在诗人沈苇的笔下,演绎为"正午的忧伤":

正午取消了谜团似的纠缠的曲线
事物与事物的婚姻只以直线相连
⋯⋯
但稍等片刻,随着太阳西移
一切都将倾斜:光线,山坡,植物,人的身影
从明朗事物中释放出的阴影,奔跑着,
像一场不可治愈的疾病⋯⋯
　　　　——沈苇《正午的忧伤》

这首诗的后两句与西渡诗歌中的"日晷的阴影像绝症一样在下午扩散"有异曲同工之妙,或许可以说,20世纪90年代以来,随着宏大叙事的摒弃,"时间"在诗歌书写中经历了一个"去价值化"的过程,这使得诗人们得以在一种更加内在与本真的心境中去体验与想象时间,正是在这个意义上,"正午"是西渡时间焦虑的一个基点,是一个类似于他诗歌中所言的"在世界的快和我的慢之间"为观察留下的位

---

(1)　张桃洲:《现代汉语的诗性空间》,北京大学出版社,2005年版,第274页。

置。在这里,"正午"已经剥离了它具体的时间指涉,而变成了一个独具审美与思想内涵的意象,正午"是一个充满秘密的隐喻,是时间的分界线也是时间的融合点"[1]。

实际上,如果把观察的视野稍稍扩散,就会发现在柏桦、张曙光等诗人的诗作中,"午后"或"下午"作为一种整体的时间氛围,成为他们建构某种诗歌内涵的重要支撑,也正是在这个意义上,"时间"得以在诗歌文本中凸显,并成为洞察某一诗人独特诗歌经验的入口。在于坚、韩东等诗人20世纪90年代的诗作中,"下午",同样作为一个极富意味的时间表征形式出现在诗歌中(韩东《下午》《下午的阳光》,于坚《下午一位在阴影中走过的同事》)。对"下午"的偏爱,从另外一个意义上对应了20世纪90年代诗歌"中年写作"的倾向,诗人在选择时间意象、时间感知方式等方面的倾向,以及他们诗歌文本中艺术形式与思想意旨的呈现,在某种程度上折射了90年代中国新诗共同的艺术思考及精神困境。

二、"在世界的快和我的慢之间"

在西渡的"午后"沉思中,他对时间之快的焦虑症部分地得以缓解,而真正对一种"慢"的获得,则是他对"写作中的时间"的发现。诚如臧棣所言,"诗歌是一种慢"。在西渡的很多诗歌文本中,他一直在处理一个有关快与慢的时间问题。在《一个钟表匠人的记忆》中,这一问题被有意地凸显,这首诗"明确地指涉着一个现代性的根本问题:个人和历史之间的速度冲突"[2]。实际上,快与慢在很多时候是作为感知时间、观照时间的一种内心样态被表现的。这也正如西渡自己所言,"生命在飞逝,历史在轰隆推进,诗歌的愿望则是使一切慢下来"[3]。这样一种"慢"的诗学意识正是有赖于西渡所言的"写作中的时间","写作就是用这样一种奇特的时间去阻断单向的、不断向前流

---

(1) 耿占春:《失去象征的世界》,北京大学出版社,2008年版,第224页。
(2) 臧棣:《记忆的诗歌叙事学》,《诗探索》2002年第1—2期。
(3) 西渡:《守望与倾听》,中央编译出版社,2000年版,第294页。

逝的时间,使它迷失方向,像水一样蓄积起来供给人性中某些根本的需要"[1]。我们也因此看到了西渡诗歌文本中以"诗歌之慢"对抗"时间之快"的努力,他甚至在诗歌文本中对时间之快直接发问:

我知道她事实上死于透支,死于高速
但为什么人们总要求我为他们的
时间加速?为什么从没人要求慢一点?

这是从一个"钟表匠人"的角度展开的疑问,它是对"世界之快"的一种普遍性洞察。值得注意的是,"时间之快"在西渡那里是被真实体验的,这种体验内蕴着一种"切肤之痛":

我想很可能被度量的恰是
我们自己,我们正以比一杯茶更快的速度
在消失,看不见方向,但我分明感到
我体内的裂缝随着太阳歪斜的步幅
变得越来越宽,越来越宽……

这是一种身体化的"时间体验"方式,它凸显了时间流逝对肉身的灼伤。由此不难看出,西渡对时间之快的体验显然已经突破了以往诗歌中的表层"咏叹"模式,进而深深地植根于身体的内部。借此,快与慢成为西渡诗歌时间主题的重要维度。但是,西渡能在多大程度上实现写作之慢对时间之快的抗衡,这本身就是一个悬置的问题。于是,我们听到了他的呼唤:

迷信速度的时代,谁愿做我的同谋
交出狂热的引擎?让我们一起生病
在找到更好的解决之道前
请保持现状!
　　——《雪》

---

[1] 西渡:《守望与倾听》,中央编译出版社,2000年版,第293页。

"狂热的引擎"一旦发动,时间便会加速奔跑。西渡的可贵之处在于他诗歌中所彰显的对抗时代的抒情姿态,尽管他还没有找到"解决之道"。正是基于对时间之快、慢关系的深刻洞察,西渡在具体的诗歌书写中营造各种时间之慢的形式,时间在西渡诗歌中的种种"变形记",正是他"阻断单向的、不断向前流逝的时间"的一种努力。西渡这样界定"写作中的时间":"它没有固定的方向,既可以向前,也可以向后,有时还能像蛇一样咬住自己的尾巴,使终点重又变为起点。"[1] 在《一个钟表匠人的记忆》中,"钟表""记忆""快与慢"等时间主题交织在一起,他这样写道:"为了在快和慢之间楔入一枚理解的钉子/开始热衷于钟表的知识"。作为标度时间的度量者,"钟表"正是"世界之快"与"我的慢"的参照,对钟表知识的热衷,正是对"快与慢"之辩证法的深层探知。西渡的诗歌之慢依赖于对"写作中的时间"的建构,他有时会溢出"钟表"所指涉的现实时间维度,在想象层面上建构一种消失了快慢之分的"永恒":

我来到了世界神秘的诞生之地,在那里
时间不再被机械的指针分割,过去和未来联姻
诞生了崭新的生命,伴随着暴风雪
我的精神正越来越趋向辽阔和无垠:

我在一片眩晕中上升,天堂的大门
第一次为人类中的一个打开,一种永恒
正在神秘的沉默中悄然透露,贝雅特丽齐
让我跟随你,一直抵达上帝的心灵
————《但丁:1290,大雪中(之二)》

在这首对但丁的想象追念之作中,西渡重构了他想象中"原始的时间",这是一种浑浊的时间,是对机械时间的反驳,同时预示了内心对永恒的想象。西渡在诗歌中"通过虚构的方式建构了一种有别于现

---

(1) 西渡:《守望与倾听》,中央编译出版社,2000年版,第293页。

实时间的'他性'时间,这一'他性时间'与人的生命的时间性进程正好合拍,所以,人得以从自己所创造的艺术幻象中窥见自己的时间本质,从而达到精神灵魂的自由"[1]。从时间的角度辨识个体生存,快与慢作为一种深层的时间命题在西渡那里被反复表达:

以加倍的耐心润滑时光的齿轮
把一生慢慢过完。
——《一生》

这是一种对时间透彻领悟之后的睿智,更是一种无奈。在具体的抒情姿态上,告别了抒情主体的外在紧张,在词语和语言的内部植入一种"内在的紧张",这种紧张与外在抒情主体的坦然形成了另一重张力。在欧阳江河的"时间主题"中,快与慢同样是一个非常重要的方面,在长诗《凤凰》中,快与慢构成了诗歌结构的重要组成部分:

慢,被拧紧之后,比自身快了一分钟。
对表的正确方式是反时间。

和西渡一样,欧阳江河在这里凸显了时间意义上"快与慢"的生存悖论。这正是"中产阶级对于时间的矛盾态度:一方面是奔向未来,对速度和职业的迷信,另一方面却是怀旧之情,对那些时间充裕的过去美好时光的向往"[2]。从这个意义上说,他们正是企图以"诗歌之慢"对抗现代世界的"时间之快",这是对一种更加人性的时间的关注,因为"我们一直非常瞩目的是时间的'自然'一面,而忽视了时间更富人性的一面"[3]。这种"慢"正是借助于主观心理时间对客观时间的拆解,以及诗歌中"另一个自我"的建构。西渡所做的诗学努力表现在,他细密的时间体验有效地拆解了客观时间在诗歌中的方向性和紧迫

---

(1) 詹冬华:《中国古代诗学时间研究》,中国社会科学出版社,2014年版,第97页。
(2) [瑞典]奥维·洛夫格伦、乔纳森·弗雷克曼:《美好生活——中产阶级的生活史》(赵丙祥等译),北京大学出版社,2011年版,第32页。
(3) [法]路易·加迪等:《文化与时间》(郑乐平、胡建平译),浙江人民出版社,1988年版,第33—34页。

感,通过卓异的时间想象力让时间不停地回旋或凝固,不断获得观察、思考这个世界的崭新维度,以"供给人性中某些根本的需要"。时间的深层主题在诗歌中获得了某种与当下语境紧紧相扣的回应:"时光大胆涂抹,／而我们小心求证。"(《奔忙》)

三、时间主题的现代转化

作为一个积淀已久的诗歌主题,"时间"在古典诗歌甚至早期的中国新诗中,很多时候是在一种对季节的物化书写中实现的。20世纪90年代以来,对季节的书写在继承古典审美经验的同时,拓展了更具现代特质的审美体验。西渡的诗歌中有大量的"季节诗",在这些诗歌中,西渡为我们呈现了一个关于古典诗歌季节、时间主题在现代诗歌中的转化问题。西渡对时间的高度敏感,非常典型地体现在他对季节的敏感,以及对季节之物(风、雨、雪)的大量书写中。西渡有多篇以"秋"为题的诗歌,他对"秋"的体验与书写,有着明显的深入身体、灵魂内部的探寻,从而与以往诗歌秋天书写的"感物抒怀"模式拉开了距离,秋天的"无边落木"在他的诗歌中是另一种内在的身体与灵魂体验:

时光的脱白的关节,
发出失群的孤雁的哀唳。
——《秋歌》

这既是季节的身体化感知,又是灵魂本身的"哀唳",它以一种更加尖锐的时间感知,塑造了现代语境中的时间焦虑症患者。在《秋天来到身体的外边》一诗中,对秋天的书写同样有着古典诗歌所秉承的悲凉、凄婉之音,但其表达已经是"当代"的,是典型的现代情境中的表达:

我已经没有时间为世界悲伤

> 我已经没有时间
> 为自己准备晚餐或者在傍晚的光线里
> 读完一本书　我已经没有时间
> 为你留下最后的书信

"我已经没有时间"的复沓式出现，显然使诗具有了"哀歌"的某种基质，这是一种"时间"终结的内心感受，它透出的绝望是那样彻底：

> 人呵，你已经没有时间
> 甚至完成一次梦想的时间
> 也被剥夺

在西渡有关秋天的诗歌中，浸透着一种浓郁的"末日意识"，如果说古典诗歌的"悲秋"主题的思想基础是循环时间观念，那么在西渡这里，时间是直线的；古典诗歌的"悲秋"倾向于借助自然之物的衰竭"烘托"人的内心感受，有一种鲜明的"自然基质"，那么西渡则倾向于对一种深层内心时间意识的发掘，浸透了"世纪末"的悲观色彩：

> 秋天，最后的裸露的乳房，
> 秋天，最后的异性的光芒。
> ——《秋歌》

在西渡这里，时间是高度抽象化的，时间从自然景观中剥离出来，与人的内心感受构成直接的对应关系："春天／多像一次残酷的献祭。"（《航向西方世界》）在现代感受力模式中，一种新的感知时间、表达时间的方式在西渡的"秋天"主题中得以建立。对时间流逝的这种单向性感知，在西渡那里构成了他诗歌的一个"噬心主题"，因为"时间的迁逝感是自古至今最为普遍、最为尖锐的时间体验，这在现代技术消费时代表现尤甚"[1]。这种尖锐的时间体验，在西渡的诗歌中演绎为一

---

(1) 詹冬华：《禅宗"顿悟"论中的时间意识及其现代意义》，《云南社会科学》2009年第1期。

种无处不在的时间焦虑,以及心灵深处响亮的质问:"是谁在催促季节的轮回?"(《新年》)

在《时间的诠释》一文中,西渡曾说:"什么是诗歌中最普遍的主题?感情?经验?还是信仰?不,是时间。"[1]很显然,西渡对"时间的诠释"潜隐着他的诗歌观,而只要稍稍熟悉西渡的诗歌,就会发现他一直密切关注时间,注视时间本身,关注时间的快与慢,等等。另外,作为诗人的西渡与作为诗歌学者的西渡,都对诗歌中的时间这一话题保持了非常高的热情,西渡曾在一篇文章中详细辨析海子和骆一禾诗歌时间观的不同,"在时间主题上,骆一禾信仰新生,讴歌明天;海子则膜拜过去,具有鲜明的原始主义倾向"[2]。"时间主题"在西渡的诗歌中是一种弥散性的存在,西渡通过对时间不同侧面的观照与思考,建构了他对"时间"的诗性体验与思考。西渡早期的诗歌受到海子的影响,他对海子、骆一禾诗歌时间观的辨析,恰恰蕴藏了他自己对时间的独特理解。西渡诗歌的"时间主题"是区别于海子和骆一禾的,他的诗歌彰显出一种"将神性的时间、诗意的时间修正为现实的时间"[3]的努力,并进而在更深的生存现实中发掘出当下生存的某种"时间悖论"。20世纪90年代,当代诗歌在经过"朦胧诗""第三代诗"的运动式发展后,日渐进入一种"个人写作"的模式,这鲜明地体现在诗歌写作的语言以及诗歌主体的感受力模式中。西渡诗歌对时间的感受与书写,更多地呈现了现代时间暴政下生命个体的复杂精神体验。西渡发展了一种细微的想象力和冥想的诗歌语言,他对20世纪90年代以来生存处境的洞察与抒写,在某种意义上彰显了当代诗歌的精神高度。

四、个人化的"时间想象力"

---

(1) 西渡:《守望与倾听》,中央编译出版社,2000年版,第291页。
(2) 西渡:《灵魂的构造——骆一禾、海子诗歌时间主题与死亡主题比较研究》,《江汉学术》2013年第5期。
(3) 敬文东:《时间和时间带来的——论西渡》,《诗探索》2005年第1期。

西渡对时间主题的表达，是在一种个人化的"时间想象力"中得以实现的。这种"时间想象力"彰显了诗人体验时间的新方式，并且用一种更加"异质化"的语言形式进行表述。由独特的"时间想象力"统摄的诗歌书写，在西渡这里体现为一系列独具意义的"时间意象"的出现。于是，"正午"这一自然时间的分界线很自然地进入诗人的视野：

正午像一头披发的狮子，
静静地卧在群山的背上。
　　　　——《远事与近事》（组诗）

　　将一个客观的时间概念比喻为"披发的狮子"，在将其"形象化"的同时，掺入了"异质化"的视觉体验与情感色彩，"狮子"随时会醒来，发出狰狞的咆哮，"正午"的宁静其实正孕育着"下午"的混乱——时间在正午"宁静"的假象背后，是"午后"的疯狂奔跑与咆哮。在个人化的"时间想象力"背后，是诗人无所不在的时间焦虑。
　　组诗《格列佛游记》以隐喻的方式写"沙漏"，其中沙漏正是度量时间的工具，同时也是时间流逝的象征：

在沙漠中，
一群阴影追赶着
另一群阴影。

　　在这首名为《沙漏》的小诗中，西渡在"沙漏"和"沙漠"的"小与大"之间建立了想象的关联，而"阴影""追赶"则暗示了一种黑暗的底色和紧张的氛围，这正是"时间"本身的底色和氛围，西渡对时间的敏感充分体现在他诗歌中无所不在的时间氛围，以及对"时间"的持久而专注的思考所日益丰盈的"时间想象力"中。"钟表"作为表征现代线性时间的标志，在西渡的诗歌中频频出现，并且隐喻了丰富的象征蕴含，在组诗《格列佛游记》中，一首名为《诞生》的小诗这样写道：

钟表变得柔软
一场鹅毛大雪抻长了
草原之夜。

"钟表"作为一个客观的、坚硬的机械之物，它本身无"柔软"之变化，很显然，所谓"变得柔软"是抒情主体对"钟表"所隐喻的冷冰冰的时间的一种感知，钟表的柔软在某种意义上隐喻着抒情主体与时间之坚硬（或僵硬）关系的一种和解或柔化。而"草原之夜"被"抻长"，实际上暗示着"心理时间"对"客观时间"的拆解，"抻长"的"草原之夜"究竟有什么故事发生，这些意象本身激发的想象空间是巨大的。最为关键的是西渡在这里展示了他异常独特的"时间想象力"，这正是20世纪90年代诗歌的一个关键特征，因为"到了20世纪90年代，诗歌更加强调对想象的依赖，只有在充分的想象里，个人的经验、记忆、感受等等才能发挥巨大的威力，以惊人的迅捷和准确把握并穿越现实的内核。"[1] 在这个意义上，西渡诗歌对时间的表达在艺术上富有启发性。

个人化"时间想象力"的获得，并不仅仅诉诸一些新的"时间意象"，它还体现在日常时间体验中的新奇经验。《秋天的家》一诗对日常时间正面化、去修辞化的书写，却指向了一种新鲜而细腻的"时间体验"：

这是一天的下午，
时光在衰弱，迎着黄昏。
事情，一些在结束，
另一些还在开始。
而我被疾病抬离了地面，
降低了灰暗的呼吸，
既不开始，也不结束。

---

(1) 张桃洲：《沪杭道上》，《读书》2003年第2期。

为了向生活赎身，
我付出了一生。
老人，妻子，孩子
是他们把我挽留在这个下午！
是疾病让我热爱生活！
我坚持着，垂着苍白的额头，
等待着，黄昏那蜜蜂的一刺！
——《秋天的家》

"黄昏那蜜蜂的一刺"正是主体"时间感受"现代性的体现，这是一种细化的、身体化的时间感受。这种时间想象正是西渡所独有的，他不仅仅是在叙述时间，而是以独异的想象力"重构时间"，并且在不断地重构中营造出独具特色的内在精神自我，恰如敬文东所言："对时间主题的不断挖掘，也给了西渡的诗歌写作以最大限度的独立性，以及由这种独立性赋予的杰出品质。"[1] 这种"独立性"以极富个性的"个人化"为表征，"既捍卫了个人化的精神质地，又及时地引发了我们对时代普遍的感知力。"[2] 西渡在诗歌中多次写到"蚂蚁"这一意象，它本身极其微小，一方面彰显了西渡诗歌洞察力的细腻而精准，他总能捕捉到那些细微的不易觉察的东西，另一方面，以"蚂蚁"隐喻"人类"的生存，其本身就暗示了西渡的"时间观"与"生存观"：即在浩瀚的时间面前，人类显得微弱而渺小。通过"阴影""蚂蚁"等微弱而黯淡之意象的个人化书写，西渡抵达了对"这一代人最隐蔽的忧伤"[3]的诗意呈现。

五、时间面前的失败感

虽然西渡的"时间想象力"丰富且细腻，但他对时间的感悟和体

---

(1) 敬文东：《时间和时间带来的——论西渡》，《诗探索》2005年第1期。
(2) 陈超：《个人化的历史想象力》，北京大学出版社，2014年版，第16页。
(3) 同（1）。

验却是密切植根于现实的。总的来说，西渡的"时间观"是客观的，他对广袤时间中人的短暂生存有着深刻的洞察：

……和时光竞赛脚力
像一只富于献身精神的蚂蚁
下定移山的决心，谁会给予安慰？
勇气可嘉，只是过于鲁莽。
　　　　——《新年》

在不同的时代语境与个性体验中，"时间体验"的不同往往导致不同的抒情姿态：是承认时间的"战无不胜"，还是天真地对抗时间，就成了辨析新诗抒情主体审美姿态的一个入口。和《新年》这一题目昭示的时间经验不同，这首诗彰显了一种现实的、平静的抒情姿态，在平静的陈述中，诗人认识到"和时光竞赛脚力"的"鲁莽"。这一客观沉稳的抒情姿态本身，正是对以往浪漫主义的、启蒙主义的高蹈时间观的一种纠正，它启发我们遁入真实的时间本身，去发掘时间深处的个体生存经验。

正是基于对时间的客观、深刻体认，西渡的诗歌在总体上表达了一种"时间面前的失败感"，这首先是对一种永恒困境的发现。

时光迅速成熟，把我们推向
生命永恒的困境。
　　　　——《挽歌》

这是时间的伟大，同时也是时间作为生存之谜的原因所在：

那最痛苦和最甘美的
在时间里有相同的根源。
　　　　——《樱桃之夜》

在《一个钟表匠人的记忆》中，钟表匠人在"热衷钟表的知识"以及"拨慢了上海钻石表的节奏"之后，最终抵达的，仍然是对"一个失败的匠人"的坦然承认，这是对个人在心理上调整时间快慢以对应时代、历史快慢的失败经验的深刻体认。在这种体认中，诗人所谓"写作中的时间"也面临着"时间面前的失败"，因为"我发现我写下的诗句，/比时光本身消逝得更快"。这是一种惊人的"发现"，它在某种程度上构成了对诗歌中的"时间"，甚至对诗歌本身的质疑与否定。书写时间面前的失败感，恰恰说明西渡"在对待时间的态度上变得实际起来"[1]，在更广阔的现实生存背景下，西渡通过对普通人"福喜"一生的描述，凸显了一种人生层面的普遍意义上的失败："但在人生的大结局面前/谁又是胜利者？谁又敢嘲笑这个人呢？"（《福喜之死》）进而在更开阔的时间意识中将"失败"铸造为"心底的信仰"："我们越来越接近那提坦神的缄默：他的失败/作为奇迹，已暗中成为我们心底的信仰。"（《挽歌 第五首》）这显然昭示了某种"与时间和解"的态度，与海德格尔"向死而生"的存在哲学取得了内在的一致。

西渡诗歌的时间抒写，彰显了他对待时间的某种悖论式思考。一方面，他善于以极度个人化的时间想象力去感知、体验时间，时间在他的诗歌中呈现出丰富的诗学形态，他企图用"写作中的时间"去对抗外在的物理时间，以满足人性的需要，《但丁》等诗歌中对诗性的理想时间的建构，以及对原初混沌时间的诗化想象，体现出对"机械时间秩序"的消解与超越，这其中的修辞与时间想象力展现了西渡诗歌的精湛技艺；另一方面，西渡诗歌中的时间又是"客观"的，他承认时间的无情与巨力，时时表露出时间面前的失败感，这也是西渡诗歌的"哀音"所在，这在《新年》《挽歌》《樱桃之夜》等诗歌中表现为对时间之伟大的认可与叹服，在时间的面前有一种失败感，同时洞见了人类生存的渺小。在西渡的笔下，死亡是"在一秒钟内把一生彻底抛出去"，这是对死亡的"实写"，在这里，死亡失去了任何的幻想色彩，"一秒钟"对"一生"的消解，展现了时间意义上人之生死的残酷性。西渡诗歌对死亡、时间之虚幻色彩的弃绝，在当代中国新诗史上具有某种转折意义。在革命和启蒙的历史语境中，时间往往被赋予某种幻

---

[1] 西渡：《守望与倾听》，中央编译出版社，2000年版，第294页。

想、虚幻价值,死亡也因此在某些层面被升华,或被赋予某种政治和文化价值,而到了20世纪80—90年代,中国文学界经历了由启蒙主义到存在主义的思想嬗变[1],切实的时间取代幻想的时间,书写时间面前的失败感,在这一前提下进入历史与现实的深处,正是这一时期特别是西渡诗歌所贡献的价值。西渡诗歌的时间悖论,正是当代复杂经验在诗歌中的呈现。∎

---

(1) 张清华:《从启蒙主义到存在主义——当代中国先锋文学思潮论》,《中国社会科学》1997年第6期。

诗歌中的声音　西渡研究集

第二辑

回声

诗歌中的声音　西渡研究集

五月是最没意思的季节。当戴眼镜的小个儿诗人孤独地坐在异乡都市的马路上,"看每一朵花开,每一个姑娘",他终于如愿以偿地打着响亮的喷嚏,深刻地想:

我已经没有时间为世界悲伤
我已经没有时间
为自己准备晚餐或者在傍晚的光线里
读完一本书,我已经没有时间
为你留下最后的书信
　　——《秋天来到身体的外面》

这个繁忙的家伙名叫西渡。此刻,他正忙于在光溜溜的下巴上苦心经营三十岁唯美主义的胡子。

像一尾古典而浪漫的鱼,西渡惯于追随时间之流无限遐思,或者悄悄溯游。黎明、斑马、蓝花豹、歌谣、扫帚、蚂蚁、光……所有这些犀利而明朗的事物,一一进入他的诗歌经验中,散发出朴素的气息,诱惑他写作、激动,内心疯狂无比。西渡的神经纤维简直就是一张柏拉图式的丝网,始终为一种激情与纯粹所普照,时刻生长着浪漫主义的精神种子。他甚至肆无忌惮地宣布:"为了拯救爱情/我选择了一

洁白的诞生
——读西渡《雪景中的柏拉图》※

张杰

※ 原载黑龙江省《生活报》,1998年6月18日第5版。

条死亡和疯狂的道路。"(《格列佛游记·奥菲丽亚》)呀！这个沉醉不醒的痴心汉。春天里的绿色老虎……

其实，有很多时候，我也和西渡一样，一天天沉重，一次次泪流满面，西西弗斯似的跋涉在空无一人的山上，十次、百次笨拙不堪地模拟着鸟儿的飞翔。西渡看见了雪景中的圣火，看见了神的影子嵌在高高的山巅，而我看见白茫茫好大一片雪，雪中的少年背负诗篇，恪守饥饿，"以梦为马"，独立流浪……

1998年5月20日下午的阳光如此强烈地包围着北京古老的官园。在小小庙宇一间寂寥的屋子，我以同样的热烈感受着西渡的诗篇，忽然就在想："从此不再有雨点落在心上了。"是啊，世界静远，所有的道路都通向我们，所有的日子都像鸟一样飞去，黑夜的尽头，钟声如诉，唯一可以相信的也许是："泪比雨多／雨比花多／花比吻多／吻比爱情多／爱情比幸福多"(《格列佛游记·格言》)。因为，我们全部的命运所维系的，事实上仅仅是一棵纤细的青草，而青草的力量往往难以载渡一生的夙愿。

告诉你吧，我在比现在年轻四岁的时候，成了北京花园村一个游手好闲、经营文字勾当的家伙。同所有诗人一样，我也像热爱春天一般憧憬着美好的姑娘。我至今不明白，她们为什么总是让我肃然起敬无限慈祥。很明显，西渡也像热爱自己和自由一样热爱着他的朋友和新娘。卡斯蒂丽亚与Y，究竟哪一个更接近于理想、更真实？他在对谁说话呢？西渡那样兴冲冲地奔跑，握着诗集，大声地喊：

"来！还是让我来牵引你吧。"

而当他参加完自己甜蜜的婚礼，他开始忙着给那些活着的与死去的友人和大师们题写赠言。从中东到西伯利亚，从拉萨到古希腊，我们的朋友西渡孜孜不倦地询问那些"亡命的囚徒""女王""热爱和平的人"：

是谁得罪了命运？
这年头流浪的兄弟是否已经更少？

答案是无声的寂寞。于是，西渡便觉得自己像一只鸟，穿行在黑夜里，梦见照耀着灵魂的四季的光，并且悟出只有自己才能赐予自己永生……

这是一个多么有意思的南方人啊！在祖国的北方寻找品德美好的生活，依靠想象使自己变得高尚，西渡简直就是一个憨厚的人道主义者、温和的中庸分子、浪漫的巫师。如果说当下的大多数诗人和诗歌正在走入冷宫，那么，至少可以肯定：西渡没有！这只理想主义的小公羊，在诗篇中歌唱、泣诉或者畅想，赋予了那些简洁的抒情诗以激情、色彩与音乐性。朴素的语词与纯粹的技巧，携带着诗人的力量，坚定地表达着对现实的拒绝与抵抗，对理想的忠诚与颂扬。在无意义中追寻意义，在无序中坚持秩序，在堕落中诞生美，在困厄中呼唤自由，在匮乏诗意中体现诗意——也许，正是这一点，成为最让我感动并努力追求的方向。

上帝先生的酒杯在大地上流传，谁醉成了春天里的最后一只老虎？……■

诗歌中的声音　西渡研究集

其实最让我感到惊诧的是西渡较为少见的对待尘世的忠厚态度以及同样少见的洞悉某种深邃的秘密之后的不动声色，这对理解他那种宁静而华丽的诗歌面貌的统一性有帮助。

这些年，西渡的进步之显著对我所构成的写作刺激在所有的当代反应中相当强烈。他不断提供有力而又较为完整的作品，证明他写作生命力的旺盛和他的较为少见的勤奋与刻苦。

西渡的严谨在这本小册子的编辑体例和所选作品的质量方面得到了完全的体现，这甚至比某些按照常规应该严肃得多的老资格的写作者们显得更加沉静。这或许构成了被某些批评者无意忽略的基本原因之一，但我深信"静水深流"这句西谚对西渡而言是非常合适的。

在他20世纪80年代的作品之中，固然受到了某些现代主义诗歌受惠者的有益影响，但他还是及时地在扎实的比较之后辨别出自己在当时尚显微弱的道路。他面临着许许多多的问题，现在看来突出的也不止下面涉及的与我们关系较为密切的两点，一边是复杂的不断被扭曲的、飞速发展的人文主义精神的处境，另一边是在这个汉语诗歌现代化的历史进程中暂时显得极为重要的汉语诗歌基本技术的着重强调和大力探索、潜心发现等诸问题，当时他在汉语诗歌的一个较为偏远的邻居——欧洲雕塑中找到了可以转换的有效因素，这种转换的结果使他从当时普遍的象征与民歌风的高尚追求者行列中将自己的

对《雪景中的柏拉图》的随意阅读与刻意批评 ※　　　　　　　　　——桑克

※ 本篇截取桑克《对六部诗集的刻意阅读与随意批评》（原载《诗林》2000年第2期）中对西渡诗集《雪景中的柏拉图》的批评，篇名为编者加。

影子分离出来。但从他无意中形成的词汇表中我们照样能看到一个青年对生活之美的绝望和他的丰富的幻象,尤其在 80 年代向 90 年代交接守夜权的时日里,这种精神性的活动与写作技术的积极摸索交织在一起的情景,对于写作技术略有进步的今天应该说具有极其重要的提示作用。

当 20 世纪 90 年代以意想不到的貌似眼花缭乱的方式开始自己的秘密航程的时候,他在"卡斯蒂丽亚""但丁""十四行"中率先构造了个人能力的寄居所。当某些阅读者为这些似乎存在着地理距离(实际是文化修养的距离,这在未来的任何一个时段都不可能再是问题)的词汇所迷惑的时候,另一些简单的或聪明的阅读者至少通过来自"借用"一词的启示找到了一些具有价值的线索。而他以各种手段持续不断围绕着一个特定写作对象形成作品的推进方式,不仅巧妙地避免了当代某些同行在没有把握的情况下硬着头皮写作带来的小毛病,而且主动地把自己置于这种复杂压力之下的勇气将迫使他自己的想象力和语言积累的能量发挥到可能性的最后边疆,而在作品的表面形态上这也将对宏大主题构成有力的支持。或许这把刀对个人的私生活的手术来说显得过于庞大,但写作的表面形态从理论上讲是不可能企及写作的真实动机与内在秘密的,所以从作品的绝对独立性角度看,这种将一种东西在扩大过程中演变为一个或多个其他东西的方法正合于写作的基本规律,从而在所谓的客观角度抵达无限世界有限边缘的某一层。

断断续续的沉寂兼休息使他进入思的房间,并且使他较快地脱离已有的正在变得越来越有把握的形式。这种实践的成果在 20 世纪 90 年代中后期彻底暴露出来。在新年的锣鼓与大雪之中,他照样留有绕着转的余音,但在表现的细节上他却早已不是对力量恋恋不舍的卡里古拉,而是让词语的关节变得更有韧性,语调的皮肤变得更有弹性,自然,随意,像一个找到秘密配方的东亚细亚炼金术士。他对写作均衡技术的理解又上了一个新的台阶。而同时他对时事世界的理解也发生了根本性的变化:"在一家工艺品商店,我们见到／一位戴眼镜的藏族人,他曾是／被人膜拜的灵童,在哲蚌寺／度过前半生,如今手不离计算器。"认识的扩展,技术的发展,两手皆硬。与其说这是某种深思熟虑的思想的产物，不如说这是技术力量的激发使然，因为我们眼睛所视在绝大多数时候并不能使嘴巴张开，只会使经验的储蓄率下降。换句话说，写作技术在特定的特殊的历史阶段的作用已经非常骄傲地暂时顶替了那个已沦为婢女的信仰（"遗失在黑暗的历史过道"）。∎

诗歌中的声音　西渡研究集

中国新诗在20世纪90年代进入了一个前所未有的"沉寂"与"繁荣"时期，说它"沉寂"，是因为这个阶段，诗歌似乎远远地离开了大众传媒，甚至远远地逸出了公众的视野，变成了一项寂寞的事业，写作的"个人化"几乎成了一个标志；说它"繁荣"，则是因为，恰恰在这个阶段，中国新诗的现代性获得了最充分意义的凸显，诗人们进入了比以往任何时候都更为自觉的诗歌写作阶段，并且取得了前所未有的丰收。20世纪90年代诗人在"写什么"和"怎么写"的问题上，都有了重大的突破，诗歌的触角上天入地，几乎无所不在，大到时事政治，小到吃喝拉撒，让不少用传统眼光来看不能入诗的题材和主题都进入了诗歌的圣殿。与此同时，诗人们对形式的重视也达到了空前的程度，他们在形式上的自由选择尤其为新诗的发展提供了更多的潜能。

西渡是为20世纪90年代诗歌做出了突出贡献的重要诗人之一，他的诗歌表现出理性抑制激情所生发的张力，有很强的形式感，善于在普通的句式和词语中提炼典雅的意蕴，一部分作品甚至具有水晶般的雕琢痕迹。近年来，西渡在写诗之余，撰写了不少与诗歌有关的论文和随笔，在诗歌圈内引起了一定的反响。他将这些文章结集为《守

守望者的倾听 ※　　　　　　　　　　　　　　　　　　　　　　　　汪剑钊

※ 原载《诗探索》2001年第1—2辑。

望与倾听》[1]出版,为读者全面和系统地了解他的诗歌观提供了一个良好的契机。

相对于20世纪90年代诗歌实践上的丰富,我们不能不承认,诗歌批评有着明显滞后的倾向,其单调、枯燥、教条主义,时不时出现的隔靴搔痒式的外行话,使人们不能不以一种怀疑的目光来审视批评家的艺术感受力。由于我们的文学教科书一直教导说,文学的功能是描写了什么什么,批判了什么什么,对时代做出了什么什么反应,有着什么什么教育和启迪意义,在这样的教育体制下熏陶出来的批评家们习惯于以主题、题材、情感和趣味来对诗人进行考察,从而得出诸如主题是否新颖、题材是否重大、情感是否强烈、立意是否高尚等于当代诗歌写作无补的结论。事实上,在"写什么"和"怎么写"的问题上,恰恰是后者更能考验一个作家或诗人之所以是一个作家或诗人的关键。按照西渡的话来说,"应该去考察诗人在他的主张下,把他的活做到了什么程度,他对主题、题材、情感的处理表现出了多少才能和技艺","应该深入到诗人的技艺、才能的客观方面去",而做到这一点,恰恰也是"考察批评家自身的才能的尺度和标准"。批评家仅仅是出于政治的嗅觉和道德的惯性来发一通不着边际的议论,如果不算是渎职的话,起码也算是暴露了自己的无知。

不知从什么时候开始,中国的诗人便患上了形式恐惧症,生怕一谈形式就会招致"形式主义"的骂名。至于"形式主义"的作品,在某些人看来,必然在内容上空洞无物,所谓"华而不实",写这样作品的人在日常生活中一般也活得空虚无聊,等等。对此,西渡认为,在那些现代诗的发展已有一定历史的国家,如欧美,过分地推崇形式,可能会产生对既有形式的因袭,认同某种已成定式的艺术趣味,"但是在我们这样一个只有极其短暂而且单薄的新诗历史的国家,没有任何现成的形式等着我们去继承,对形式的尊重,反而意味着一种冒险——专注地投入自己的勇气、才华、热情和耐心,从而创造一种崭新的形式"。在这里,我们可以看出,西渡在为形式辩护时尽管仍心有余悸,但已显示出一个诗人批评家对形式特有的敏感。正是从上述

---

(1) 西渡:《守望与倾听》,中央编译出版社,2000年版。文中引用均出自本书。

立场出发,他指出了坚持形式虚无主义的诗人的失误:"一个以破坏作为其创造力的保证的诗人,不过是一个名为破坏的传统的懒惰的学生,既失去了创造的雄心,也失去了创造所必不可少的耐心。"

现代诗应该注意形式,这就是说现代诗人应该注意自己的技艺,因为,"技艺不止意味着表达的技术,而与表达的质量、创造性体现为互为表里的关系……从某一角度看,技艺即诗歌的灵魂"。诗人的技艺之直接的体现,在于他对语言的把握,他调动语言的能力。在西渡看来,一个诗人应该对语言抱持一种谦卑的态度,"诗人是词语的仆人,而不是主宰","语言先于我们的强大存在以及它和人类个体的关系,体现了人的一种宿命",在词和词之间,有着隐秘的、内在的亲和力,它们虽然各个不同,为表面的间隔所阻断,却像热恋中的情人一样"彼此吸引""彼此相亲","而它们的结合还将产下它们更加强大的下一代";因为,"一个字、一个词、一个句子不但存在这种与其他字词结合的能力和可能性,而且它们自身都有一种发展成为一首完整的诗的渴望,好像语言本身就是为了诗歌而产生的(就像颜料之于绘画,砖之于建筑一样)"。诗人的职责就在于接受这种宿命,响应词语的这一要求,以自己的才智和心灵投入到由词语向诗歌转化和发展的工作中去。

口语写作,是由"第三代"诗人提出的口号,作为一种写作策略,它对冲破新诗诞生70年以来逐渐归趋于政治抒情诗为正统的"革命话语"无疑有着积极的作用。但是,倘若因此而将它奉为唯一的写作准则,不仅在写作实践中会出现把诗歌降低为顺口溜和俚俗小调的可能,更可能会引发新的话语霸权,是对诗歌在语言中自由翱翔的其他可能性的限制。作为生活在当下的诗人,毫无疑问要从日常口语中汲取新鲜的养料;不过,这种"汲取"的前提是,必须经过"选择"和"提炼"的工序。只有经过"选择"和"提炼"的口语才会赋予诗歌以诗意,因为,日常口语"是散漫的,缺乏表现力和充满了自我耗竭的倾向,它是一种随时被消费的废话",不加选择地在诗歌中滥用口语,"事实上是放弃了诗人对语言的责任"。诗歌的语言"是一种介于口语和书面语之间的对话语言或者自我交谈的语言",它具有口语所没有的严肃性,并且始终处在对话的紧张关系中,具有明确的方向性。

近年来，我参加过不少诗歌朗诵会，发现绝大多数诗人喜爱的只是自己的倾诉，而不太习惯认真倾听，一些诗人的狂傲和自大几乎成了痼疾。我们这个时代，有太多的发言者，却只有极少数的倾听者。西渡把自己的诗学随笔集命名为《守望与倾听》是颇有深意的，它体现着西渡面对当代诗歌所愿意承担的使命以及对语言所抱有的敬意，他自述道："写诗意味着某种程度的放弃自身，去倾听语言的发言，阅读同样意味着放低自己的位置，去倾听词语的声音"，"对我来说，批评不过是倾听语言发言的另一种方式。批评的幸福在于能够倾听到优美的歌唱"。在价值混乱和精神涣散的时代，诗人仿佛接受宿命一般地将成为一个守望者，而在时代的众声喧噪中，诗人应该是一个倾听者——要从各种喧嚣中倾听来自诗歌本身的密码，倾听来自同行的声音。记得海子死后不久，陈东东在《丧失了歌唱和倾听》一文中说道："与海子的歌唱相对应的，是一禾优异的倾听之耳""对于诗歌来说，歌唱和倾听是同样重要的，有时候，倾听对于诗歌甚至是更加根本的。"在陈东东看来，正是骆一禾恳切而挑剔的倾听，鼓励和磨炼了海子的歌唱，使得他的嗓音变得越来越悦耳。

看来，陈东东的这一意见对西渡是深有启发的。如果把20世纪90年代的诗歌看作一部交响曲的话，西渡卓越的耳力使得他能够在一片声浪中，分辨出其中的小提琴和中提琴、单簧管和双簧管、三角铁和排钟各自不同的音质，以及混杂其间的各种杂音，给予恰如其分的界定。例如，他认为，韩东的诗"不是大树，而是从树上截取的一个断面，切口还淌着鲜嫩的汁液"；在论及张枣的写作创新时，拈出了其"唯美、细腻、文言辞藻的活用、抽象与具体的并置"的特点；在谈论清平的风格特征时，将它概括为"简洁到只剩下骨头的优雅"；在对比北大几位诗人的诗歌节奏时，内行地指出，"骆一禾、海子的节奏是歌唱的、飞行的；西川的节奏却是朗诵的，被赋予一种整齐的、行进的步伐；臧棣的节奏则是说话式的，属于私人的散步"。上述点评，倘若参照他们的作品来看，读者便不难发现西渡确实具有一双善于倾听的耳朵。

对20世纪90年代诗歌的评价，西渡表现出了学者般的审慎和严谨，在总体把握上，他更强调它的延续性，而不是很多批评家执意概括的独特性。就中国诗歌的生长期而论,他认为与其用"变化"这样的词来命名20世纪90年代的诗歌,还不如用"发展""延伸""拓展"这样的词汇去描述更为准确一些。在回答关于90年代诗歌想象力的问题时,西渡举出了两个特征,其一是它的具体性,诗人通过想象,来亲近日常经验,赋予它们以意义和价值,这使得我们生活中的大大小小事件以奇特的方式进入诗歌,从凡庸的日常经验中剥离出来,上升到想象的层次,因此而获得它们的真实性和完整性;其二是它的理性精神,自浪漫主义诗歌以来,诗歌的想象力一直被笼罩在非理性的迷雾中,人们总习惯于把它同直觉、灵感、潜意识,甚至病态的幻觉联系在一起,而忽视了它与理性之间的联系,忽视了理性作为精神的支撑。实际上,诗歌的存在,原本就是给无序的历史、给现实以秩序,以理性的精神来梳理原始的、非理性的想象力,把它们置于意识的控制下发挥恰当的作用,也正是在这个意义上,"理性应该始终成为非理性的看护者和守门人"。在一个诗歌建设的时代,对诗人而言,理性和节制肯定要胜于激情与放纵。■

诗歌中的声音　西渡研究集

在仿狄金森的《暴风雨夜，暴风雨夜》一诗中，西渡以青蛙的口吻唱出自己的春天之歌：

春天来了，春天来了，
快让我们放弃钢铁的性别
变成快乐的两栖动物。

西渡——一只两栖的青蛙？在水塘和陆地之间来回跳跃，不停地发出水花四溅的扑通声？有人会认为是戏谑和玩笑，然而这恰恰是我慎重而严肃地谈论一位诗人的开始。我和西渡只见过一面，谈不上有深入的交往和交流，但西渡的诗，我一直关注，并认真去读，他是我喜欢的诗人之一。进入20世纪90年代，特别是90年代后期，西渡的写作越来越走向成熟、包容、综合，一种健康淳正的气派，充满实验精神又不失古典主义的庄重。这一追求，正如他出色的诗作《蛇》中所示的："响应着内心的号召，你蜕皮，／你换骨，你吐露黄金的芬芳，／你同时是茎与叶、根与花。／天堂与地狱在你的身上合一。"蛇几乎可以视作青蛙的敌人，然而正是古老的敌意建立起它们之间的亲缘关系，成为生物链上不可或缺的一环。作为隐喻和象征，它们同时体现了一种明显的综合精神。综合精神使西渡放弃了"钢铁性别"的单一、

颂唱，或金色的综合 ※   沈苇

※ 原载《绿风诗刊》2002年第3期。

偏执、冷酷、坚硬，变成"快乐的两栖动物"，呈现出理想的"雌雄同体"的写作风貌：在各种元素的冲突中保持诗歌力量的均衡，也就是通常所说的锋刃上的平衡。世界是分裂的，诗人却是一个统一体，在时代极端与暧昧的混淆不清中，综合是另一种鲜明。综合尽管是正道，但不是坦途，更不是捷径，蛇永远是自己的疑团、自己的结，青蛙的扑通声也传达了一点跳跃的迷茫，写作仍被西渡视作出于面对生命的永恒困惑，以及对这一保存人性仅存方式的珍视。西渡向着综合的努力，是为了完成对南方与北方、快与慢、抒情与叙事、湿润与干燥、幻觉与现实的两栖。

  在早期的一首诗中，西渡写道："流浪者／你要爱一辈子水"（《流浪者》）。水是西渡的出发地和归宿地，作为时间古老的隐喻，我们一辈子都处在与流逝之水的搏斗中。很早以前，西渡诗中的青蛙栖息于浙南山区故乡的水塘中，它的鸣唱孤寂而热烈，有一种忧伤的抒情调子，一种神秘的梦幻色彩。它不停地游动、跳跃、歌唱，犹如一场青春热病，犹如为了摆脱水的囚禁。日月倒映于水面，它要把它们衔住，吞服下这治病的药片，但每次都碎了。于是青蛙决定去做一位流浪者，它奋力一跃，跳上了岸，跳向了远方，跳向了北方干旱的陆地。这一跳是命运的转折，一个开阔地带在眼前展开了。一个南方诗人去北方生活显然是有好处的，正如北方诗人不拒绝南方的润泽的话也能获益良多。我们知道，南方山区与南方平原在地貌、人的性格上均有很大不同，除了水，南方山区比南方平原多了石头的坚硬，这几乎是一种北方特征了。所以，我们有时将南方山区称作"南方的北方"。这大概是一次宿命，远方就潜伏在我们近旁，却以遥远的方式发出了召唤。现在，这只流浪的青蛙来到了北方干旱的首都，它常在梦中重温故乡的水塘，为了在干旱地区生活，它知道必须保持自己蛙皮的湿度，为此它记住了罗伯特·勃莱的提醒："恪守诗的训诫包括研究艺术、经历坎坷以及保持蛙皮的湿润。"（《寻找美国的诗神》）它知道许多人因为缺乏耐心，非但没有保持住这种湿度，反而把蛙皮都烧掉了。就像俄罗斯童话中的伊凡王子，因为缺乏三天的等待烧了瓦西丽萨的蛙皮，他必须找到狠毒的巫婆的针尖（她的命根），才能使美丽的公主重获自由。而针尖在一只蛋里，蛋在鸭子体内，鸭子在兔子肚子里，兔子在一只石箱里,石箱在一棵高高的橡树上……时常,我们无法与老巫婆的针尖抗衡。而西渡用足够的耐心找到了这枚针尖,在北方的干燥空气中保持了蛙皮的湿度,空间变迁仅仅是他心灵递进的一个背景,不足以构成一个要害。

臧棣所说"诗歌是一种慢",西渡是深有同感的。当然,他更多地从海子的自焚式写作和戈麦的"迅速生活"中学会并领悟了"慢"。特别是挚友戈麦之死,对他产生了重大影响。西渡说:"戈麦之死对我的最大影响就是使我活下来了。因为他死了,我就有责任代替他活下去。"这大概不是夸张的说法。海子、戈麦之后,慢下来已变得十分重要。然而慢下来并不意味着迟疑和停滞,它是相对于快的,这就是说诗人可以两栖于快慢之中,从而找到自己的速度和声音,正如他必须将激情和经验熔于一炉一样。西渡无疑面临着一次转型,从早期写作与时间搏斗的写作留下的巨大伤痕中挣脱出来,转向中期写作的"一种筑坝蓄水的努力",他认为这是三种时间在起作用:历史的进程、诗人的年龄变化、诗歌本身的生成周期。五首(挽歌)是告别青春之作,表达了对自我、青春、爱情、死亡、历史的沉思,里面有里尔克(杜依诺哀歌)的影子。之后是两年的停顿,直到1995年写出《寄自拉萨的信》,转型出现了,一种新写作的曙光也同时诞生了。此后西渡写出了《一个钟表匠人的记忆》《在硬卧车厢里》《公共时代的菜园》等一批有叙事倾向的作品,受到了普遍好评。日常生活、戏剧化场景、对话等参与进诗歌,无疑拓展了诗的表达,形成客观化风格,抒情王子成了生活冷峻的旁观者,成了叙事高手。说到叙事,目前似乎已成为一些诗人的"标签",或者说能够辨别他们的"符码",有时降低成对生活的无聊抄袭和对贫乏想象力的勉强补救。叙事果真是灵丹妙药吗?我是怀疑的。耿占春就尖锐地指出:"叙事显示了诗人的好胃口,要及时地消化掉从现实世界中冒出来的一切非诗意之物,但也许它会成为新的狭隘性的一种表现。"西渡的转型之所以是成功的,我认为他在倾向叙事的同时并未丧失抒情的古老品格,他在继续维护抒情的尊严。武断地说,他用叙事去抒情,只是在技艺上,他变得像魔术师一样高超并且变化多端。关于诗歌的叙事问题,西渡有自己清醒的认识:"诗歌的叙事性是20世纪90年代被人广泛谈论的问题,但我个人对诗歌的叙事功能并没有特别浓厚的兴趣，使我感兴趣的恰恰是诗歌对叙事的偏离，是诗歌在叙述中将叙事转化为诗歌的能力。叙事背后所显露的更为广阔、深刻的东西，才是诱使我进行叙事试验的强烈的兴奋剂。"（《草之家·后记》）分裂是可以弥合的，在抒情与叙事之间，诗人要寻求的是综合能力的培养，西渡打算把颂歌唱到底，实际上是为了唱出诗人的谦卑：

还会有更多的诞生和死亡，还会有
尚未认识的真理，让你一见倾心
因此你要把颂歌唱到最后，要继续谦卑
把每一次失败变做一个伟大的教训
　　——《最后一首颂歌》

在我看来，西渡是一位拥有综合写作能力的诗人，一位矛盾交锋中的两栖诗人。他已出版的两本诗集《雪景中的柏拉图》和《草之家》，前者是精神的、幻象的，后者是现实的、物化的，一正一反，各有倚重，如同一个共体的两个侧面。西渡追求的"两栖的欢乐"接近史蒂文斯所说的"和谐与秩序的欣悦"，当然得经过长时间的混乱、曲折、冲突、磨砺，才能抵达。看来，荷尔德林的"金色的中庸"得改成"金色的综合"了。经由金色综合，踏上的是诗的光辉之路。■

诗歌中的声音　西渡研究集

很多时候，人们感到很难再像以往那样信任诗歌了。人们仍然喜爱诗歌，却深感对当代诗歌缺乏了解。在当代中国社会的转型中，一堵阻隔的高墙，不知什么时候已赫然耸立在人们和诗歌之间。其实，就像一架语言的机器，当代诗歌一直在那里不停地转动，做着自己的事情，时而喧声震天，时而细声润物。但对这架庞大的诗歌机器究竟是如何运转的，它的动力是怎样的，它依据的审美原理又是什么，大多数读者包括专业的诗歌评论家，都感到不甚了了，甚至充满疑惑和猜忌。人们很少反思他们对诗歌的态度，或是反省他们对诗歌的疑惑；如果当代诗歌出了什么问题，那么，似乎天然地，问题不可能在读者一方，而肯定是出在了当代诗歌本身。这种情形非常像邻人有亡斧者的故事。人们越是怀疑当代诗歌有问题，就会顺着这样的思路一路琢磨下去，也就越发觉得当代诗歌的确是有问题。

问题也许不在当代诗歌到底有没有"问题"，不在诗人和读者站在各自的立场对当代诗歌的评估有多么大的差距。有一个底线，不妨交代一下：任何一个时代的诗歌都会存在这样或那样的"问题"，或是所谓的"危机"。在我看来，当代诗歌如果说有什么问题的话，那么，问题的症结恰恰在于，人们面对已经问世的大量优秀诗歌，缺少辨识、解释和欣赏的能力。人们容易把他们自己想象成一个没有任何问题的、受过足够训练的读者，并且太容易陷入这样一个角度：当代诗歌为我

值得信赖的诗人 ※ ——————————————————— 臧棣

※ 写于 2002 年 3 月 18 日，发表于当月《中国图书商报·书评周刊》。

做了什么？其潜台词就是，当代诗歌无论怎样，都应该让作为读者的我能看懂。如果一个人这样对待庄子或康德，其荒谬和愚蠢之处，就会暴露无遗。但是，对诗歌，对当代诗歌，他采取这样的方式，其荒谬和愚蠢之处就会隐蔽得多。其实，道理是一样的。

或许，另外一种看待当代诗歌的方式，会减少不必要的误解。读者不妨问一下自己："我"（从阅读的角度）能为当代诗歌做点什么？或是考虑一下：当代诗人已为当代诗歌做了什么？他们采取了哪些新的艺术手法？他们这样做的意图和抱负是怎样的？在我看来，当代诗歌已经取得的成果足以回报读者所可能采取的那种积极而主动的阅读热情。诗人西渡，就是这样一位展示了当代诗歌进展的优秀诗人。他（2002年1月）出版的个人诗集《草之家》，巩固了他作为一个优秀诗人在当代诗界的地位，而且，也使他辛勤探索的个人的诗歌疆域有了更宽广的展现。

《草之家》是西渡的第二本个人诗集，它和诗人的处女诗集《雪景中的柏拉图》（1998年）形成了有力的呼应。在这一过程中，《守望与倾听》——诗人的一本诗歌评论集，则起着鲜明的伴奏作用。就诗人所拥有的写作才能而言，这三本书发出的最后的和声，犹如一个诗人演出的语言的奏鸣曲。更具象征意味的是，它揭示了西渡和当代诗歌打交道的独特方式：一边写作诗歌，一边思考如何写作诗歌。换句话说，诗人批评家的方式，是西渡自觉采取的诗歌方式。他热爱诗歌，但并不想让这份珍贵的热爱流于盲目和虚妄。这也是我说的，作为一个诗人，他值得人们信赖的主要的原因。大约十年前，西渡便将他对诗歌的热爱确定为探索并展示一种"词语的谦卑"。也就是说，对于我们能用语言触摸的世界，怀着一种敬畏的态度。我以为，正是这种内在的精神姿态使西渡的诗歌有别于其他的当代诗歌。另一方面，这种敬畏的态度（它最完美的原型是但丁，而但丁也恰恰是西渡特别膺服的诗人），还让西渡找到了他自己的诗歌方式：像语言的工匠那样工作，在朴素中抵达一种可能的完美。诗人曾这样告白："我写诗完全是因为写诗本身的乐趣"，并且明确地声言："在这个世界上，能够写诗就是一种幸福。"（随笔《思考与解释》）这与其说是一种对诗歌的信念，不如说是一种对诗歌的体验。而能带着这样的体验，去探索诗歌的秘密的人，已经不是很多了。是的，在西渡的诗歌中回荡着一种人们很难在其他当代诗人的作品里听到的"幸福的声音"。这是他偏爱的题材，尽管有点抽象，也是他的大部分诗歌的主题。这种"幸福"，主要不根植于人世，或是验证于我们生存的世界，而是依托于心灵和语言之间的一种永恒的关联，一种深邃的过程。像诗集《草之家》中收录的《蛇》《蝴蝶》《蜜蜂》《树木》《草之家》《鹰》，以及诗集《雪景中的柏拉图》中收录的《最小的马》《蚂蚁和士兵》《但丁：1290，大雪中》《为大海而写的一支探戈》等，这些诗作都属于诗人自己所指认的——是敏感于语言本身的乐趣的产物。当然，语言的乐趣，绝不像有些论者所误解的那样，它们和我们对生存的体会和省思没有关联。对西渡这样的诗人来说，领悟我们是如何使用语言的，就意味着了解我们自身的生存状况，也意味着领悟我们和世界的最本质的关联。对举出的这些篇什，我差不多都能记背。这也是我向这些珍贵的诗歌表示敬意的一种方式。它们的语言纯净，比喻恰当，表达节制……更重要的，这些诗行中蕴含着一种吸引人的来自语言的呼唤。

西渡20世纪80年代后期就读于北京大学中文系。他出生于1967年，受过这代诗人所能受到的最好的教育，但他也知道，诗歌是另一种终生的自我教育。他的诗歌在风格上显得纯正，却并不拘泥于所谓的"泛学院诗歌"。他也常常将他的诗歌的触须延伸到当代生活，写出了像《寄自拉萨的信》《一个钟表匠的记忆》《旅游胜地》等充满批判力量的篇什，它们已被很多论者视为"90年代诗歌"的叙事性倾向的代表诗作。

从风格的角度看，西渡属于那种喜欢锤炼技艺的诗人，但他并不迷信技术。应该说，他做得还蛮不错的。他在诗歌中显示的技艺，也让一部分同代诗人感到不舒服。因为两相比较，后者显得太粗糙了。对此，西渡谦卑地写道：它们"实际上根植于心灵的差异"（《草之家·后记》）。语言不是工具，这一点西渡早就明确了。他替语言工作，而不是用语言工作；借助对修辞的精通来加强或减弱一些语言的风格标记，演示想象所蕴含的意义。他对诗歌语言最基本的态度是：纯正、干净、朴素、优美。这种态度绝不仅仅源于一种风格策略（像一些人有意曲解的那样），更深刻地，它反映了西渡对诗歌的看法。或许，别的诗人已经无法从这样的语言态度中找到出路了，但西渡本人仍能从中汲取力量。无疑,他希望当代诗歌在触及我们生存的最本质的状况的同时,仍能葆有一种升华的力量。换句话说,用诗歌为人做点什么。我唯一的疑问是,他也许做了不止一点点。■

诗歌中的声音　西渡研究集

根据葛兆光先生朴素且可靠的观察，"那些历久弥新、传诵不绝的抒情诗歌，它并不传达某一历史事件、某一时代风尚，而只是传递一种人类共有的情感，像自由、像生存、像自然、像爱情，等等，它的语言文本只需涉及种种情感与故事便可被人领会，一旦背景羼入，它的共通情感被个人情感替代，反而破坏了意义理解的可能"[1]。换言之，道德感过强的阐释学，惯于用对历史的记忆来化解诗的本义、歧义，这也早已是常识，而老把人与诗狠狠离间的背景，常常不太平，总带或晦暗或酷烈的灾变特征——暴君当政、佞臣乱国、经济萧条，人民公敌、社会公害，抑或地方性封闭圈中周而复始的荒蛮。当这些与众生对立的存在强硬异常，否定这一切的写作，在事后的美学检讨与伦理重估尚未发生的时刻，便有政治正确为之注入底气，平行时空中的质疑者、滞后者和旁观者，则可能因无为而被评判为消极的享乐主义者。在当代诗歌批评语境中，此类占领道德制高点的批评声音数十年来一直不绝于耳。然而，摆放完好的诗史从不隐瞒：广泛意义上的否定式写作，并不直接等同于持续向此刻的纵深掘进且不弃思量未来之心的批判式言说，从前者向后者的推进，尚须心性蜕变与诗法练达，终归不可交由自然而然的进化论。当然，此处并非揣度相关人士对时

---

(1) 葛兆光：《汉字的魔方：中国古典诗歌语言学札记》，辽宁教育出版社，1999年版，第23页。

书写肯定之诗
——读西渡诗集《鸟语林》※

王辰龙

※ 原载《特区文学》2017年第4期。

代主题的意切情真。

按照英人伊格尔顿(Terry Eagleton)的定义，否定的诗学"并不依据诗可能显现的任何肯定的特征，而是依据诗与某种别的东西的差异或偏离。诗由它剧烈反对的东西构成，因此依赖的正是诗要对其做出反应的疏离的现实"[1]。以此反顾1949年以来的现代汉诗史，始于20世纪70年代的"北岛们"显然最擅用否定，而在他们修辞学上"蒙笼"着的帷幕，已被冷静的观众渐次揭开："'朦胧'修辞与其说是一种全新的美学原则，不如说是一项重要的话语政治策略。它与革命文艺制度化的话语秩序之间构成了某种紧张的对抗关系(如北岛)或相对较为平和的替换关系(如舒婷)。舒婷等人应该很明白这一修辞转换行为的真实意义。这两种修辞关系实际上体现了'朦胧诗'的意识形态二重性：对抗和妥协。"[2]或许，此时此地，否定的诗学，早在各路诗家的反思中声息渐落，但由于它在逻辑上易于操作，加之美学资源颇多前鉴，至今仍占一席之地，闯荡多年的老手且不论，初涉文坛的诗歌青年中，便不乏取用否定声调之人，或抽象地反对所谓压抑着自由意志的各种"他者"与妨害着至纯至美的各种外界，或自命公民并急躁粗浅地为社会热点事件分行。这种情形倒也实属情理之中。

若以相对积极且不保守的目光去看待否定诗学尚存的市场空间，便会见出其纷繁内部存在着可生长的冲劲儿与可能性，除说明否定诗学命力不减外，也反衬出肯定式言说的不给力。在我们的时代，不时有超现实的社会新闻，以荒诞和残酷，令国人友邦各自惊诧，也为写作者的想象力及其限度、认知力及其温度，设置了坚硬的前提。因此，即便大诗人昌耀多年前就曾以崇高口吻声称："是的，在善恶的角力中／爱的繁衍与生殖／比死亡的戕残更古老、／更勇武百倍。"[3]但写爱实远难于写恨，一招不慎，便可能失之僭越与轻浮，并不比肥皂剧、鸡汤文高明太多。坏的肯定诗学，基调是强行感动与刻意煽情，与之不同，否定诗学的基调往往是愤怒。愤青常有，愤怒中年亦是近

---

(1) [英]特里·伊格尔顿(Terry Eagleton)：《如何读诗》(陈太胜译)，北京大学出版社，2016年版，第72页。
(2) 张闳：《声音的诗学》，中国人民大学出版社，2003年版，第110页。
(3) 昌耀：《慈航》，见《昌耀的诗》，人民文学出版社，1998年版，第22页。

来的中国特色，虽倦于青春期荷尔蒙浓重的自由主义，但年岁增长并不必然造就智慧，实情是愤怒常将杰出过的头脑诱入叫嚣抵制、意淫战争的民族主义与以强人崇拜、政治怀旧为奠基的"国家祭台"[1]。这样看来，出版于2010年的西渡诗集《鸟语林》[2]可谓迎难而上地实践了一种有别于否定的诗学。人到中年，常有"热衷于责任而毫无办法"[3]之怒，但为说出的更多、更深，"诗可以怨"的同时，诗人弃置了谩骂与号啕。

用反思否定诗学的视野重读《鸟语林》，会发现这本诗人之前近十年作品的结集，像是将一个当代中国人块垒间的野火，持续地包入由沉稳诗艺形塑出的文本冰山之中，为日常生活里稍纵即逝的奇迹时刻赋形。它以两类作品为轴心：一类以两首《玉渊潭公园的野鸭》为代表，探寻被工业文明放逐、驯化的自然；另一类则以《微神》为代表，追问私人性的亲密关系和亲近事物。城市的森林公园和绿化带，弥补着空间中自然的不足，也慰藉着城市人的田园梦。但对西渡来说，自然首先由众多好看但难解的谜团组成，它并不预设性地充满意义，当城市文明持续地为自然去魅，在诗人这里，第一要义则是为自然复魅。在《玉渊潭公园的野鸭（一）》中，野鸭被看作"春天临时租用的格言"，它们"生僻如信仰"的身姿好像在"阐释着雪莱的诗句"。这是优美而坚定的自然，它像陌生的信使，带来异地珍闻，它不再是一个对象，而是一次性命攸关的契机，像丰腴的镜面，折射出人事的贫瘠；更像寡言的知音，总是修辞以立诚地把何为更好的生存状态点破。也就是说，在《鸟语林》中，自然形象的展开，亦是省视自我的过程，诗人肯定着自然的超越性，却始终以人的尺度为基准。

虽说诗集的名字颇富古意，但西渡并未如一些同世代的写作者那样，直接攀附醇酒妇人、逸乐修仙等被重新阐释、发明的古典美学范畴，以避免否定诗学的弊端，并勾销寻求立命之本时的挣扎，相反，诗人对自然的书写往往始于追问：自然看似沉默，实则一如众树合唱，

---

(1) 此处借用许纪霖《走向国家祭台之路（上）——从摩罗的"转向"看当代中国的虚无主义》（《读书》，2010年第8期）的标题。
(2) 西渡：《鸟语林》，海南出版社，2010年版。下文所引西渡诗句都出自此集。
(3) 马雁：《北京城》，《马雁诗选》（冷霜编选），新星出版社，2012年版，第132页。

而它的每次显形,究竟想向人传达些什么呢?相似的入谜和解谜,也是《微神》式文本的基本结构。把身边人与眼下事写好,与写自然相比,或许更困难,关键所在,是如何准确拿捏让私密敞开的尺度:过于热烈,难免有自我戏剧化的表演嫌疑;反之,过于零度,则常会因人间烟火气的欠缺而陷入意义的隔阂。如是来看,《微神》恰到好处,它不敷衍故事,直接截取构成日常生活的核心所在,以赋魅的方式将它们赞美——那为"我"所创造的,经过时间涤荡,已搁下成败,反过来继续创造"我";那为"我"所爱的,默然维持着日子必需的平衡,以这种方式,持续地爱"我":诗人将它们命名为"微神",便也提示出人的创造力和爱,终归能直面并抵抗谬误与不平。西渡的《鸟语林》正是以上述这般肯定的诗学姿态,重构着人类与自然、自我与他者之间的关系,它显示出文学现代性的图景不止于绝望与孤独。■

诗歌中的声音　西渡研究集

一

2001年冬天，我第一次见到诗人西渡。他来中央民族大学做讲座，题为《时代的弃婴与缪斯的宠儿——论20世纪60年代出生的中国诗人》，从那时起我们结下师生缘分。拿起西渡的诗学论集《灵魂的未来》，我耳边就回响起他那天讲课的声音。这是有生以来我第一次倾听诗人论诗。西渡的讲座，差不多成了我的第一堂诗歌启蒙课。后来七八年间，西渡每有新作诗文，我都是比较早的读者之一。如今，曾经相识的文章都温暖地流动在《灵魂的未来》一书中。作为一个与诗人有过私人交往的、成长中的晚辈读者，我不但从书中看到了我身上的阿多尼斯如何死去，更看到其中编织着的纯粹的、在尘世中追慕神性的劳作——一如里尔克倾心的 travaille et travaille[(1)]。

这么说是有原因的。读者一定发现了，本书所收文章的风格、语境都十分多样。西渡大学毕业后长期在一家经济类出版社上班，每日面对烦琐乏味的工作。本书是过去十几年间作者行有余而为文的结晶，其中有些文章是即兴写下，有的则一年半载才完笔；有诗歌史论、诗人专论、作品细读、对话等，内容涉及古今中外诗歌，显示了作者广阔

---

(1) 法语意为"孜孜不倦地劳作"。这是里尔克在《罗丹论》中对罗丹的描绘。

解开或创造"惊讶"
——西渡诗论集《灵魂的未来》阅读札记 ※

颜炼军

※ 原载《诗探索·理论卷》2010年第2期。

高妙的趣味。跟许多学院职业学者的工具化写作不同，西渡的写作发乎纯粹喜好。本书中几十篇文章，无论篇什长短，观点如何，却一定是他心中涵泳许久，体悟最深的部分。每读完西渡的文章，尤其是那些鸿篇巨制，我常纳闷，西渡如何在繁忙的非文学工作中酝酿它们？疑惑中想起瓦雷里的话："如果每个人不了解自己生活之外的生活，他就不能了解自己的生活。"[1]写作亦然，不能透彻地体悟不能写作的处境，就不能透彻地理解写作。西渡大概就是深谙不能写作的处境的写作者。

西渡的写作处境和姿态，让人想起曾担任保险公司副总裁的美国诗人斯蒂文斯，和身为银行职员的诗人艾略特，他们的日常工作基本上与文学无关。而正是这种无关，让他们对诗的渴望更加纯粹——对现代诗人来说，诗歌是一种可能的生活，这大概也属于席勒早已感觉到的现代诗的"感伤"气质：古典诗歌本身就是自然，而现代诗寻求自然。[2]西渡在谈论现代诗人与古典诗人的区别时也曾说："在这样一个时代，如果诗人坚持对生活的权利，那么他的诗就不能不是对生活的梦想。普希金的诗是从生活本身生长出来的，为我们歌唱生活自身的魅力，而我们的诗却是从对实际生活的否定中生长出来的。"[3]这呼应了史蒂文斯多年前关于现代诗的谶语："这一天会来临，诗歌一如天堂，看上去就像一个悲凉的装置。"[4]正是这样的写作处境，西渡的诗学文章一如他的诗歌，是他对日常生活的否定性劳作。这种劳作铸就的纯粹性，将有力地说出诗意阐释容易错过的空白，抵达批评的崇高性。

说西渡批评写作的纯粹性，更重要的原因在于，他常坦陈批评写作的困难。[5]这是因为，诗歌写作面对的是语言的存在，是在孤立的语言体验中与语言一起新生的过程。诗歌面对的是象征之难。诗人瓦雷里曾经讲过一段发生在诗人马拉美与画家德加之间的逸事：德加

（1） ［法］保尔·瓦雷里：《文艺杂谈》（段映虹译），百花文艺出版社，2002年版，第283页。
（2） 刘小枫选编：《德语诗学文选（上）》，华东师范大学出版社，2006年版，第166页。
（3） 西渡：《我的诗观》，见《灵魂的未来》，河南大学出版社，2009年版，第217页。
（4） ［美］华莱士·史蒂文斯（Wallace Stevens）：《最高虚构笔记——史蒂文斯诗文集》（陈东东、张枣编，陈东飙等译），华东师范大学出版社，2009年版，第259页。
（5） 西渡：《后记》，见《灵魂的未来》。

一心想学写诗，屡屡请教马拉美。有一天，他扔下绘画，整天在家写十四行诗，直到脑袋生疼，但仍然没写出好诗句。他痛苦难耐地找马拉美诉苦："我弄不懂，这首小诗，我怎么就写不成，其实我脑袋里装满了思想。"马拉美同情地安抚道："不过，德加，写诗靠的是词，而不是思想啊。"[1]诗人的批评写作，却是要唤醒自己身上沉睡的德加，以"思想"来澄清诗歌的神秘性——这同样困难，也是一个诗人的散文写作面临的首要悖论。事实上，这也是文学写作与文学批评之间的必然沟壑，要跨越这一沟壑，按照罗兰·巴特的话说，理性的逻辑与象征的逻辑必将扭成一团。[2]

《伊安篇》中，苏格拉底与诗人伊安有一场精彩的对话。苏格拉底想让伊安回答的问题之一是：一个创作者如何把自己的经验及经验之外的事物绘声绘色地"挪"到诗歌中？这就是诗的禀赋——要么是写作者所有的，要么是神助的。中国古人对此有一个意味深长的描绘：如有神助。文学批评也有类似困境：如何描绘和解释文学中最动人的部分？按照布鲁克斯的说法，文学以各种悖论和隐喻说出最难言说的事物隐蔽性，"把住一些把不住的事体"（冯至语），这种言说的光晕不断地应合和充实我们的灵魂。理想的文学批评，就是要发现文学作品中最为尖端的悖论和隐喻，发明一种与象征匹配的阐释性，亦即批评必须创造自己的悖论和隐喻技艺，以批评之姿再现文学的动人。而常见的批评，总是板结于抽象和理论的面具——歌德早就发现其灰色的面孔，其败势，正如劣质的文学作品让经验顽石般凝滞于语言的拥堵中一般，往往也让马拉美理想中源泉般涌动不止的艺术鲜活性，沦落为缺乏内心感的文学常识，按诗人钟鸣的话说，就是把脸做成面具。[3]而批评之力，正在于打碎凝固的常识构成文学意识形态，从中离析出高级的文学事理性，消除文学作品与其所处时代、与灵魂的隔阂，超时空、个体、文化、民族地呈现灵魂的杰出性。批评的这种理想，正与西渡强调的"诗歌作为理解的力量"[4]相同——杰出的批评接近

---

(1) ［法］保尔·瓦雷里：《文坛旧事》，见《另一种写作：外国著名诗人散文随笔》（潞潞主编），北京出版社，2003年版，第82页。
(2) ［法］罗兰·巴特：《S／Z》（屠友祥译），上海人民出版社，2001年版，第52页。
(3) 钟鸣：《秋天的戏剧》，学林出版社，2002年版，第46页。
(4) 西渡：《诗歌作为理解的力量》，见《灵魂的未来》，第206页。

诗的愿望，正与词接近物的渴念一样。

在《灵魂的未来》一书中，我们可以具体地看到，作者是如何因地制宜地完成这些任务的。由于一个多世纪的多灾多难，中国一直没有形成一个比较理性的新诗阅读传统，新诗中的"新"被恶性强调，而新诗中的"诗"则常常被忽略。汉语新诗的革命性及其特殊处境，使得它成为近百年来被误解最多的中国艺术之一。各种误解累积成一套关于新诗的文学意识形态，不断败坏普通读者的诗歌趣味。因此，当代新诗批评首要的任务之一，仍是为新诗正名。虽然完成这个任务在当代有更充分的底气，但新诗，尤其是近三十年来当代诗歌的杰出性，与主流文学意识形态之间依旧相隔千山万水。20世纪80年代，诗歌因其特定的政治针对性而受到误解，公众对诗歌的狂热，很可能意味着一种带有意识形态暴力的狂热，因为大众关心的，更多是诗歌的意识形态针对性，而很少是诗歌本身。随着诗歌所针对的对象的瓦解、重构和诗歌自身的变化，公众对诗歌的盲目追捧，转为盲目冷漠。尤其是20世纪90年代中后期以来，消费社会的形成和物质主义的泛滥，诗歌因缺乏当下社会所崇尚的实用性而常常遭受误解和诟病，与这种情况互为表里的，是批评面对诗歌的失语。然而，依旧有一部分优秀诗人和批评家，借被迫说出诗歌的压力为契机，廓明了新诗的丰富内容，释清了新诗的精微和高妙——他们一定有益这个时代人们心灵的自由和健康，诗人西渡就是其中的佼佼者。十多年来，作为批评家的西渡不断以汉语新诗为视点，以诗人的灵心健笔，力图开掘新诗与旧诗、与外国诗之间流畅的对话脉络，寻求古今中外诗歌之间的内在和谐性。在梳理新诗传统、汉语诗意阐释和新诗批评话语建设等诸多方面，他都有许多独到的贡献。

二

如何理解新诗传统，事关如何理解包括旧诗在内的汉语诗歌。在百年新诗写作取得丰硕成果的基础上，重新追寻新诗传统，乃至重新理解新旧诗之间的关系，必将有利于优化新诗写作和促进汉语诗歌精神的丰富。就此,西渡首先通过梳理和释读废名、林庚、孙大雨等诗人的诗观,多维度地理顺了新诗人自我思考过程中的得失;又以现代以来几位诗人兼翻译家的翻译和创作之间的关系,就新诗的写作资源和可能性提出独到的理解。

西渡认为,废名是胡适以来最重要的诗歌理论家。他归纳出废名四个方面的贡献:第一,总结了到20世纪30年代为止的新诗的成功实践,对诗歌和散文的性质进行了区分,某种程度上提出了新诗的诗歌本体论。第二,从理论上论证了新诗应该是自由诗,其他有规律的形式,只是这种自由的一部分,更重要的是,废名正当其时地指出,新诗应该用散文的写法。第三,在写作方法上,废名提出写实、即兴和自由表现作为新诗根本的写作方法。第四,在上述观点的基础上,废名对汉语新旧诗之间的区别和关系做出了新的有效论述。[1]

废名关于散文和诗的区别的谈论,是西渡解读废名,解释"新诗到底是什么""新诗不是旧诗,但新诗是诗"的出发点。西渡将废名的核心诗学观点归纳如下:"新诗不同于旧诗,但这个不同不在于是否用白话文写作,也不在于其形式是否符合格律,而在于诗歌的内容;新诗的内容是诗的,其诗的价值取决于它的内容;旧诗的内容是散文的,其诗的价值取决于它的形式。这是第一次从性质上对新诗和旧诗做了严格区分,可谓一举为新诗的确立提供了理论依据。废名的观点表面看来没有那么激进,却从根本上清除了旧诗借助其文学史优势对新诗构成的威胁,为新诗的发展拓出了广阔的空间。"[2] 关于散文性与诗性的区别,废名曾以苏轼《水调歌头·明月几时有》为例论证:"明月几时有,把酒问青天,不知天上宫阙,今夕是何年。我欲乘风归去,又恐琼楼玉宇,高处不胜寒",废名认为,这里"大约真是诗人之实感了",然而苏词却不能够将这个完全的诗感坚持到底,它"一定还要写下别的悲欢离合的事情才成其为一首词"。从这里,废名指出旧诗的一个重要性质,即它的诗的特性是靠它的形式来维持的:"旧诗之所以成为诗,乃是因为旧诗的文字,若旧诗的内容则可以说不是诗的,是散文

---

(1) 西渡:《新诗到底是什么——废名新诗理论探赜》,见《灵魂的未来》,第36页。
(2) 同上,第7页。

的。"[1]为了阐明废名的上述观点,西渡对废名提出的"诗的内容""完全""实感""即兴""自由"等诗学概念进行了解析——西渡遗憾地指出,由于废名论诗的随意性,这些废名诗学中的关键词被新诗研究者忽视了。通过解析上述关键词,西渡归纳出散文与诗的区别所在:"散文寄生于现实,从现实中获得存在的力量,诗歌则投身于可能性,倾心于尚未诞生的现实。"[2]因此,"诗的好坏及意义,是由诗歌内部的因素来决定的,而无须依赖其他外部标准。……诗歌是一个特殊的自足的世界,和自身以外的世界不发生直接关涉。对自身与现实关系的这一特殊态度,正是诗歌和散文握别的地方"。[3]

在西渡看来,废名对新旧诗中的散文性与诗性的关注,正是因为新诗恢复了诗与诗人的生命体验之间的直接关联,解除了因修辞对感性的压抑而形成的各种修辞格式,强调对个性和心灵的戏剧语言表现。旧诗可以用来应酬唱和,可以用来歌颂"圣德",而新诗重新面对现实,又不以现实为指归和依赖,成为"自己完全"的诗和意义的来源。因此,"旧诗的形式既是公共的,难免千人一面,内容更是彼此雷同,可谓万众一心。新诗的形式既是千姿百态,各呈其妍,内容也是人心不同,各如其面。形式问题,归结到最后却也涉及人的解放问题"。

沿着以上逻辑,西渡反思了汉语特性对写作的影响。他认为,中国旧诗采取的意象的方法,是模仿和表现以外的第三种文艺方法。他从汉语和汉字与西方语言文字的不同特征论证这个问题:西方文字是一种抽象性的文字,字母本身没有意义,因此,在字、词、句、篇之间,组织和结构在语言的意义构成中起着关键作用。而每一个汉字都是一个观念,包含着对世界的一种观照,它是一,但同时也是全体。所以,中国文字总要突破全体的限制,单独表现自己。基于这种特征形成的意象化写作方法,往往导致写实精神和自由精神的缺失,所以在中国旧诗中,杜甫《北征》式纯粹写实性不多见,李贺、李商隐式的纯粹想象性也不多见。旧诗"意"与"象"之间形成的关系越到后来越固定下

---

(1) 西渡:《新诗到底是什么——废名新诗理论探赜》,见《灵魂的未来》,第8-9页。
(2) 同上,第13页。
(3) 同上。

来,导致了对"象",也就是对"经验"本身的忽视,从而使表意的方式渐趋模式化。"而新诗要求每一事象都带着经验的体温"[1],"对于新诗来说,几乎不存在可以公约的意象"。[2]

西渡因此看到了废名对白话新诗的思考的根本意义:"废名言倡白话,实际是从语言上恢复诗歌和经验的联系;从意象写法恢复为写实的方法,则是从方法上恢复诗歌与经验的联系。"[3]西渡认为,废名不但纠正了胡适"作诗如作文"的新诗观念和新月派追求的新诗普适形式的妄想,更把新诗置入汉语诗歌史视野中,建设性地释清了新诗的内在合法性。按照西渡的话说,新诗要从旧诗"诗的文字、散文的内容"变而为"散文的文字、诗的内容",实际上是把诗歌的标准从以"修辞"为核心的古典诗学,转向以"表现"为核心的现代诗学。[4]旧诗中的表现的传统何在?新诗如何与之续接?废名找到六朝文章,温、李作为新诗的前身。他认为其中既包含了"诗的理想",也包含了"中国诗人所缺乏的诗人的理想":诗人人格和诗歌伦理的独立性。而"新诗严格地成为诗人的诗",如果你不是诗人,你也便休想作诗。西渡认为,废名对新诗的写作方法、新诗与旧诗传统的关系、诗人身份等一系列问题的回答,都对新诗批评的建设和重新理解新旧诗关系具有重要意义。因此,西渡给废名前所未见的评价:"新诗在理论上的自我完成正是通过胡适、废名和袁可嘉这三个人实现的。而废名在这个过程中起着承前启后的作用,是其中非常关键的一环。"[5]

关于新诗的形式,西渡主要以林庚、孙大雨两位诗人对新诗格律的思考和实践为例,表明了自己的思考。在谈论废名时,他也曾有过一段集中的论述:"旧诗的音乐是通过一个程式获得的,是用语言去模拟音乐的效果,因而是外在的、人为的,也是公共的。新诗的音乐则是通过自然的音节来表现诗人内在的生命节律,它不依恃外在的韵脚和平仄的安排,而是依靠口语自然灵活的节奏来形成一种充分个性化的声音图式,这个声音图式是诗歌形象的重要组成部分,它是诗人人

---

(1) 西渡:《新诗到底是什么——废名新诗理论探赜》,见《灵魂的未来》,第28页。
(2) 同上。
(3) 同(1)。
(4) 同(1)。
(5) 同(1)。

格和个性的表现,因而绝不可能用一个公共的格式来范围和限制。"[1] 与此对照的,是西渡对林庚的新诗格律观念的看法:"林先生在一篇文章中曾写到许多写新诗的学生在上过旧诗的诗选课后纷纷改写旧诗。林先生由此感叹'这文化遗产真有着不祥的魅力','像那希腊神话中所说的 Sirens,把遇见她的人都要变成化石';并举胡适提倡研究国故为例,'说到故纸堆里只是为了打鬼,但是胡先生从此就没有回来。'不幸的是,林庚先生也并没有逃脱这'不祥的魅力'的魔咒,被'民族形式'这个暧昧的黑洞吸了进去。"[2] 西渡不无遗憾地感到,林庚先生寻找汉语新诗民族形式的理想,反而阻碍了新诗的自由表现。相比林庚,西渡认为孙大雨对新诗音韵性的思考更具有灵活性,故在新诗历史上对格律理论建设贡献最大。他的"音组"理论,"为中国新诗提供了一种既符合诗歌普遍的格律原则,同时又适应现代汉语自身特性的格律设计方案"[3],为新诗包容性预留了足够的变化空间,孙大雨自己在诗歌创作和翻译中的形式性努力,也超越了闻一多、朱湘、郭沫若等同代诗人的水平。可惜他忽视意义和声音的联系,忽视了语调和"音组"之间的配合,因此限制了这种设计在创作中的灵活有效性。

通过对林庚和孙大雨诗歌格律思想的思考,西渡得出一个开放性结论:"格律诗的危险程度应该和自由诗陷入的形式涣散相等。所以,无论是自由诗还是格律诗,都没有先在的成功保证。这又回到我们的一个信念:诗的成功从根本上说是一个奇迹。"[4] 对新诗格律问题,西渡有个值得重视的文学史观察:"新诗史上几次关于格律的讨论都正好处在诗歌创造力的衰退阶段——新月时期对诗歌规范形式的追求落在以《女神》为代表第一次新诗创造力高峰落潮以后,20世纪30年代中期林庚提出格律设想虽然正处于现代派创作的高峰期,却没有得到现代主要诗人的响应,20世纪50年代关于格律的讨论更处于诗歌创造力全面枯竭的阶段。"[5] 按照西渡的逻辑,当代诗人对诗艺的卓有成效的多元探索,正是他们在诗歌形式上达成多样化和个性化默契

---

(1) 西渡:《新诗到底是什么——废名新诗理论探赜》,见《灵魂的未来》,第22—23页。
(2) 西渡:《林庚新诗格律理论批评》,见《灵魂的未来》,第45页。
(3) 西渡:《孙大雨新诗格律理论探析》,见《灵魂的未来》,第61页。
(4) 同(3),第68页。
(5) 西渡:《析臧棣〈新建议〉》,见《灵魂的未来》,第415页。

的根本原因。

新诗内容和形式的自省和进步,都与外国诗歌的翻译成就密切相关,西渡在《翻译、创作、民族性》一文中通透、独特地表达了对此的思考。他以冰心、戴望舒、冯至、卞之琳、罗洛的创作和翻译成就来阐述自己对现代汉语新诗之"新"的看法。在谈论上述诗人的翻译成就时,西渡重点分析了上述诗人写作成就与翻译成就之间的不同呼应关系,西渡观察到一个充满谬误,却流布甚广的文学常识:一般认为,汉语翻译成就与译者的文言水平成正比。通过充分例证,西渡认为现代汉语翻译外语诗歌的能力,恰恰与现代汉语,更确切地说,是与新诗语言的成熟是同步的,古汉语在许多时候会妨碍诗歌翻译的精确和细腻。比如,西渡敏锐地指出,戴望舒早期的翻译受到了旧诗语言的伤害,而后期翻译的成熟,则得益于新诗语言的成熟。通过对翻译与民族性关系的辨析,他对诗歌的民族性做出了精到的分析和定义:如果一定说文学有一个传统的话,那么一种伟大的文学之所以伟大,正是因为它以背离传统的方式将传统发扬光大,以远行的方式实现新的回归。无论杰出的旧诗还是优秀的新诗,它们都必然等待着另一首诗作为自己可能的未来,穿越不断变幻的意识形态的拦截,相互依恋,相互砥砺,以前所未有的语言之光,重新激发汉语之甜。因此,20世纪外国诗歌进入汉语,不是取消,而是丰富了汉语诗歌的民族性,这正与新诗照亮旧诗中的别样诗意一样。

三

旧诗和外国诗是新诗的父母,正是通过艰难的背叛和远行,新诗才最终获得独立,优化和拓展了汉语的诗意空间,同时,旧诗和外国诗因新诗光芒的返照和激活,也获得了全新的生命力。西渡从新诗出发,对汉语旧诗和汉译外国诗的思考和批评,正是这种生命力具体而微的体现。

西渡在《读旧诗札记》中表明了对整个旧诗传统的通盘看法。也许旧诗卫道士们会以为,这是新诗人偏颇的性情之谈。但就笔者所知,这组文章是西渡阅读旧诗多年的结晶。尤其在近几年,他花费数年工夫,独自编辑八卷本《名家课堂》[1],长时间集中阅读了大量的古典诗文和杰出的古典文学研究成果。见证了这一劳作的友人张桃洲曾说,这套书完成的,不只是一个选本,而是一个庞大的诗学工程。事实上,新诗对旧诗的理解和通融早就开始了。比如,在现代诗人关于旧诗的阐释中,闻一多、废名、林庚、梁宗岱等都有过卓越的贡献,他们开辟了一个不同于以往的旧诗阐释传统。西渡对旧诗的理解,别具一格地发扬了这一杰出的诗歌批评传统。

关于从诗经时代到唐宋时期汉语诗歌的评价,对西渡来说远不只是一个鉴定其怎么伟大的问题,他想做的是通过自己精微的批评工作揭示其背后的秘密。作为一个新诗人,西渡主要从创作体验出发,展开自己的体悟性观察,他尤其强调经验性和虚构能力在旧诗杰出性中的贡献,前者正是诗歌的生命感,后者则是诗歌所蕴含的灵魂的自由。宋以后旧诗传统渐趋衰落,正是因其渐渐丧失表达生命感和灵魂自由感的能力,沉沦为一套渐趋封闭、近亲繁殖的修辞体系,而新诗取代旧诗的必然性正在于现代中国人需要表达新的生命感和灵魂。质言之,新诗是汉语面对新的时代和经验处境,追寻因地、因时制宜的诗意性的结果。作为当代诗人,西渡在六朝诗歌中找到了共鸣,他多次表达了对先唐诗歌,尤其是六朝诗歌的倾慕,因为那个时候诗歌的光荣与梦想,正与新诗一致。西渡多次说,今天正是新诗的六朝时代,因为对于汉语新诗来说,当代诗人所做的一切努力,都可能酝酿着一个伟大的未来。正如六朝诗歌中孕育着伟大的唐诗一样。在《〈西洲曲〉叹赏》这一绝好妙文中,西渡既表达了对六朝诗歌中的健康生命力和自由的灵魂的缅怀,同时,也散发着一个当代诗人与一个古代佚名诗人的灵魂相遇时激起的超越新旧诗之不和谐的、浑圆的阐释之光:"南朝文采风流,声歌繁响,士人心灵自由,情调超逸,以及由之而来的深情高致,都在这一首诗里获得了不可摧毁的完美的形式——《西洲曲》用自身的不朽教育诗人为形式献身,因为世俗的繁华无非过眼烟云,形式的胜利才是最后的胜利——它是祭奠那个时代的一座不朽的纪

---

(1) 西渡编:《名家课堂》,中国计划出版社,2005年版。

念碑……它照亮了《诗经》,照亮了汉乐府,也照亮了它同时代的民歌。不单如此,它也照亮了整个南朝,照亮了中国的中古,并携带自身耀眼的光芒置身现代,置身我们之中。"(1) 这种相遇,并不只发生在西渡这里。在描述当代诗人与古典诗人之间的关系时,西渡指出,由于他们这一代诗人大多很晚才接触中国古典文学,他们一方面通过勤奋获得了古典文学修养,另一方面,他们对待旧文学拥有了前所未有的自信、距离感和反思能力,这让他们比前辈诗人从旧文学中学到了更多的东西。"在一种崭新的意识的烛照下,他们重新发明了古典文学的伟大传统:肖开愚、臧棣发明了一个新的杜甫,黑大春发明了他自己的陶渊明、李白和王维,陈东东发明了一个超现实主义的东方传统……"(2) 当代新诗与旧诗传统之间的这种前所未有的、穿越文学意识形态的、纯粹的对接方式,正是新诗的卓越贡献。

与无数伟大的古典诗歌一样,带着自身耀眼的光芒置身于现代,置身于我们中间的,还有无数伟大的外国诗人和诗作。一切时空、一切语言中的诗歌,组成了令人永远向往的、天堂箴言般的大写之"诗"。在西渡笔下,圣琼·佩斯、弗罗斯特、惠特曼、茨维塔耶娃等人的作品正是组成这一永恒之诗的一部分。面对佩斯,西渡惊异于诗跨越词与物之间的鸿沟的那种永恒追求:"语言的魔术在佩斯这里抵达了它的极致。他的语言在滔滔雄辩和不尽的赞礼中,一不留心变成了他所礼赞和倾诉的对象本身。……佩斯重新唤起了文字所能具有的最崇高、最神秘的力量,亦即统一世界的力量。这些诗如矿藏般潜伏于世界之体中的力量的实现:诗人带来了今日的光之宇宙,并重新树立起了过去的、业已被深埋了的宇宙。"(3) 面对弗罗斯特,西渡读出了现代诗人角色的变化:"弗罗斯特对现代诗歌的贡献之一是降低了对诗人身份和诗歌题材的要求。在弗罗斯特这里,诗人成了一个普通人,某种程度上结束了他作为先知和预言者的角色。"(4) 面对惠特曼,西渡读出了惠特曼的文学民主意识,更读出现代诗歌"自由"的面孔

---

(1) 西渡:《〈西洲曲〉叹赏》,见《灵魂的未来》,第346页。
(2) 西渡:《时代的弃婴与缪斯的宠儿》,见《灵魂的未来》,第122页。
(3) 西渡:《跨越时代的歌唱》,见《灵魂的未来》,第286页。
(4) 西渡:《徘徊在明亮与灰暗之间……》,见《灵魂的未来》,第296页。

中含有的精微灵活的音乐性:"以往那些貌似精致的格律模式为我们提供的,不过是对音乐的机械模拟,它只具有表面的音乐效果,实际上背离了诗歌音乐的本质——它和情感的内在联系。"无论是词对物的梦想,还是现代诗人的角色意识、文学民主性,都是新诗生长过程中要直接面对和解决的问题。面对茨维塔耶娃,西渡为她"不是任何人的同代人"的诗人人格写照所感动:"诗人在公众生活中体验到的那种异质性,那种难容于团体、社会和时代的异质性,就像蚌壳中的珍珠。珍珠在蚌壳中孕育,它却不属于蚌壳;不但不属于蚌壳,而且它恰恰孕育于蚌壳的排异性。珍珠天然向往并属于某个闪亮的脖子,对于诗人来说,这闪亮的脖子就是永恒。"她那超越语言民族的诗人形象,为现代诗人树立了另一种典范。西渡还指出了诗人多多和海子在创作上与这位诗人中的"女性铁匠"之间的师承关系。这么多共鸣,恰恰证明中外现代诗人之间超脱语言、民族、性别的共同感,让不同时空中的灵魂结缘,这正是诗歌的伟大所在。

四

厘清新诗的历史处境和美学处境,才可以说清新诗自身的诗意性。常见的新诗批评,宏论颇多,却多不得要领,缺乏细读作品的能力。这与新诗对自身处境一直认识模糊有关。在认清新诗处境的基础上,西渡对戴望舒、穆旦、江河、海子、戈麦、多多、张枣、王寅、臧棣等诗人的作品进行了细入肌理的释读,以情理混融的动人批评之姿,充分地演绎出众多新诗杰作在事理和情理上的精确、清晰、饱满和玄妙。这些细读式的批评表明,超越文学史逻辑地理解一首杰作,正是杰出批评能力之所在,也是新诗作为诗的孤绝的体现。正是少数傲压群芳的杰作,使文学史有了坚实而开放的依据。

在《爱的可能与不可能之歌》中,西渡对穆旦的名作《诗八首》进行了令人叹为观止的细读。这篇长文在与前辈批评家对话的基础上,将此诗字里行间充满悖论和暗示的多义性修辞元素细腻清晰地呈现在批评语言中,无论从整体还是细节上,都澄清了此前诸多论家盲视或回避了的谜团。西渡还指出此诗中的两个此前新诗中罕见的特征：在意义层面上，全诗充满了对主体统一性的质疑和分解；在声音层面上，这首诗的声音是一种内在的声音，一种无法依赖人类嗓音复制的声音。穆旦给新诗的声音和思想之间，寻得了一种少见的和谐，大大拓展了新诗表现的疆土，发明了汉语抓住事物惊异性的新技艺。西渡看到的上述两种特征，恰好近似后朦胧诗内敛而多样化的主体呈现方式。不同于朦胧诗中坚强统一的主体性，后朦胧诗在声音上多体现为语言的内在语调，而不借助于一种外在于诗歌的声音。二者加起来形成的自我紧张感，正是我们这个多变的时代造成的个体分裂性的杰出写照。西渡在解读张枣《镜中》、臧棣《新建议》时，都对不同诗人对主体内在紧张的杰出呈现方式进行了充分的阐释。

在解释《镜中》时，西渡读出了此诗通过发明一种陈旧感而呈现的新鲜主体性，正是当代诗歌的杰出性所在："在与古典诗歌的对话中，何其芳是仰视的，有一种浪子回头的悔恨；而张枣的姿态是平等的，显示了一种创造的自信。从新诗诗艺的传承来看，张枣可以说是何其芳的合法继承人。不同的是，作为20世纪80年代的诗人，张枣在心理上已经化解了何其芳身上或多或少存在的对古典诗歌的迷信，因而开拓了更多的创造的空间。在何其芳那里，传统是一笔有待继承的遗产，诗人和传统的关系是单向的；而在张枣这里，传统是我们汇入其中的河流，诗人和传统的关系是双向的、互动的。"[1]在解读臧棣的《新建议》时，西渡指出了此诗包含的双重隐喻："它既是关于人的存在的一个隐喻，又是关于诗歌本身的一个隐喻。"[2]事实上，这正是一种由灵魂存在和语言本身出发的诗歌气质，它表明，历经工具性伤害的新诗，终于具备了一种由自身出发的纯粹性，这也外化为当代诗歌灵活而有效的形式特征，正如西渡以此诗为例指出的，通过众多诗人的努力和尝试，当代新诗在建立新诗普遍形式上已经有成熟的方向："现代汉语诗歌的音乐不一定以押韵和字句的绝对整齐为基础，而应该以一种流动的口语节奏为基础，辅之以形式（一定长度的字句、

---

(1) 西渡：《时间中的远方》，见《灵魂的未来》，第405页。
(2) 西渡：《析臧棣的〈新建议〉》，见《灵魂的未来》，第414页。

韵）的配合，最终形成一种半规范性或规范性的诗体。"西渡上述针对不同作品的阐释，从不同方面重现了当代诗人驾驭现代汉语的熟练能力，而当代诗歌的杰出，最终体现为它可以为每一种诗绪找到独属于它自己的杰出形式，来承载灵魂的丰富和纯粹。

另外，值得细说的是西渡对海子的理解。作为受过海子诗歌哺育的诗人，西渡在关于海子的一组文章中对诗人海子及其诗歌有许多独特而体贴的看法，这组文章，是理解诗人海子的丰富性和悲剧性的重要角度。比如，西渡分析了海子《弥赛亚》中的老人形象的经验源头和多重象征意义，分析了海子的修辞暴力及其命运与历史暴力之间的关系。西渡还根据自己早年的海子作品手抄本，对流行的海子诗歌版本进行了勘误。这些工作，不但有利于读者重新理解诗歌和诗人，同时也在不被重视的新诗朴学方面树立了很好的学术典范。

五

在领略西渡各色批评作品中旁逸斜出的精妙、拆分语言的形而上学的快感、还原支撑想象力的经验骨架的巧致之后，我们发现，这一切都关乎诗歌对灵魂的未来的关心：面对以往一切人类的伟大灵魂，作为文明的孩子的诗人，我们的心灵是否已做好准备？"当灵魂的电流通过我们传递向未来的时候，我们的心灵是否已经足够强大、足够坚定？它会不会骤然熔断，不是给后世带去温暖和光明，而是黑暗和恐惧？"[1] 里尔克早就道出现代诗人的这一困境："美，只是恐惧的开始。"当然，也正是它，催迫出现代诗人前所未有的理想——史蒂文斯说："天堂与地狱的伟大诗篇都已经写下，而尘世的伟大诗篇仍有待写下。"[2]

新诗正是"尘世"的奇迹。在纪念戈麦的一次演讲上，西渡以戈麦为榜样描绘出一种现代诗人的"尘世"化典范："他必须在不断降低

---

(1) 西渡：《关心灵魂的未来》，见《灵魂的未来》，第205页。
(2) [美]华莱士·史蒂文斯（Wallace Stevens）：《最高虚构笔记——史蒂文斯诗文集》（陈东东、张枣编，陈东飚等译），第377页。

诗歌的敏感性的同时，具有更加成熟和健全的心智，以胜任一个现代人日理万机，错综复杂的日常生活。一个现代诗人，在某种程度上应该是一个圣徒。在一个宗教上的圣徒逐渐销声匿迹的时代，诗人要成为众人生活的楷模。"西渡认为，只有这种因地制宜的坚强，诗人才能担负起看护脆弱而高贵、永恒而稀薄的灵魂的责任。

对灵魂的"尘世"处境和未来，西渡以歌德式的命名与史蒂文斯达成了默契：惊讶是现代生活中最稀有的经验，诗歌因而成了"制造惊讶的艺术"。[1] 西渡的诗歌批评术，正是从另一端解开或创造这关乎灵魂未来的"惊讶"。面对灵魂的永恒困惑，西渡磨砺和推动着他的阐释之犁，让它以一种清晰而炫目的锋利，划开汉语诗歌永恒的惊讶腹地。■

---

(1) 西渡：《我的诗观》，见《灵魂的未来》，第217页。

诗歌中的声音　西渡研究集

最近三十年里，汉语诗歌可谓风云变幻、潮流迭出：从20世纪70年代末期声势浩大的"朦胧诗"论争到20世纪80年代中期众声喧哗的"第三代诗"（"后朦胧诗"）运动，再到20世纪90年代受商业主义、大众文化冲击的诗坛"裂变"，直至新世纪以后在网络等新媒体影响下"各自为政"格局的形成，汉语诗歌进行着自身的美学更替及其与社会文化关系的调整。透过诗界那些迷乱的烟尘和喧嚣的话语，我们曾经瞥见一个孑然远去的身影，听到过一两声嘹亮的歌唱；那个身影几乎要淹没在岁月的雾霭里，他的思想和言行几乎要被遗忘——尽管他离开这个世界不算太久。他就是诗人骆一禾（1961—1989年）。

在当代汉语诗歌中，骆一禾是一个相当独特的存在。他的诗歌创作和诗学思想源自20世纪80年代的精神氛围，且与之相互激荡，却又远远超越了那个年代诗歌的总体框架。不过遗憾的是，长期以来，骆一禾的诗歌与诗学的独特价值一直未被广泛地觉识，更谈不上深入细致地梳理与研究。相较于他的"同道"——海子所受的神话般的追捧与谈论，骆一禾是寂寞的，他的大量已出版和没出版的文字如掩隐在时间之河下的丰饶矿藏，静静地等待知音到来后的勘探和再创造。虽然近年关于骆一禾也有一些零星的论述，但直到西渡的《壮烈风景：

映照汉语诗歌的近景与远景
——读西渡的《壮烈风景》※   张桃洲

※ 原载《中国现代文学研究丛刊》2014年第3期。

骆一禾论　骆一禾海子比较论》[1]问世,这种沉寂寥落的情形才得以彻底改变。

显然,西渡的这部论著绝非应景的缅怀之作,也不是为了简单地追寻一个渐渐被遮蔽的身影。倘若说骆一禾是当代汉语新诗中少有的原创性诗人,那么《壮烈风景》堪称一部与骆一禾成就相称,并与之形成呼应关系的原创性论著,这在当代诗学研究著作中也是不多见的。可以说,西渡通过展现、阐释骆一禾诗歌与诗学的"壮烈风景",力图映照当代汉语诗歌的近景与远景;西渡自己作为诗人和诗评家的双重身份,令他在该论著中的思考和论述越过其研究对象本身,指向了当代汉语诗歌的某些深层问题。在文献相对匮乏的情形下,此著所做的研究已颇具深度和力度,相信随着骆一禾的大量未及整理的手稿(书信、文章)在今后的陆续出版,此著的奠基性意义将被凸显出来。

《壮烈风景》最为醒目之处在于,它没有遵循一般个案研究所偏好的系统性、整体性(即从生平到创作的方方面面)的思路与构架,而是直接切入骆一禾的诗论、诗歌主题、长诗等关键议题,借助于具体的文本分析,呈现骆一禾诗歌、诗学的独特性及其与中西文化传统和当代汉语诗歌总体的联系。格外值得留意的是,那些分析并不拘泥于文本的诸种内部要素,也就是:"不仅是去发现文本的审美价值并给予评判,而且是或主要是试图透过文本去发现或还原诗人的心理真实,揭示其独特的精神特质,并尽可能地在文本、心理与环境的互动关系中还原、清理这一真实和精神特质与环境、时代的关系。"(第383页)这成为该著构架的基本理路和一大特色。基于对骆一禾的文本、精神与时代之互动关系的辨析,西渡想要探讨的问题包括:一、骆一禾诗学的宏阔构想及其来源;二、骆一禾诗学思想的实质和独特贡献;三、骆一禾的诗歌与诗学对当下和未来汉语诗歌的启示。

如前所述,骆一禾的诗歌与诗学植根于重启思想、文化启蒙后的20世纪80年代的深远背景,他的某些表述的确留有彼时的诗学本体论、生命哲学和审美主义等的烙印。不过,骆一禾的宏大抱负使他的诗学构想溢出了那个年代诗歌的单向格局,其见解明显有别于同时期

---

(1) 西渡:《壮烈风景:骆一禾论　骆一禾海子比较论》,中国社会出版社,2012年版。以下所引该著文字只注明页码。

的诗人：虽然他也强调诗歌的相对自主性、重视诗歌语言的独立性，但他对诗歌本身抱有很高的期待，将之提升到文明的源始性和原发性位置；他认为诗歌应该涵纳历史的、文化的成分，并参与人类精神的建构。这种"大诗歌"观念正是《壮烈风景》首先要重点讨论的内容，在该著第一章里，西渡从多个层面详细缕理了骆一禾诗观在 20 世纪 80 年代诗歌情境中的卓异之处。仅以骆一禾对诗歌语言的认识为例：在西渡看来，"不同于非非和'他们'从语言怀疑出发的破坏诗学，骆一禾的诗歌语言观是从对语言的信任出发，而试图建立一种创造的、建设的诗学"，因此"骆一禾对语言的思考是 20 世纪 80 年代语言觉醒更为坚实深邃的成果……随着时间的推移，随着人们对 20 世纪 80 年代'语言觉醒'的偏见和局限有更加清醒的认识，骆一禾诗歌语言观的重要性日益显露，其远见卓识必将给予后来者长久的启示"（第 28 页，着重号为原文所有）。这样的论断是中肯而富有见地的。

从诗学来源来说，骆一禾的"大诗歌"观的形成有着特别的理论依据。同样是身处重新"睁眼看世界"的 20 世纪 80 年代，骆一禾与那些趋附于新潮学说的人有所不同，他将择取外来资源的目光投向了一度引起关注、很快被冷落的两位西方哲人——斯宾格勒和汤因比，并从二者的文化形态学和历史哲学中获得了巨大的理论动力。骆一禾服膺于斯宾格勒的文化周期论（"三阶段论"），及斯氏将 20 世纪指认为世界文化生命周期末端即没落、解体阶段的说法。按照西渡的分析，"骆一禾的历史意识、时间意识及由此而来的批判意识，他的反线性的时间观和反进化的文学史观，他的诗歌多元性的观念，他的血作为世界运行的内在动力的观念和对于行动力的推崇，乃至于作为其诗论基础的生命哲学……以至于他渴望无限空间的浮士德式的心灵倾向，都可以在斯宾格勒著作中找到其原型"（第 7 页）。不过，西渡认为，骆一禾并不认同斯氏充满悲观的"文明终结论"，而是倾向于接受汤因比的承继但改造了斯宾格勒理论的"文明再生"理论，该理论"确立了骆一禾对华夏文明的新生信仰和对'第四代文明'的向往"，"促动了骆一禾对价值构建的关注和探索"，"激励了骆一禾关于个体生命的自强之道"（第 8 页）。能够体现斯宾格勒和汤因比的影响的，是骆一禾诗歌中较密集的对"黄昏"的书写，在骆一禾那里，"黄昏"具有十分特殊的意义，它既象征文化、生命的衰退与消逝，同时又喻示着文化、生命的孕育与苏生，用他自己的话说就是："我们处于第三代文明末端：挽歌，诸神的黄昏，死亡的时间里，也处于第四代文明的起始：新生、朝霞和生机的时间里"。在西渡看来，这正是骆一禾对现时代之"文明黄昏"性质的敏锐洞察（第104页），赋予了骆一禾诗歌与诗学的非同寻常的视野与胸怀，成为他勾画自身发展路向的一个基石，使得他最终从1980年代诗歌的格局中挣脱出来。

在分析骆一禾诗观及其来源的基础上，西渡提炼出了作为骆一禾诗歌与诗学之"灵魂"，也是"动力源泉和核心主题"的"博大生命"，对其丰富的内涵及其派生的主题系列（时间、道路、行动、牺牲、爱）进行了剖解。通过解读骆一禾的诗歌文本，西渡不仅彰显了骆一禾的"垂直向上"的诗歌道路及其表征的神性维度，而且详细缕理了骆一禾诗歌中的"青草"（"植物"）、"水"（及所衍生的"泪""汗"和"血"）等"心象"谱系及其内在关联与诗性意涵：

> 从水的滋润、繁育、生长，到泪的柔情、善良、赠予，到汗的劳作、付出、创造，再到血的奉献、牺牲、承担，这是一条从大地到人、再到天空的垂直线路，也是骆一禾植物性生命的不断上行之路，也是博大生命的动词过程。（第66页）

从而令人信服地揭示了骆一禾诗歌主题与生命品质的共通性："正是水的温润、植物的柔弱与火的激情、太阳的光明和能量一起塑造了骆一禾生命的形态"（第56页）。西渡深入到骆一禾那些"触及肝脏的诗句"内部，寻索"世界的血"的印迹，追问"道路"之"修远"的真谛，提出："血、道路、修远在'血做的诗人'那里构成了骆一禾所梦想的'博大生命'本质的三位一体"（第65页）。这确乎是骆一禾诗歌与诗学的特质，其中，"修远"像一条线连接着"血"与"道路"。在骆一禾那里，"修远"不仅意味着对精深诗艺的孜孜以求，而且更多的是一种持续的担当——对生命、文化的担当。

值得注意的是，早在20世纪90年代后期，西渡就意识到了"重提修远"的重要性和必要性，并以此作为反思20世纪90年代诗歌的基点，倡导一种保持耐心和韧性的写作。[1]这显然是对接续骆一禾诗歌精神的渴望。实际上，在西渡的《壮烈风景》中，不时可看到他借助于对骆一禾诗歌的阐述，同当下的社会现实和诗歌创作进行着对话。一方面，这与骆一禾诗歌自身的批判性有关。西渡发现，"骆一禾从来不是一个不关心现实的、高蹈的诗人。相反，他是一个具有深刻的现实感和深沉的历史意识的诗人"；骆一禾从所感知的"文明的黄昏"出发，"对当代社会种种生命堕落现象进行了尖锐的批判。基于其大历史视野的方法论，骆一禾的批判具有极强的历史穿透力：他的诗不仅对当代经验有准确的观察和描绘，而且能够洞察种种光怪陆离的当代现象和历史上类似现象的内在联系，并据此对其未来趋势做出准确预言"（第142、143页）。通过追溯这种批判性的根由及其在骆一禾诗作中的体现，西渡试图改变人们心目中关于骆一禾的浮泛印象（所谓"抽象""超历史""纯诗"等）。

另一方面，正是骆一禾的诗歌意识和诗学见解反衬了当代汉语诗歌的某些局限。诚如有论者指出的：骆一禾"提出'伟大诗歌共时体'的范畴，则直接针对了现代原子式的个人主义、狭隘的审美主义、文人趣味，以及一般线性的文学史观念；而他有关'心象'或'原型'的看法，也明确将意象拼贴的现代主义原则，设立为自身的对立面。在骆一禾看来，现代的个人主义、矫饰的文学风格，以及对线性历史观的迷信，都导致了当代精神生活的封闭和僵化，这构成了种种有形或无形的'围栏'。在某种意义上，精神的'围栏化'不是一种局部的现象，骆一禾触及的是与文化现代性相伴生的一系列结构性问题，诗歌的局促只是整体文化困境的显现"[2]。从切近的写作景观来说，当代汉语诗歌确实陷入了精神和认识的种种"围栏"中："当代诗歌的诸多虚假的艺术问题——骆一禾谓之'艺术思维中的惯性'，都是由虚荣所造就的大大小小的自我的围栏。抛弃了虚荣，真正的艺术问题，作为创造和灵魂的问题，才会浮现出来。这种虚荣实际上也源于历史感的阙如，把自我的一点利益相关的表象——甚至不能提升到经验的层

---

(1) 西渡：《重提"修远"》，见《守望与倾听》，中央编译出版社，2000年版，第144—146页。

(2) 姜涛：《在山巅上万物尽收眼底——重读骆一禾的诗论》，《新诗评论》2009年第2辑。

面,当作了诗歌的出发点和归宿"(第90—91页)。不仅如此,当前诗歌还显现出与当前文化极为相似的破碎趋势,缺乏骆一禾诗歌的那种"整体性"——可以看到,在骆一禾的全部创作中,"无论是其长诗还是短诗,都为一种强大热烈的精神氛围所统摄,缭绕着一种深厚的主体力量"(第143页),而这种主体力量也为时下多数诗歌所缺失。西渡无疑领悟了骆一禾冲破精神"围栏"、构建汉语诗歌发展道路的紧迫感与预见性,并对当前诗歌状态同样有一种紧迫感,故而重提骆一禾的"修远",这既是对"文明的黄昏"中生命活力的呼唤,又包含了对新的诗歌创造力的期待。

《壮烈风景》一书在诠释骆一禾的诗学见解和解读骆一禾的诗歌文本方面,有很多精彩之处,某些论析尤显西渡作为诗人和诗评家的匠心和洞见。譬如他在分析骆一禾的长诗(第四章)时,独辟一节讨论骆一禾长诗的音乐性,在描述骆一禾毕生创作中诗歌音乐性"不断加强而深化"的过程的同时,也对其诗歌音乐性的丰富表现及限度进行了剖解,这可说是此部分论述的点睛之笔。西渡之所以对骆一禾诗歌的音乐性十分看重,一方面缘于他本人一贯的对诗歌格律的敏感和倾力探求,[1]另一方面则是由骆一禾诗歌音乐性理论与实践之于当代汉语诗歌的重要性所促动的。在西渡看来,对于骆一禾而言,诗歌音乐性的问题"必须从精神层面去把握和认识……在写作活动中,它体现为'一个语言的算度与内心世界的时空感,怎样在共振中构成语言节奏的问题,这个构造给纷纭叠出的意象带来秩序,使每个意象得以发挥最大的势能又在音乐节奏中互相嬗递,给全诗带来完美'。……(因此)要从整体生命的律动理解诗歌的音乐性,正是生命律动本身赋予诗歌音乐性,给意象带来动态和秩序,赋予意象以生命……'在写一首诗的活动中,诗化的首先是精神本身'。这个诗化的过程,同时也就是语言音乐化的过程,就是语言和精神相互侵入、结合的过程。精神活动的吹息进射把语言卷入到它的运动中,而成为音乐的"(第180—181页)。骆一禾对诗歌音乐性的富于创见的理解与践行,在当

---

(1) 参阅西渡的《林庚新诗格律理论批评》《孙大雨新诗格律理论探析》《徘徊在明亮与灰暗之间……——弗罗斯特论》《汹涌不已,永远升腾又降落……"——试论惠特曼诗歌中的节奏与韵律》等文。

代汉语诗歌进程中有着独特的贡献:"骆一禾、海子1986年前后相继从朦胧诗意象方式的挣脱是当代诗歌值得大书的事件,它是当代诗歌的写作方法论由匠气的制作转为创造的标志——这一转变同时把自由赋予了语言和主体。"(第182页)对骆一禾这一贡献的认定,或许有助于重新勾画当代诗歌发展的脉络,厘清其间真正有价值、有潜力的"传统",并进一步思考汉语诗歌的现代性与汉语性等议题。

此外,西渡有感于现有海子研究中"一般性的、重复性的论述多,确有价值的独立意见不多,细致深入的批评分析则相当少",某些研究"有脱离文本的抽象化趋势,试图以各种当代流行理论阐释海子的文本,把鲜活的诗玄学化并附属于理论"(第382—383页),因此《壮烈风景》还用很大篇幅对骆一禾、海子这对"孪生的麦地之子"进行了比较研究,详述了两人在写作个性、方法及诗歌主体形象、主题、意象等方面的同与异,澄清了两位诗人(特别是海子)研究中的种种偏差与误区,从而在体现对骆一禾研究的拓荒之功的同时,也有力地推进了海子研究。

在很大程度上,西渡关于骆一禾的研究开启了新诗个案研究的新路径,对当下乃至未来诗歌研究和创作都具有启示意义。毋庸讳言,在近些年来的汉语诗歌界,由于个人化写作的不断扩张和诗歌技艺的表面进展,不少人产生了今人胜于前代的进化论幻觉。他们没有意识到当下诗歌所面临的困境和危机,没有看到与十多年前相比,诗歌研究及创作其实已置身于一种更为艰难、错杂的处境中,诗歌研究和创作不再仅是诗体、形式等内部问题,而变成了与社会生活、时代遭际等诸种因素的多方位的摩擦。纵观一百年的汉语诗歌历程,不难发现诗歌的文化活力和创造力呈逐渐衰退的趋势,诗歌与社会文化的互动关系日趋松散、诗歌对社会文化的参与意识和能力也渐渐丧失,诗歌的格局、空间趋于萎缩和窄小。在如此情境下,骆一禾的具有宏阔视野和高远志向的诗歌与诗学便显得弥足珍贵,实乃一笔不可多得的遗产。为呈现骆一禾之于当代汉语诗歌的重要性,西渡的《壮烈风景》注重对骆一禾诗歌及其精神同时代境遇之间关联的探掘,着力探讨骆一禾的人格气质与其诗歌、诗学的相互生发的关系。西渡认为,骆一禾"在对现代性和中国近代历史进行反思的基础上,兼容儒家的历史承担意识和基督教的博爱思想,形成了自己独特的生命诗学观"(第142—143页)。诗评家陈超也说:"这个平展着红布的目光清澈的诗人,是谦和的仁义之士。"[1]在此笔者愿意更进一步,将骆一禾不甚恰当地确认为一位"新儒学"诗人,这主要是就其具有共通性的内在气质和诗学理想而言。比如他的"修远",就跨过了汉语诗歌的"千山万水",把自己的气息直接通向了屈原那一脉。在现当代汉语诗歌中,或许仅有冯至、昌耀这样的诗人与之声息相投——事实上,他们正是骆一禾诗歌与诗学形成过程中,堪与斯宾格勒、汤因比等西方资源构成互补的本土资源。[2]汉语诗歌中这一脉富于构建性的谱系,还有待细细地梳理与阐发。在20世纪90年代以后的复杂语境里,那些显得阔大、经过骆一禾大力倡行的诗学理想,遭遇了不无"尴尬"的命运。但愿这部《壮烈风景》能够唤醒某种诗学觉识,并激起一定的回应。■

---

(1) 陈超:《生命诗学论稿》,河北教育出版社,1994年版,第262页。
(2) 在《苏格拉底最后的日子——给大诗人昌耀先生》一诗中,骆一禾写道:"而先生,在狱中,是你使我们失掉墙壁/并看见岩石和橡树的人";在一篇评论中,他更是称颂昌耀"以他的创造力,介入了当今之世的精神氛围,呈现、影响乃至促成了本土的精神觉醒"(骆一禾、张玞:《太阳说:来,朝前走》,载《西藏文学》1988年第5期)。

诗歌中的声音　　西渡研究集

正如一些优秀的当代诗人都曾经历的，西渡的诗歌写作从诗歌观念和写作实践的发展进程上看，有着几个变化的阶段。其中一个较大的变化阶段是由热心于抒情纯粹性的诗歌创作到对于日常经验的最广泛的容纳程度进行思考的自觉转变。这一取向可能适用于描述进入20世纪90年代以来仍然能够保持诗歌写作有效性的不少当代诗人的状况，但西渡的转向相对于他的写作进程而言，可以说是相当成功的一个范例。这等于说，西渡是在最为复杂而基本的层面理解和运用了这种转变，并且，把这种转变与自己所确立的诗歌理想以及未来的写作可能性联系了起来。在此过程中，对于词语的谦恭和对于写作的信心，使他的诗歌在介入现实复杂细致的多样性的同时，也获得了准确和透彻的阅读效果。

《在硬卧车厢里》，正如这首诗的题目所交代的，一个有限的、移动的现代空间和在此空间中游走的现代人，表明此诗所涉及的可能是一个生活场景，一件事，一些陌生的人，同时，硬卧车厢还暗示了乘坐列车的人的身份与阶层。"硬卧车厢"一词的微妙含义恰如其分地与乘坐在其中的一对男女相关，男的手持大哥大，在南下的列车上操纵着北京的生意，女的则对那极具表演性的行动产生了好奇。诗歌至此暗示出，奇遇和命运的偶然性将在两个人之间构造故事，在类似"硬卧车厢"这样的公共空间中的交往方式，试探、诱惑、虚荣和旁观者的

诗歌介入日常经验的一个范例
——读西渡《在硬卧车厢里》※

周瓒

※ 原载《诗探索》1998年第2期。

好奇，通过暗示性的口吻呈现了出来。破折号之后的诗句是两人的交谈？诗人的推测？"金钱还远远不是万能的"，那么什么是比金钱更有作用的呢？第一段有条不紊的交代和一种旁观者的审视目光，使诗句以韵律的从容而获得一种反讽的张力，全诗一直保持了这种反讽的张力。第二段开始谈话和交流进入对双方的进一步了解，这似乎确证了中国人国民性的一方面：对于他人的好奇和爱刨根问底，对于自己隐私的保密意识的薄弱。"图书推销员"以一种不无幼稚的、轻浮的好奇与男人谈论着下海与赚钱的话题——如今在我们的生活中多么普遍！这个话题当然地引向男人的发财史和成功史，于是两人的交流微妙地通过善解人意的女人的反应，变得更加亲密和融洽。几乎是必然地，由一袋方便面为中介，女人以适合她的身份角色开始了对男人生活的临时介入，并且将硬卧车厢里的交谈引向一场可能的暧昧不明的男女关系。作为第三者诗人旁听人的身份至此也亮出来了，他的"退出"凸显了他的观察视角，而"合乎情理的说法"——诗人的说法，显示了诗人的批判立场。

叙事中穿插微讽的议论，带出一个旁观者的身份和立场，共同构成此诗的意义分支。这不仅说明了复杂多样的经验得以入诗的可能性，而且在这首短诗中，两个人物虚荣和造作的心态也在准确的细节处理和对话引用中，得以呈现（当然，仅仅引用女人的话以及描摹女人的身体语言，可能包含了一个专断的男性视点，这不能令我赞同）。

在这首四段共三十四行诗中，诗人的观察者身份值得重视，它在某种意义上说明了，所谓当代诗歌中的叙事性的突破性意义，不再仅指一种陈述性的场景罗列或不加分析的自我生活简介，而是有视点的、分析性的日常经验观照。《在硬卧车厢里》这首诗里，视点的确定是诗人对诗歌面向现实生活有限性的虚心，而分析性的态度则说明了诗人对于现实明确的批评立场——或许过于明确，而诗人敏锐的节奏和态度含蓄的微讽性，加之对于审察生活、把握和处理细微场面的能力，确实在相当程度上成就了此诗的完美性。阅读此诗也会丰富我们对于诗歌介入当下经验的可能性的理解。

附：
西渡《在硬卧车厢里》

在开往南昌的硬卧车厢里
他用大哥大操纵着北京的生意
他运筹帷幄的男人气概发动起邻座
一位异性的图书推销员的谈兴。
——他之所以没有乘上飞机
或者在软卧车厢内伸躺他得体的四肢
再一次表明：在我们的国家
金钱还远远不是万能的。

"你原先的单位一定状况不佳
是它成全了你。至于我，就坏在
有一份相当令人陶醉的工作，想想
十年前我就拿到这个数"。她竖起
一根小葱般的手指，"心满意足
是成不了气候的。但你必须相信
如果我早年下海，干得绝不会比你逊色！
你能够相信这一点，是不是？"

"你怀疑？你是故意气我的
你这人！"他在不失风度地道歉之后
开始叙述他漫长的奋斗史，他的失意
他的挫折，他后来的成功，他现今的抱负
他对未来的判断。她为他的失意
唉声叹气，她的眼眶中仿佛镶进了
一粒钻石，为他的成功而惊喜

几乎像一对恋人，他撕开一袋方便面

"让我来",她在方便面碗里冲上开水,
"看你那样,就知道离不开女人的照顾。"
——如果把"女人"后面的补充省略也许
更符合实际情况。谈话渐渐滑入
不适于第三者旁听的氛围。我退进过道
回避陈腐的羞耻心。在火车进入南方
的稻田之后,在一个风景秀丽的城市
他们提前下了车,合乎情理的说法是
图书推销员生了病,因此男人的手
恰到好处地扶住她的腰,以防她跌倒■

诗歌中的声音　　西渡研究集

我从来也不否认在阅读西渡作品的时候，我心中始终掺杂着被某些坚强的同行毅然放弃的感情因素，而且这种因素的力量之强大有时甚至超过了我有限的想象力，这或许是我终究不可能成为一个严格意义上的诗歌批评者的根本原因。"而这就是我的生活。"这时我听见我自己的声音，在一个深夜里从水底下钻出来，仿佛一个披着蓝色袍子的幽灵在水面上倏忽晃荡。在日常生活柔媚的阳光下，这有时也令我感到无地自容式的羞愧，因为我深知它作为神秘王国的一员和我所发现、了解并认识到的诗歌批评的基本原则之间，存在着几近不能跨越的距离，但这恰恰是我曾经竭力掩饰的所谓写作艺术的本来面目（更或者这是人类在神与动物两种身份之间硬要选择造成的尴尬而矛盾的局面）。

其实在我们有限的现代汉语诗歌历史进程中，非艺术本质因素对诗歌写作本身的影响可能更大（政治、经济、文化的发展进步程度与个人日常生活境遇的细节，理应是我们的主要讨论对象，但是目下具有公开深入讨论资格的却是写作技术本身，这再次表明汉语学界中专业基础工作的极端薄弱——且不说艺术教育如何滞后所造成的艺术氛围的稀薄问题与阅读者对艺术品的隔阂问题，如果忽视这个带有开创性的命题，那么汉语写作悠久的历史传统就被真正地断送了）。所以这小小的感情因素在某些较为粗心或比较大度的眼睛注视下完全

评价"我们"当代的行为：对西渡一首短诗的分析 ※ ——————— 桑克

※ 原载《北京大学研究生学刊 文学增刊》第二卷，1998年。

可以忽略不计，或者将之聪明地归于理性健康而庞大的身影的庇护之下，或者将之透彻地认定为一个本质是浪漫主义精神的拥护者所流露出的小动作的一部分。所以我有理由说我不可能是一个可以和天平较劲的家伙，我偏心。巴里冈说："我听到的话很好。响起号角吧，让我的异教徒们知道。"(《罗兰之歌》)许多伟大的标准开始在暗中发挥作用，但要求我们简洁地说出它，我们却只能尴尬而狡猾地模仿"美是难的"说："这是难的。"

当我们谈论一个人及这个人所写的被称作诗歌的文字，尤其我们又和他同处于一个被称作文明发动机时代的时候，我们看到的面庞在上帝的目光之下很可能不是面庞，而是背影。所以我将《寄自拉萨的信》《但丁》《献给卡斯蒂丽亚》等更优秀的诗篇留给贪图享乐的未来某一时刻的自己，而暂时将注意力放在那些被有些批评工作者无意忽略的所谓小品上，从中或许能够发现我们平时忽略或者未能确定的秘密与结论。

《时装设计师之死》[1]，是一首写于 1997 年 8 月的十四行诗（如果我们愿意的话，我们可以称之为中国式的十四行体；或者将之与西渡的个人时间表联系起来，在这一作品完成后不足一个月的时间里，他走入三十岁这个在中国传统中标志着成人礼成的时间节点）。全诗共分四节，句数分布为 4433，比较均衡，挑剔的说法是略微头重脚轻。这是作者一贯所持的古典精神的选择（但在后来的发展中，我们又可以看到他是如何使这种选择成为一张真知之狼身上的羊皮的，简洁的庄严下面是更富刺激性的庄严，在这一点上，本作品的特征还显得不够突出）。

作品题目显示一个事件：一个时髦职业者的死亡，所以死亡就成了我们面对或审视或评价的中心，它也就有了一种"理所当然"的被评价的必然性味道。这种似乎有点儿吊儿郎当的满不在乎的理所当然的姿态在第一节中表现得可以说够充分了，我们当然可以从埃利蒂斯《理所当然》中找到别一种类似牵强附会的理解线索，但现在我们明显地不愿意往那边想，而是被我们的汉语语境强迫引领到这样一个

---

(1) 西渡：《雪景中的柏拉图》，文化艺术出版社，1998 年版，第 100 页。

时刻存在但我们又无奈而卑贱地装作不知的问题面前。从"应该得到"和"这样的结局符合你的身份"这两个必然性的绝对性的词组与短语中,我们理所当然地再次领略到生存的艰辛、更主要的是存在的悲哀与无可奈何,但从干净利落的句子结构中,又可以看出作者对这一存在状态的阴冷的嘲讽,甚至是蔑视(视为对生命本身的蔑视也无不可),这后一种"嘴角流露出的意味"(我对正义的小动作的另一种说法)更接近我们评价伟大时代的鲜明特色时的卑微与智慧,说成底气不足或者自信心的丧失则是全心全意地对所在的赞美了,那恐怕距离初衷更远了一些。这里值得注意的技术问题是"唯美"一词的两次有意重复使用,既有意义上的需要,又使诗意在音韵上得到了补偿。"这样的结局符合你的身份",有意打断为跨行处理,主要是出于结构与诗意[1]的必然需要,顺便可以突出中心词汇。而尾句"在葬礼上"作为整句跨节的上半片在这一节的力度也是很强大的,"上"属江阳韵,音重而且锐利,和前面的"亡"做诗意的照应,使大多数比较轻的音变得平稳、"吊儿郎当"起来。如果将此短语视作独立的、不是跨节的部分,那么分量就显得过于沉重了,在意义的理解上就有种幸灾乐祸的凶狠意味。但现在看来前一种体会与解释更接近实际情况一些。

　　第二节通过一个复杂的长句和一个口吻绝对化的短句,表达了写作者对时装设计师与时装模特之间关系的描述与评价。时装模特对美的感受是被动的或者说至少是略微迟钝了一点儿,她们是通过时装设计师发现美的。如今她们意识到这一点,便在时装设计师的葬礼上表达她们略显得招摇的迟到的醒悟,而已经成为鬼魂的时装设计师却对自己所做的一切感到后悔。当初主动与被动的关系或者时间先后的关系(施惠与受惠的关系)如今却变作两种截然不同的认识:一边是迟到的怀念,一边是不买账的拒绝。如果作社会化的引申,时装设计师是艺术家,时装模特是艺术家对面的受惠者的话,那么迟到的理解对

---

(1)　这样的结局／符合／你的身份,长音节／短音节／长音节,这种方式弥补／发挥了汉语作为象形文字音韵简单的外在形式缺陷／优势——这和英语单词内部复杂的音节变化是明显不同的。中国传统古典诗歌音韵研究是比较成熟和成体系的,但是怎么在现代汉语诗歌写作中将之有效地启用、转化、发展并显示良好的效果仍是一个方兴未艾的事业,王力在20世纪40年代所写的《汉语诗律学》中对冯至、梁宗岱、卞之琳等人作品进行的技术分析在这一方面已经建立了良好的研究规范,并奠定了具有发展可能性的学术基础。

死去的艺术家本人是毫无作用的，死后之名自然也是虚无的。将之降低为个案的话，迟到的任何东西都是不好接受的，更何况迟到的程度是在死亡之后。我们不断引申下去，将之放在任何两种关系之中都可能发现类似的情况（这些发现的机会留给"站在对面的人"），但，我们却愿意将它理解为写作者对艺术接受学的基本看法。写作者设计出作品这件时装，"站在对面的人"享受这件时装的同时，将它的美展示给更多的人，"站在对面的人"并不能当即领悟作品的美，当写作者辞世之后，她们才为自己灵感的迟来东奔西走，而此时曾对她们有所期待的写作者像《天方夜谭》里瓶中的魔鬼一样，已深陷在绝望的琼浆、毒药之中，为自己当初所为感到懊丧不已。写作者通过制作出的比喻将这种微妙的关系、感受、评价准确地固定下来。写作者比喻的制作过程是值得初学者仔细琢磨的：名词作为中心的确立，动词性短语有限制的使用（微妙的细节变化），象征性名词与现实性名词的恋爱、婚姻与争吵（蝴蝶／Ｔ型台，既是诗意的精妙结构之一，也是在强有力保持诗意的同时，将着落点引向存在或时事的别有用心之所在，所以"在此之前没有一代人像他们那样更加关心他们时代的基本事实了"——这是一条令人羞愧的必由之路，也是这个时代文学艺术旗帜鲜明的基本特征之一）。而整个长句的制作过程则要求写作者具有较高的基本语言训练水平，[1] 可能会有人认为这种长句过于复杂，但在诗歌形式中，只有较为复杂的句子才能表达丰富、微妙而又复杂的意义，更何况写作者会通过断句的方式使复杂的句子结构在表面上清晰起来，使每一个重要的词及词组在眼前突出出来。

  第三节的重点落在了"她们"身上。这些简要的描述可能存在着严重的选择上的问题，但在朴素的写法中我们自然可以看出"她们"在面临第二节的结论时的痛苦和失落。但写作者紧接着将这一制造痛苦的理由做了修改，认为"她们"是从前代的教训中获得了这种灰色

---

(1) 汉语口语在基本句型、主要词汇选择等方面与现代逻辑语言的距离相差并不是很远，但它的很多含义是通过省略句、结构残缺句与语气、语调、手势、面部表情等多种因素相结合达成的，在将口语引入书写过程时就面临将之书面化的过程，所以一些精妙的纸上口语并不是原始口语的记录，而是书面化的结果，是经过精心组织的。从这里可以看出口语与书面语在具体写作过程中并不像两个敌对国家一样不存在任何的外交关系，而都是上升为文学语言的重要材料，从长远发展来看，书面语为语言的进步提供基本的构成因素，而口语则为语言本身提供法外的活力。

认识。作者的意思可能过于简单了，和我们的理解发生了一定程度的矛盾，但这无关紧要，关键是"她们"在这种反思式的觉悟中重新认定了自身的主体性。即使是这样，也没有改变这一节的过渡性质。但语气中流露出的宿命意味却使它和整首诗的调子协调起来，优美而又哀伤，使阅读者暂时沉入自己的心中，至少待上一小会儿。以"当"为语法标志的条件状语后置，扩展了她们所处状态的存在理由，更重要的是使她们的状态一句，成为上下句联系的中心，起到了平衡作用。状语内部的两个组成部分，字数大致相等，语句平衡，音节的处理也采取较为近似的低调，干净而和谐。在词汇上沿用了上一节的词汇，并继续发展了上一节比喻所奠定的空间，保持了连续性，也加深了主要描绘形象的内涵。

第四节是全诗的诗眼所在。"死亡所了结的不超出肉体"，否定了人文主义者经常挂在嘴边的关于死亡的意义的通常认识，但我们绝不能把它当作是作者正常情况下所做出的结论（做一般的客观认识理解，还算过得去），我们从中至少可以感觉到写作者情绪的不稳定、悲愤，甚至是有意的歧义化，等等。但是换种角度，如果我们把"肉体"作为思考的中心，那么这句诗恰恰是描述出了人类生活的某种基本秘密：肉体是最后的范围，最后的中心，一切人类生活都在肉体的限制之中。肉体的问题不解决，别的问题也就谈不上了。肉体了结不了的，死亡恐怕也很有限。"在我们的身上开始长出一种东西／为自己的赤裸感到羞耻"，当我们意识到肉体的问题的重要性之后，文明的东西／神秘的认识开始生长出来，虽然写作者并没有明确说出它的具体名称，而这种文明的象征物呼之欲出，即服装在人类历史上的首次出现。当人类懂得赤裸和羞耻，文明就开始了。这从更大的角度肯定时装设计师——艺术工作者的贡献：遮蔽是美的。这同样暴露写作者的美学思想拒绝直接、原始的表达方式，而选择了文明的面具——这大约可以用来解释文学谜语为什么具有较大的吸引力，当然也可以用来解释"我们"在当代的行为。

由此，我想到我们的文学趣味问题，它是自由选择的结果，还是党同伐异的理由？趣味对于一个对诗歌美感缺乏基本了解的阅读者甚至是写作者而言，它的作用换种夸张的说法是，"如同黑暗的人类获得普罗米修斯盗窃的火种"。在这样狭小的范围之内,有这样的认识不足为怪。但是每一种生动的趣味能够维持多久呢?更不要说那些滑稽的小范围里的话语权了。

附:
西渡《时装设计师之死》

颂扬唯美的肉体
应该得到唯美的死亡
这样的结局符合
你的身份。在葬礼上

吊唁的蝴蝶飞来飞去
仿佛迟到的灵感在寻找
把它们捕捉到 T 型台上的
那双手。但你宁愿把它们全部收回

而美也许会感到一点寒冷
当她们凝视舞台的顶棚
死去的蝴蝶落下了阴影。

死亡所了结的不超出肉体
在我们的身上开始长出一种东西
为自己的赤裸感到羞耻■

诗歌中的声音　西渡研究集

进入20世纪90年代，当代诗歌的叙事性开始成为引人瞩目的诗歌倾向，甚或可以说，它是20世纪90年代以来发生的最重要的诗歌现象。这一现象虽然没有囊括所有优秀的当代诗歌写作，但也确实涌现了许多令人击节叹赏的诗歌作品。诗人西渡的《一个钟表匠的记忆》（写于1998年）就属于这一诗歌潮流中的有代表性的篇什，并且毫无疑问地，它也可以说是其中最优异的作品之一。诗人黄灿然有一个观点很有意思，从诗歌的文体特征的角度，他曾把20世纪90年代以来带有鲜明叙事性倾向的诗歌称为"中型诗"。西渡的这首诗在文体上的确符合他的观察。

时隔两年，重读这首诗，我仍然强烈地感受到它在语言和经验上给我带来的双重快感。它的语感显得非常老练，节奏缜密，而又舒缓有度，陈述的语气在这里像沉潜的呼吸一样扑面而至。它捕捉到的诗歌经验也富有洞察力。当然，现在重读这首诗，我主要目的并不是想转述我从其中得到的阅读快感，我的意图还是想从批评的角度追踪乃至建构诗人西渡在这首诗中展现出来的高超的叙事性，以便进一步澄清我自己对这个问题的认识。当然，这种澄清也不可避免地包含着回应的意图。因为最近一个时期，关于当代诗歌的叙事性的争论也变得明朗起来，甚至显露出趋向激烈的征兆。种种闲言、蜚语和蠢话开始横行无忌，流布诗坛。比如，完全不顾及叙事性在90年代的发生学意

记忆的诗歌叙事学
——细读西渡的《一个钟表匠的记忆》※   臧棣

※ 原载孙文波、臧棣、萧开愚编《激情与责任》，人民文学出版社，2002年版。

义上的初衷,无视它具体的文学史语境,便笼统地把叙事性和叙事手法混为一谈;进而散布说什么叙事性在诗歌写作中早就存在,并不是什么新鲜货色。还有一种愚蠢的论调认为,叙事性并不能解决所有当代诗歌的艺术问题。问题是,是否有过一种诗歌技巧,或诗歌观念,或诗歌实践解决了所有的诗歌问题呢?

最大的混淆,莫过于把20世纪90年代以来凸显的叙事性有意无意地和叙事诗相提并论。这种企图,要么是出于恶劣的无知,要么是出于草率的粗心。我当然不赞成把叙事性说成是一种全新的发明,但从具体的诗歌实践上看,它的确为当代诗歌注入了新的艺术活力。即便是先前已有的表现手法,但如果我们带着新的审美视角,或是新的艺术意识去运用它的话,那么,它在某种意义上就是新的东西。诗歌的叙事性在90年代的彰显,就属于这种情况。把诗歌的叙事性等同于一种表现手法,这种见解本身就有点落伍了,而把诗歌的叙事性局限在叙事文体范畴的解说,更典型地反映出了一种批评的懒惰。在20世纪90年代,诗人对叙事性的运用,特别是在一些优秀的诗人(比如翟永明、陈东东、钟鸣、张曙光、孙文波等人)那里,主要不是把它作为一种表现手法来运用,而是把它作为一种新的想象力来运用的。西渡的这首诗也体现了这种审美倾向。叙事性,在一些优秀的诗人那里,它显形为一种新的诗歌的审美经验,一种从诗歌的内部去重新整合诗人对现实的观察的方法。从文体上看,它给当代诗歌带来了新的经验结构。它的意义绝非仅限于是一种单纯的表现手法。

退一步讲,如果孤立地从诗歌的写作行为上考察的话,叙事性确实不是什么新的写作方式;特别是从表现手法的意义上说,它也可以说一直就存在于诗歌的书写行为中。但是,我们也可以反问,在最近一百年的中国现代诗歌写作中又有哪些写作方式可以称为"新"呢?如果不具体地考察每一种写作倾向产生的文学语境,人们就会犯类似的简单化的错误。每个时代的诗歌,都会产生出一些新的因素。即使是诗歌史上已经成为惯例的表达程式,有创造力的诗人也会用自己的审美意识给它染上新的特征。或者,把既有的诗歌手法放置在新的诗歌语境里,也能产生新的诗歌风格。我觉得,叙事性在20世纪90年代中国诗歌中的遭遇,就属于这种情形。其实,只要稍稍对比一下20

世纪 80 年代和 90 年代中国诗歌的基本倾向,人们还是很容易发现叙事性所包含的新异之处的。这种新异之处至少体现在以下诸多方面:(1)用现实景观和大量的细节对 80 年代诗歌中的乌托邦情结进行清洗;(2)用尽可能客观的视角来对 80 年代诗歌中普遍存在的尖锐的高度主观化的语调做出修正;(3)发明新的句法,对 80 年代诗歌中的普遍僵化的修辞能力进行反拨;(4)运用陈述性的风格,对 80 年代诗歌中的崇尚意象的美学习气进行矫正;(5)拓展并增进诗歌的现场感,对 80 年代诗歌中流行的回应历史的经验模式进行反思;(6)从类型上改造诗歌的想象力,使之能适应复杂的现代经验……

这里,仅从两个诗歌阶段的粗略的对比中,我们便能看出 20 世纪 90 年代诗歌的叙事性的许多特征。而如果我们考察诗人的写作意识的话,便会发现更多的更细微的特征。即使是从文体上将叙事性和叙事诗相比,那结果也不像某些批评家和诗人想象的那样:两者是一回事。在当代诗歌中,它们之间的差别远远大于它们之间的关联。传统的叙事诗或叙事诗体,它的最主要的经验模式是建立在一种线性思维之上的,而 20 世纪 90 年代在诗歌的叙事性上做出突出贡献的一些诗人,如张曙光、翟永明、陈东东、钟鸣、萧开愚、西渡、黄灿然、孙文波等人,在他们看待事物和现象的方式上,我们很难发现传统意义上的对线性思维的崇信和依赖。虽然有时候,他们在用词语重建经验的方式上显露出一种脉络分明的秩序感,表面上与线性结构非常相似,但这种相似很快就会为弥漫在诗歌文本中的反讽性修辞所肢解。所以,我宁愿把这种表面上的相似称为"秩序对结构的戏仿"。他们都是在一种审美经验的层面上来运用诗歌的叙事性的。这种运用使得当代诗歌的文体发生了重要的转变,它在类型上更接近英国批评家瑞查兹所指认的"包容的诗"。此外,我们还可以从另一个侧面来印证我们的考察:传统的叙事诗在经验和想象的图式上无一不是受到一种整体观支配的,而这种整体观反过来又诉求中心意识和粗陋的客观性,而这样的感知世界的方式几乎已从 20 世纪 90 年代优秀的中国诗人身上绝迹。

在我看来,西渡的《一个钟表匠的记忆》不仅是一首取得了显著成就的当代诗作,而且集中体现了 20 世纪 90 年代诗歌的叙事性的诸多审美特征。正是由于诗人所显示的高超的叙事性,在这首诗中,一个人的记忆成了一种可以被追踪的文学事件,而没有局限在主题的范畴。换句话说,这首诗表面上是从回顾的视角描述一个钟表匠的成长过程,但实际上却是探讨作为一种叙事经验的内在的历史图式。钟表匠在本诗中所起的作用,不仅仅是角色意义上的,而更像是一种普遍经验的特殊的透析装置。钟表匠的记忆不是被动地接受历史给他的印象,而是带有强烈的主观色彩,他用他的记忆来对抗历史给个人造成的普遍的压力。同时,他也把他的记忆发展为一种评判生活的尺度。钟表匠的记忆还对这首诗所触及的历史经验起着细节的润色作用,使它们变得具体而生动。此外,这种记忆还制造了一种带有迷幻色彩的阅读氛围,对我们的阅读起着一种共振作用。仿佛钟表匠的记忆,和我们的记忆有着相同的精神结构。之所以会取得这样的效果,是因为诗人西渡在运用诗歌的语调上显示出了高超的技艺。

在这首诗中,读者不应该忽视的一件事情是:与其说钟表匠是这首诗的主角,不如说记忆才是它真正的主角。把记忆发明为一个角色,也许可以算作诗人西渡的一项文学成就。记忆并不是纯个人的心理事件,它天生有一种集体的内涵。比如,记忆是人类发挥得最好的动物本能之一,也可以说是人类最基本的能力之一。还有一点也非常重要,在文学的表达程式中,记忆意味着心灵的交流,甚至是交流的最突出的痕迹。记忆本身还意味着一种评价,因为记忆总是倾向于记忆所愿意展现的东西,它是一种非常独特的价值评判的心理系统。换言之,在文学作品中,由个人做出的记忆,它所隐含的意义却不是个人所能决定的。而在这首诗中,诗人西渡正是想通过一个人的记忆来展示一种超越个人的历史经验的普遍性。表面上,是属于个人的记忆,实际上却是属于一代人的,甚至是属于我们每个人的。

此外,读者还需要明了一个文学常识,即在现代诗歌乃至现代文学中,记忆常常就是独白的代名词。也就是说,记忆的主体性意旨往往是通过独白的艺术方式来实施的。在这一过程中,如何避免其中的心理氛围滑向风格的沉闷和散乱是对一位诗人艺术造诣的重大考验。在这方面,我认为诗人西渡做得相当出色。由于驭控得当,他把独白所涉及的散漫的内容整塑成了一种醒目的心理事件,这个事件折射着

20世纪最后40年的中国历史和个人生活之间的张力。这种张力,就像一张无形的网,罕有人能够逃脱它的羁绊。

让我们先看看钟表匠这一人物所涉及的身份内涵。从这一行业的起源上看,钟表修理业与城市生活密不可分;城市是钟表匠的个人生活所面对的基本的现实景观,正如土地是农民所面对的基本的自然景观一样。因而在某种程度上,钟表匠可以被看成现代城市生活的最有资格的代言人之一,他也是最早安居在现代城市的那批市民中的一员。诗人选择这一人物作为这首诗的主角,想必同他意欲言说与城市生活相关的人文经验有着密切的关系。换句话说,诗人认为钟表匠这一角色所触及的人文经验,相对于我们的历史境况而言,很可能有着一种典型的意义。读者也不妨认为,像钟表匠这类角色的原型,是隅守在城市一角、靠研磨镜片为生的荷兰哲人斯宾诺莎。而等一会儿,我们的确会在这位钟表匠身上发现同样浓郁的哲学气质。或许,那位英格兰诗人、靠刻铜版画为生的布莱克也可以算是这一原型的胞弟。另一方面,无疑地,钟表匠属于城市的底层人物,但他由于精通与时间有关的秘密而比位于同样阶层的其他人物享有更多的自由和自尊。他的手艺是他的保护网。钟表匠也是城市生活中的边缘人物,唯其如此,我们才会对使这样的人物遭受挫折和摧残的历史力量若有所思。钟表匠的边缘身份中还有一个奇特的悖论,即他的卑微的社会地位与他的手艺所染指的现代性的核心观念之间的不和谐。我们知道,把时间切割成小时乃至分秒的行为,不只是一种单纯的计量时间方法的变革,而是同效率这样的最突出的现代性概念联系在一起的。也就是说,尽管地位低微,然而钟表匠在他的行业范围内接触的却是最典型的现代经验——历史势力中对效率的崇拜。钟表匠从事的手艺负责将现代意义上的时间效率观转化到城市的日常生活当中。他的行业精神就是推重时间的精确和无误。而在传统的人文观念中,对时间的思考必然以这样或那样的方式触及真理。因此,钟表匠在他的一生中所受到的颠簸,无论多么含混和曲折,都意味着真理在他所置身的历史中所受到的颠簸。

通过对钟表匠的身份内涵的追踪,读者至少在确定这首诗的主题所涉及的经验范围时,不会再有茫然无措的感觉。从钟表匠的行业特征和生活范围上讲，这首诗涉及了现代的城市经验，也许还隐约地触及现代文明的某些本质的东西。这首诗也必然涉及时间的主题，尽管到目前为止，我们还不清楚这首诗更明晰的意图，但是我们已经更强烈地感受到它的主题和意图的错综复杂。什么样的文体能够承载诗人所意欲揭示的这种复杂的意图呢？显然，单纯的抒情结构已经不能胜任了。只有发明新的文体，才能准确地配合诗人的想象力的延伸。这表明，诗歌的叙事性在20世纪90年代的广泛应用和诗人的想象力的转型有着密切的内在关联。

还有一点，我相信也非常重要：记忆和独白的关系。我已经提到，在现代文学的传统中，凡涉及记忆的内容往往是通过独白的艺术形式揭示出来的。不管对此文学习性有何看法，我们必须先意识到这两者之间的关系。在这首诗中，独白的形式为钟表匠的记忆奠定了一种内在的声音，它听起来很像是一种内心的述说，而记忆所扫描的历史现象便是建立在这种内在的声音之上的。也就是说，在这首诗中，始终存在着记忆—内心与历史—永恒之间鲜明的交叉对比，这首诗的主题深度有相当一部分就是从这种对比中获得的。

这首诗共有六节，除第五节出现了一行破格外，每一节都由十行诗句组成，不仅在视觉形态上显得相当均齐规整，在节奏上也是缓急有度。这两个视觉特征非常重要，我以为它们不仅反映了风格上的美学含义，而且指涉着风格的心理学。一句话，它们牵涉读者如何去看待钟表匠的记忆所含容的经验的性质。均齐规整，可能同钟表匠的生活习惯很符合，因为钟表修理业在外人看来不免有些刻板规矩，但更重要的是，它同钟表匠的记忆的特性有着隐秘的关联：它表明钟表匠的记忆是有节制的，它包含了一种人文经验上的内敛，这也是这位富于哲学气质的钟表匠在经验上值得信赖的地方，他用成熟的经验克服了悲观的心绪。这种经验上的内敛，也不妨说，就是要通过创建经验的心理平衡来获得人生的真谛，而不是像我们所熟悉的大部分现代哲学所倡导的，把人生的安慰建立在无节制的求真意志上。缓急有度的语调，也可能同钟表匠的职业生涯有关。钟表业的技艺特征使从业者的日常生活相对缓慢、沉稳，日久天长，它们便成为驯化性格的力量，有时也可能是深化性格的力量。在这首诗中，缓慢的语调还带有一种我称之为"准晚年"的感慨人生的成分,它多少有点类似中国传统的人文经验中的"知天命"的大限意识。换句话说,这首诗的记忆带有成熟的心理标记。它不是对生活印象的简单的复制,它是对人生经验的重新梳理。仿佛这种梳理是我们征服个人历史的杂乱无章的一种手段。钟表匠以他的记忆作为底片冲洗出了一幅经验的图像,他个人的历史映现在其中,一个时代的历史也贯穿在其中。

这首诗的经验图景首先是从童年开始的:

1
我们在放学路上玩跳房子游戏
一阵风一样跑过,在拐角处
世界突然停下来碰了我一下
然后,继续加速,把我呆呆地
留在原处。从此我和一个红色的
夏天错过。一个梳羊角辫的童年
散开了。那年冬天我看见她
侧身坐在小学教师的自行车后座上
回来时她戴着大红袖章,在昂扬的
旋律中爬上重型卡车,告别童贞

在这里,诗人将写实、隐喻、主题巧妙地编织在一起。"放学路上"展示了一幅经典的童年画面,它包含了极端的快乐与自由。学校是知识和纪律的场所,它甚至是历史的一个隐形的制度化环节。而"放学路上"则意味着人的天性的舒展,这种舒展也许不构成对学校的反叛,但它确乎是一种松弛,无拘无束。"跳房子游戏"是这种松弛的华彩乐章。童年的自由和快乐,几乎就是人类的自由和快乐的隐喻,它们包含着一些超越年龄的东西。在它们的天真中又包含了一种极其深刻的反天真的东西。"一阵风"则是最典型的神话符号,它既指涉命运中不可知的力量,又呼应着我们所熟悉的政治话语中的"一阵风"。另外,这个短语中还对学童们的社会角色做出了一种隐喻,因为学童们发出的欢乐的声音,如果放置到整个社会的语音室里,常常就像"一阵风一样"被忽略掉。这个短语的精确意旨还包括:它可以指示学童们的身体语言——相对于世界庞大而臃肿的躯体,学童的身体构成了一种轻快的尺度。"拐角处"属于指涉人生的转折的文学习语,诗人在这里正是巧妙地借用它的内涵,暗示在不该懂事的年龄阶段学童们却对巨大的历史话语开始有惊愕的反应。一种视觉上的变化也在这里出现了。大致地,我们可以说,放学回家的路是一条直线,快乐在符号学的意义上也是直线的,而拐角则意味着人生的曲折。在学童的懵懂的醒悟中,他所面对的"世界"是一种飞快运转("继续加速")的异己的力量,它的本质似乎是使人"呆呆地留在原处"。

此外,几组对比也应引起读者的关注。小与大,它是由学童和世界来配对的;快与慢,它是由跑过的风、世界的加速和呆立在原地来配对的;明与暗,学童代表着处在明处的力量,他的天真、他的快乐、他的身体都展露在一种透明的符号指涉中;而"世界"则不完全如此,它有看不见的东西会神秘地"碰"一下学童,这触碰包含了一种压抑的力量。就成长的历程而言,这三组对比构成了个人和世界的基本关系。在世界这一极,庞大、冷漠、加速是它突出的历史特征;而在个人那一极,无论人的征服自然的能力可造成怎样的幻觉,人的力量中总会包含着一种"呆呆地留在原处"的那种孤独的状态。这里,这首诗的主题已开始初露端倪,它明确地指涉着一个现代性的根本问题:个人和历史之间的速度冲突。按诗人奥登的说法,它是一个"焦虑"的主题,特别涉及20世纪的历史,只不过在这里,它的焦虑特征是由中国历史的特殊性所赋予的。

"从此我和一个红色的夏天错过",这一句触及"文化大革命"爆发的时间,又暗喻着某种历史的狂热。而"错过"则意味着一个心理事件,它是由"呆呆地留在原处"导致的朦胧的自我意识产生的。这差不多也是那个时代关于个人和历史之间的缝隙可能有多大的最好的说法,因为它涉及了一种微妙的拒绝。除了纯叙事的意指之外,"错过"这个词还包含着一层淡淡的讽刺。也就是说,"错过"行为很可能是角色主动选择的结果,而它所包含的讽刺意味在于它最终显示了一种模糊的伦理的正确:"错过"意味着没有参与。接下来的诗行堪称是本诗中的佳句之一,"一个梳羊角辫的童年散开了":"羊角辫"引出的是一个天真活泼的少女形象，从这首诗的上下关联看，她是钟表匠在他的少年时代钟情的对象。不过，在这里，读者也不妨把她引申成一代人的童年的原型。读者还需要意识到，童年具有某种社会神话的特征，即由于我们不断向它回顾，童年实际上已经演变成一种指涉人类的自我纯洁的神话。这样，读者才会体味到诗人措辞的准确："散开了"既指成长的自然过程，又指童年所蕴结的美好的事物被外部势力强行中断的局面。在导致"散开"的社会力量中，"红色的夏天"起着主导性的作用。也就是说，"散开"并不完全是一种自然的解体过程，它还包含着一种强制性的社会行为。由于这个词意寓丰富，准确恰当，它在意图和主题上增进了这首诗的批判性。"侧身坐在小学教师的自行车后座上"的少女形象，在诗歌的逻辑上，回应的是"散开"一词所指涉的伦理内涵。这一画面同一个隐晦的引诱的故事有关，在隐喻的意义上，它揭示的是一个堕落的混乱的社会图景。而"回来时她戴着大红袖章，在昂扬的／旋律中爬上重型卡车，告别童贞"，则表明这种堕落的双重特性：堕落不仅涉及肉体，同时也牵涉精神。

  读者阅读当代诗歌时，最好是像诗人在创作一首诗时那样也不断磨炼他的感受能力。比如，在第一诗节中，诗人为钟表匠设置了一个旁观者的视角，正是这个视角引出了他的社会观察与人生思考。读者应该学会从"……我看见她……"这样的语句中，辨认出这个视角是如何巧妙地嵌入文本中的。还有一些细节，如果读者能敏锐地辨别出来的话，也能增强阅读的乐趣。比如"那年冬天"与"红色的夏天"所构成的紧张的对比，也从心理层面预示了个人和历史的巨大的冲突。"冬天"不仅有季节意义，它也喻指着一种特定的心理氛围。进一步地，"冬天"也是整个旁观视角展开之后所辐射的最基本的社会背景。

  接着是这首诗的第二节：

2
在世界的快和我的慢之间
  为观察留下了一个位置。我滞留在
  阳台上或一扇窗前，其间换了几次窗户
  装修工来了几次，阳台封上了

为观察带来某些不同的参照：
当锣鼓喧闹把我的玩伴分批
送往乡下，街头只剩下沉寂的阳光
……

在这一节中，沉思性的主题开始向诗歌的文体逐步渗透，语调中的回忆的成分保证了沉思主题所必需的文体上的湿度。这个主题是用一个独具只眼的隐喻来演绎的：历史仿佛是一个巨大的"现场"。没有人能有效地表明自己不在"现场"。"世界的快"显然同现代社会中的异化主题有关：这似乎是说，在我们的时代，大部分敌意都是由速度产生的。当然，读者也不应该忘记，"快"也是革命最主要的历史标记之一。这里，"世界的快"又暗暗地回应了第一节中"红色的夏天"所指涉的"文化大革命"历史。"我的慢"，正式引介了钟表匠的职业生涯所具有的特征，同时读者还必须意识到，这个短语虽然概括的是钟表匠的工作和生活的习性，但更主要地，它指涉的是他对世界和历史的最本质的态度。并且，由于有"世界的快"作为对比的另一极，钟表匠的这一态度中还包含了某种傲慢的成分。也不妨说，"我的慢"至少有一个隐喻层面包含了"我的傲慢"，它是一种低姿态的背离。从措辞角度讲，诗人在此处显示了高超的双关语造诣，优秀的诗人总是对词语在特定的语境中所包含的意指及其所引发的效果非常敏感。接下来，读者需要思考诗中提到的"观察"的"位置"。诗人说钟表匠的"观察"是介于"世界的快"和"我的慢"之间的"一个位置"。这究竟意味着什么呢？至少，读者可以确定出："我的慢"，比作为"一个位置"的"观察"，更内向，更远离"世界"。正是基于此，我才推断说，"我的慢"在本质上体现的是一种人生的态度，一种必要的疏远历史的态度。从"观察"所处在的中介位置，读者可以了解到诗人的一个目的，即诗人希望读者注意到钟表匠的"观察"所反映的不是一种纯主观的历史感受，而是一种深深烙有客观印记的针对历史的评价。因为在20世纪后半叶，我们的生活节奏充斥着大量的"快"。而个人生活的悖论在于，如果没有"慢"，也就没有个人的尊严。"阳台"和"窗前"都意指着钟表匠所处的旁观者的位置。在那个时代，能找到这样的位置,可以说是非常幸运的。"装修工"一词,我以为含有双关寓意,它表明钟表匠在不断调整或校正他对世界的"观察"。仿佛由于环境的严酷,他已经学会通过采用适当的装修来保护自己的小天地。"阳台封上了",揭示出钟表匠的"观察"日益趋向自我封闭,对世界的态度变得越来越消极,同时还可能预示着外部环境已的确变得越来越险峻。

在第三诗节中,诗人触及一幅非常模糊的20世纪70年代前期的生活画面,并且进一步揭示出诗歌的主题:个人和世界之间的"无法言喻的敌意"。

3
几年中她回来过数次,黄昏时
悄悄踅进后门,清晨我刚刚醒来时
匆匆离去。当她的背影从巷口消失
我猛然意识到在我和某些伟大事物
之间,始终有着无法言喻的敌意
很多年我再没见她。而我为了
在快和慢之间楔入一枚理解的钉子
开始热衷于钟表的知识。在街角
出售全城最好的手艺:在我遇上
我的慢之前,那里曾是我童年的后花园

诗节的开头紧扣上一诗节提到的"上山下乡"运动。"几年中她回来过数次",这里,"回来"指的是知青以各种借口短期从插队的农村回到城里父母家中,而"数次"则在看似不经意之际暗示了某种生活的艰辛,它表明知青们和父母的关系受到了外界的强行阻隔,但更严重的是,他们和城市的联系正变得稀疏和异常。"黄昏时悄悄踅进后门",这句诗也颇能显示诗人在措辞方面的敏感。在第二诗节中,知青们是在"锣鼓喧闹"中被欢送下乡的,场面非常热烈,并且钟表匠所热恋的"她"就混杂在那些兴致高昂的知青队伍中间。而回城的场面,却透露出一种难言的凄楚,仿佛连正常的回城探望父母都畸变为一种需要遮掩的举动。这里,诗人对背景的寓意氛围也有细致的考虑。"黄昏"在中国的诗歌意象传统中,多表示哀婉忧伤;诗人在这里也沿用了这一寓意,而它的新意和准确,源于诗人为它设定的语境中包含了一种鲜明的历史指涉。"悄悄"几乎就是"灰溜溜"的同义词。接下来的"踅进"一词,我以为相当准确地揭示了知青在返回城市的过程中所普遍具有的一种自卑情结。它也是一个交织着愤怒与批判的词:很显然,在钟表匠看来,他的恋人所遭遇困厄的处境是由某种极度粗暴的历史势力促成的。

在"清晨我刚刚醒来时匆匆离去"这句话背后,是一个容易被读者忽略的故事,它隐约地揭示出了钟表匠和"她"之间的恋情陷入了一种绝望的情境。这里,诗人所展示的场景是含混的。"后门"可以指女主角父母家的后门,也可以指钟表匠家的后门。如果是按后一种情形来解释,那么可以认为钟表匠和女主角的恋情取得了某些进展。但是,考虑到诗人为钟表匠所设定的"旁观者"的叙述视角,我以为按前一种情形来解读,可能更能体现这首诗在主题上所包含的悲剧意味和批判色彩。少年时代的恋人从农村回来了,这自然牵动了钟表匠的心神。这里,诗人用清晨的警醒这一细节,传达了钟表匠挂念的程度。但是,还没容他向他爱慕多年的恋人表露自己的心迹,女主角便匆忙地告别了城市。这时,清晨的警醒就变成了饱含着失落的隐痛。这样的离别方式本身,经诗人巧妙的转喻,已显得意味深长。不过,诗人更主要的意图却在于引导读者思量这离别产生的历史原因。"伟大事物"是对某种历史势力的提示,正是以"伟大事物"为代表的历史势力,摧残了作为小人物的钟表匠的可能的爱情生活。钟表匠对"某些伟大事物"产生的"敌意",源于他认识到了它们是造成"她的背影从巷口消失"的历史力量。他也醒悟到,这些事物的"伟大"是建立在它们对日常生活的野蛮的剥夺和压制之上的。"很多年我再没见她":在近乎纯叙事的口吻中,钟表匠的爱情故事的悲剧色彩笼罩着一种荒诞的气息。这一句诗还暗示了一种结局,而它在心理上所造成的情感空白,又把诗歌的线索引回到记忆和独白的轨道上。与所钟爱的女人的离别,钟表匠开始了自己的职业生涯,同时他也把他的记忆发展成了一种尖锐的自我意识:"理解的钉子。"这个楔在历史和个人之间的"钉子",它的尖利,它的坚硬,形象地传达了钟表匠探知生存境况和历史真相的决心。这里,"理解"也是一个和"慢"有关的话语,同时它也反衬出和追寻有关的心理过程。在日常生活中,涉及爱情关系时,"理解"常常是一个漫长的等待的序曲。这里,一个"等待"的母题被触动了。换句话说,钟表匠开始学会把令人沮丧的结局转变成一种积极的抗争的生活因素。这里,"理解"当然是记忆对现实采取的一种折中的方式。"理解"和女主角有关的事情,意味着等待和"她"有关的结局。并且,毫无疑问地,对"她"的等待与追寻也可以被看成对生活本身的求索。钟表匠的"理解",以及由此而衍生的等待(对"慢"的专注),也包含着一个前提,即他非常清楚"她"是被"世界的快"吞噬掉了。我多少认为,"在快和慢之间楔入一枚理解的钉子",堪称本诗最好的句子。它揭示了一种内心的觉醒,一种心灵的对策,一种新的面对历史的生活态度。它勾勒了钟表匠作为一个普通人,是如何被迫在局促的生存中培养应对生活的能力的。"钉子"一词也意蕴丰富:它既意指着钟表匠对自己所置身的生活的性质的判定,也暗示了他采取的一种非常尖锐的应对立场。"全城最好的手艺",展示了一种似乎和真实有关的细节,同时也指示了一种隐秘的自信:钟表匠对他的观察与思考的自信。"街角"一词也用得极富象征意味,它起着印证的作用,让读者了解到钟表匠的观察是建构在一种流动而开阔的视野之上的。

第四诗节则在严酷的现实画面中嵌入一个浪漫的插曲。

4

在我的顾客中忽然加入了一些熟悉
的脸庞,而她是最后出现的:憔悴、衰老
再一次提醒我快和慢之间的距离
为了安慰多年的心愿,我违反了职业
的习惯,拨慢了上海钻石表的节奏
为什么世界不能再慢一点?我夜夜梦见
分针和秒针迈着芳香的节奏,应和着
一个小学女生的呼吸和心跳。而她是否听到?

玷污了职业的声誉,失去了最令人怀恋

的主顾:我多么愿意拥有一个急速的夜晚!

　　这一诗节的主题仍在延续着社会现实与个人愿望之间的冲突。钟表匠对他生存的世界的观察和思考渐渐形成了习惯,即他总是把他和女主角的备受挫折的关系作为一种衡量世界的尺度;表面上,这种视角很容易让人产生误解,因为它很可能为个人的怨愤所侵蚀,并使他对界的思索的深度受到损害。但是在这里,愿望的力量超越了怨愤的冲动,把钟表匠为他的个人生活发明的快与慢的辩证法提升到一种对我们生存的世界的基本态度。

　　从诗歌的叙事角度说,西渡不愧是一个老练而精敏的诗歌书写者。本节的开头同样紧扣上一诗节中提到的"等待"的情节,并且还增加了一种戏剧性的氛围。在钟表匠的苦苦等待下,昔日在内心深处暗暗爱慕的恋人终于出现:"她"显得"憔悴、衰老"。容颜的衰老本身已流露了一丝戏剧性,因为在钟表匠看来,它绝非正常的生理上的变化,而是由粗暴的历史势力酿造的。另外一层更有意味的戏剧性在于,"她"最终的出场是以他的"顾客"的身份出现的。换句话说,由于历史的作弄,"她"已从恋人的形象蜕变为顾客的角色。"她"虽然显身了,但一种陌生和畸形反而把"她"从钟表匠身边推开了。这里,诗人还暗示了一种由火热到冷漠的心理落差。这是另一种意义上的挫折,是对和等待有关的结局的最刻薄的嘲弄。"再一次提醒我快和慢之间的距离":女主角全然不知道如何在个人和世界之间"楔入一枚理解的钉子","她"的生存完全丧失了自主性,被"世界"裹胁着,日益远离了自我的精神节奏。因此,读者不妨把这里的"憔悴、衰老"看成"她"的精神形象的真实写照,它们的意义不仅仅局限于面目表情。正是这种精神的麻痹促使钟表匠进一步寻找新的对策。

　　"多年的心愿",指的是钟表匠从孩提时代就珍藏着的朦胧而真挚的爱情冲动——对女主角的暗恋。"违反了职业的习惯",指的是钟表匠想在心灵的领域里挽救"她"的形象。面对时间和历史施加在"她"身上的变化——肉体和精神上的"衰老",钟表匠采取了一种表面上带点孩子气的举动:他试图用"拨慢"钟表的指针来矫正被历史扭曲的人的形象,这也可以理解为一种在记忆的层面上进行的肖像复原工作。每个人都可能失去他的生活,但是,他不能轻易地失去他的记忆。在同丧失进行的抗争中,钟表匠已经懂得记忆其实也是一种伟大的防御力量。被"拨慢了"的"上海钻石表",这举动在现实生活中产生的效果就是,让记忆占有更多的世俗时间。因为和美妙的梦想联手,记忆也是一种可以和真实媲美的创造的力量。"分针和秒针迈着芳香的节奏",表明时间的意义确实被记忆的力量改变了。钟表匠在拯救心理时间方面堪称是一个技艺高超的匠人,他成功地用一种心理时间在记忆的屏幕上复活了"一个小学女生的呼吸和心跳"。被历史摧毁的形象又通过时间本身被记忆重新捕捉到了,这差不多就是福科所称的在我们的现代处境中快要失传的"自我技术"。有的时候,幻觉反而是一种最深刻的醒悟。这里,钟表匠所经历的幻觉并不纯粹,它隐喻着一种精神态度。与其说它是一种个人的乌托邦,不如说它是一种个人的浪漫。而在这严酷的世界上,"个人的浪漫"已变得越来越不易辨认了。钟表匠或多或少意识到,在这个世界上,同个人有关的最值得怀恋的事情都是在浪漫中完成的。为"拥有一个急速的夜晚",他甚至愿意为此付出"玷污了职业的声誉"的代价。

从场景的分布上说,上一诗节写的是离别及其相关的评价,这一诗节写的是重逢及其相关的感慨,它们都是针对历史和个人生活之间紧张的关系而发出的。它们转承得十分巧妙,既对诗的结构做出了协调,又对诗的意图的深入起到了引导作用。如果不采用叙事性的结构,那么,诗意就不会像现在这样错落有致,蕴含丰富。

第五诗节中,诗人为读者展示了另一幅同"世界的快"有关的当代生活的画面:

5
之后我只从记者的镜头里看到她
作为投资人为某座商厦剪彩,出席
颁奖仪式。真如我盗窃的机谋得逞
她在人群中楚楚动人,仿佛在倒放的
镜头中越走越近,随后是我探出舌头

突然在报上看到她死在旅馆的寝床上
死于感情破产和过量的海洛因:
一个相当表面的解释
我知道她事实上死于透支,死于速度的衰竭
但为什么人们总是要求我为他们的
时间加速?为什么从没人要求慢一点?

在当代生活中,"世界的快"变得更加不可理喻,同时也更剧烈地将人们裹胁进它自身的历史癫狂之中。钟表匠所处的旁观者的位置再次显得醒目。另一方面,他那旁观的目光也变得更犀利,更富于批判意味。在上一诗节中,女主角似乎处于人生的末路,而在本诗节的开头,"她"突然置身于光彩招摇的暴发户的行列中,成为新闻镜头竞相捕捉的对象:"……从记者的镜头里看到她 / 作为投资人为某座商厦剪彩,出席 / 颁奖仪式"。这里,"世界的快"已显示了一种近乎魔力的专制品性,而一旦人们陷入它的进程,就会像着了魔似的行为处事。这里,诗人实际上已描绘了女主角的一幅更接近其本质的画像:"她"是一个我们在她身上看不到任何"慢"的人,一个马尔库塞所指认的"单维度的人"。真正可怕的,也许不是我们不得不生活在历史中,而是默认我们完全生活在和历史的一致中。这里,读者还应该注意到,诗人揭示的场景中发生了一个更具悲剧意味的变化,即在钟表匠和"世界的快"的冲突中,还增加了他的爱情与女主角身上的"快"的冲突。钟表匠仍坚守在他自己的"慢"中,并且,还以自己的立场布置了一个新的任务,通过记忆的秘密机制把"她"从"世界的快"中"盗窃"回来:用"倒放的镜头"拯救"她"的命运。钟表匠如此痴情,表面上似乎是因为他的恋人具有一种特殊的资质:"她在人群中楚楚动人。"这当然是一幅既虚假又肤浅的形象。这里,诗人也揭示了"世界的快"所具有的两种性质截然不同的力量:它既能把人变得面目全非,"憔悴衰老",又能让人变得焕然一新,"楚楚动人",而这两种力量都是以强制的历史方式来施展它们的魔力的,其实质都是让人日益陷于一种无法自主的异化境况。

并且,这样的异化很快就会产生它骇人的结局:"……她死在旅馆的寝床上／死于感情破产和过量的海洛因"。"旅馆"的意象,在这里是和"家庭"的意象相对立的;它暗示某种生活的漂泊与动荡,特别是精神状态的不稳定。"旅馆的寝床"更富于讽刺意味,这差不多等于说某人死无葬身之地,它更明确地反衬出一种批判意指:女主角不是死于她的人生之路的终点,而是多少有点蹊跷地死在人生的半途中。死在旅馆里,在中国人的传统观念中,并不是一个善终的结局。女主角的死还牵连到一种新的社会景观:"感情破产"和吸毒,已演变成当代生活比较突出的两个社会问题。但是,钟表匠的剖析并没有仅仅停留在社会问题的层面,他意识到它们不过是"一个相当表面的解释"真正的原因是,"死于加速",或者说,死于无法有效地抵御"世界的快"。人们越来越习惯于同"世界的快"步调一致,生怕落伍,殊不知在"世界的快"中陷得越深,人的自主性就丧失得越多。"慢"的秘密在于我们必须懂得,人生中有许多价值是无法在"世界的快"中实现的。这里,读者已经开始走近这首诗的主题的底线。钟表匠的呼吁是以反问的方式进行的,其中夹杂着无可奈何的愤怒:"为什么人们总是要求我为他们的／时间加速?为什么从没人要求慢一点?"尽管无奈,但这呼吁本身仍体现为一种精神的抗争,一种内在的不妥协,一种在个人和历史之间寻找裂缝的努力。

在最后的诗节中,诗人的绝望同角色的情绪相互混淆,诗歌的主题在反讽的风格中得到了强化。

6
这是我的职业生涯失败的开始
悲伤的海洛因,让我在钟表的嘀嗒声里
闻到生石灰的气味:一个失败的匠人
我无法使人们感谢我慷慨的馈赠
在夏天爬上脚手架的顶端,在秋天
眺望:哪里是红色的童年,哪里又是
苍白的归宿?下午五点钟,在幼稚园
孩子们急速地奔向他们的父母,带着
童贞的快乐和全部的向往:从起点到终点
此刻,我同意把速度加大到无限

在诗节的开始，钟表匠坦然承认了他的"失败"：即通过在心理上调整时间的快慢来抵销历史的快慢对个人生活的掣肘的努力受挫。昔日恋人的突然亡故，似乎动摇了钟表匠在他漫长的职业生涯中苦心经营起来的"慢"的世界，仿佛他的内心已然被"悲伤的海洛因"浸透，但这只是表面现象。钟表匠的"慢"本身所蕴含的哲学意味并未受到冲击，同时它所包含的一种人格态度也没有受到撼动，受到冲击的只是钟表匠想用他对记忆的发现来改变人们的生活的信念。或者，他对自己在世俗生活中扮演的角色有了清醒的认识。另一方面，"一个失败的匠人"：恰恰暴露了钟表匠本人所具有的圣徒式的情怀。钟表匠的"失败"在于他痛感自己无法用一种接近真理的东西影响他周围的人们，所以他的"失败"既是对"慢"所涉及的人生真谛更醒目的揭示，又是对当代社会的生活性质的一种尖锐的反诉。

虽然遭遇了失败，但诗人还是明确地相信"慢"在我们生存中具有的意义，它是一种来自生命本身的"慷慨的馈赠"。像所有真理一样，它的终极面目很可能是常人所难以发现的。尽管它的意义难以完全显现，但它仍然是衍生各种最接近生命本质的生活情态的源泉。譬如，这节诗中提到的生活情景就属于其中之一："在夏天爬上脚手架的顶端，在秋天／眺望：……""眺望"的对象不外是远方或未来。在现代诗的措辞系统中，"远方／未来"通常被看成专属"浪漫主义"诗歌的，具有极强的乌托邦色彩。这一意象的出现，有其内在的诗意线索。正是由于钟表匠在他的个人生活中坚守着"慢"——生活节奏上的、精神态度上的，所以，生活在界限的意义上被缩小了，"远方／未来"开始跃入他的视野的地平线。人类的记忆有一个异常执着的精神维度，就是对远方／未来的追索。这里，"眺望"的意象还喻示"看"的另一个意义：诊察。"哪里是红色的童年，哪里又是苍白的归宿？"这样的疑问包含着对人的生存本身的困惑，同时也显示出作为本诗的叙述者的钟表匠，他在内心深处非常清楚，人的生命意义不可能在我们的现实处境中完全实现，任何完整的生命意义的获得都必然接纳了对"远方／未来"的探询。如果剔除了意识形态的成分，"远方／未来"其实是一个对我们有益的乌托邦范畴。但是，在当代生活中，"远方／未来"

被扭曲成丑角，人们已越来越丧失了通过对远方的眺望来深思生命意义的能力。

在本诗最后的场景中，"童年"的意象再一次呈现。孩子们仍然显得快乐，并且比先前得到了父母更多的呵护和关爱。"急速奔向他们的父母"的孩子们的脚步，一定是欢快的。正如钟表匠所观察到的："带着童贞的快乐和全部的向往"。本诗的难点在于最后两行所反映的新的态度："从起点到终点／此刻，我同意把速度加大到无限"。"起点"和"终点"都和人生的路途有关，但是，为什么钟表匠会在童年的场景中看到人生的"终点"呢？这当然和他对自己的人生经历的反思与记忆有关，同他对世俗生活的"失败"的体验有关。

那么，与这种记忆与体验相关的"同意加速"反映了钟表匠怎样的人生态度呢？表面上，这里出现了一个诗歌意图上的矛盾。钟表匠一直在呼吁和肯定"慢"，并把"慢"发展成一种新的人生态度和处世策略，但是在最后，他却转而认同"快"，一种"把速度加大到无限"的快。这是否意味着他在精神态度上的转变呢？我的看法是，钟表匠对"慢"的信念并没有丝毫改变。读者应该留意诗人所选用的"此刻"一词，它从时间上限制了钟表匠对"快"的感受。也就是说，他对"快"的认同是有条件的，只是一种瞬间的感受，是一种强烈的情绪的反映。什么情绪呢？针对世俗人生的带点虚无和绝望的情绪，一种希望用"加速"来缩短人生的漫长的激愤。另一方面，读者也应该注意到钟表匠所认同的"快"和"世界的快"的速度差异，前者比后者更快，是对"世界的快"的排斥与压抑。此外，"速度加大到无限"之后，人遭遇的可能是另一种意义上的"慢"。这当然也是快与慢的辩证法的一部分。人生的况味，生命的意义，仍然需要在"慢"的范畴中去寻找。记忆，当然是产生这些意义的心理机制；不仅如此，记忆也是一个诞生心灵的场所。最重要的，记忆始终站在"慢"这一边。■

诗歌中的声音　西渡研究集

这首诗十四节，每节八行。单纯从长度看，似乎算不得鸿篇巨制，但，略显高昂的抒情口吻，婉转沉郁的描述语气，二者交替，显示出节奏的匀称和语调的舒缓。全诗读来别有一种悠长之感，也称得上诗中的"大篇"。姜夔曾言："作大篇，尤当布置：首尾匀停，腰腹肥满。"又云："大篇有开阖，乃妙。"[1] 玛丽安·穆尔在访谈中，虽然不否认自己在诗歌写作中最主要关注的乃是节奏感，但她又明确地指出："诗歌主要并不在音调，而是处理提高了的意识。"[2] 读西渡的《蛇》一诗，我尤其注意诗人的谋篇布局和如何"处理提高了的意识"这两方面的特征。因为，如果写作者缺乏结构意识，写篇幅较长的诗作时就容易流于散漫或平淡，而经验和细节——往往是中小篇幅的诗作取胜之道，在长诗中，又经常面临被中断的思绪所稀释或被简单的意识所榨干的危险。

西渡此诗有一个互文本，即瓦雷里的同题诗，并且是罗洛的译本《蛇》。这两首诗的互文特征最鲜明的表现是：两位诗人共同选择了书写对象——蛇，《圣经·创世纪》中那个原型形象。有趣的是，西

---

(1) （宋）姜夔：《白石道人说诗》，见（清）何文焕辑《历代诗话》，中华书局，1981年版，第680页。

(2) 穆尔：《答复奈莫洛夫提出的问题》，见《诗人谈诗》（霍华德·奈莫洛夫编，陈祖文译），生活·读书·新知三联书店，1989年版，第17页。

反向进化的自我之歌
——西渡《蛇》解读※

周瓒

※ 原载《诗探索》2005年第1辑。

渡以瓦雷里《蛇》诗中的一句:"永恒的困扰——他的终点"作为自己作品的题记。这句差不多是瓦雷里《蛇》诗接近末尾的一行诗,又可以说是西渡诗的起点。在一篇书面访谈中,西渡曾经描述过自己的诗歌观念的演变:"第三个阶段是在 20 世纪 90 年代之后,这是我的诗歌意识逐渐确立的时期,也是对上一阶段庞杂的诗歌趣味进行修正的时期。马拉美、瓦雷里、里尔克、博尔赫斯逐渐成为我的兴趣的中心。瓦雷里诗学理论中关于意识的观念成为我的诗歌美学的核心基石。瓦雷里被我视为集中体现了人类在一个物质时代的悲剧性尊严、得心应手地驾驭语言的无可匹敌的巨匠。读一读罗洛译的《蛇》吧,那种精妙绝伦的感觉足以令人心醉神迷⋯⋯"[1] 书面访谈完成于 1997 年,《蛇》写于 2000 年。我相信,至少从思考自己写作的访谈时开始,这首《蛇》就已经存在于诗人的内心中了,而且作者拟订的访谈标题《面对生命的永恒困惑》似乎为孕育中的《蛇》诗奠定了语调,甚至主题。西渡的《蛇》诗也可以说是对瓦雷里《蛇》诗的续写。如果说,瓦雷里的诗以蛇的口吻,描述其如何迷上夏娃,并诱惑夏娃吃智慧之禁果,在有关生命、智慧、永恒、无限和快乐的知识思考中,体味着胜利的喜悦和失败的困扰,那么,西渡的诗则是被上帝惩罚的蛇,在人间、地上、泥土之中的自我之思,是对永恒的失败者命运的拷问,是自我如何通过分裂出或再创造出另一个自我的自我疗救,是关于新生的梦想和因此而来临的智慧所引发的宁静和感伤。

在对《圣经》"创世纪"故事的众多阐释中,有一种释读法把"蛇"想象成有手足的、拖着根细长尾巴的男人模样的形象,其根据大概是神对蛇所说的一番话:"神对蛇说:'你既做了这事,就必受诅咒,比一切的牲畜野兽更甚;你必用肚子行走,终身吃土。我又要叫你和女人彼此为仇,你的后裔和女人的后裔也彼此为仇。'"从这段话逆推并设想,蛇就很容易被构造成一个可能本来有手足,并且迷恋上夏娃的,有智慧并显得淫邪的形象。因此,在瓦雷里和西渡的诗中,以"他"来代指蛇的性别也似乎顺理成章。这只是理由一。理由二,两位诗人皆

---

(1) 西渡:《面对生命的永恒困惑:一个书面访谈》,见《草之家》,新世界出版社,2002年版,第 295 页。

男性，诗中"蛇"的形象不可避免地和抒情主人公"我"关系密切。在瓦雷里的诗中，就时时出现以"我"（即蛇）的口吻说话的段落，而西渡诗中虽然大多以"他"指代"蛇"，但反复出现的"自我"一词，已经暗示出诗人在"他"（蛇）的身上所寄寓的个人的内在普遍性。这个"自我"就是诗人之自我。全诗中，唯一一处出现的"我"之所指及其与抒情主人公的关系，下文会分析到。

诗的开头，蛇已经背负了永恒的受罚的命运，他被罚到地上，在人间筑巢，匍匐在泥土中，躲避着夏娃的目光，并渴望向远方逃遁。注定了的命运使得他不能见容于世界，他是"永恒的矛盾者"。在此，令我倍感兴趣的是，为什么诗人是在注定的受罚命运这个关键点上提炼出他的意识，为什么是它显示出"人与世界的相遇"的一刻？瓦雷里在谈诗的笔记中，如此描绘诗人的写作过程："诗人的写作过程是一种期待。他是人内心的一种过渡——使他对自己的发展的某些方式很敏感：这些方式与惯例相一致。作为对期待的回报，诗人把自己所愿望的东西重新加以组织。他重新组织，使之能补偿所耗费掉的精力，甚至更多（因为此时明显有悖于预定的规则）。"瓦雷里认为，与诗歌创造密切相关的因素有三：记忆、理解与想象。"理解是运动中的记忆，它所暗示的极限只能是记忆的极限。""理解是一件封闭的事情，要理解 A 就意味着能够重新组织 A，而想象不过是理解你自己。"[1] 面对关于诗人的创作的一系列提问，西渡以"面对生命的永恒困惑"，进行了一次组织（理解、记忆和想象）"自我"的散文写作，而面对内心世界时，在某个特定的阶段和时刻，那"永恒的矛盾者"自我的体认，使得诗人进行了一次以《蛇》组织"自我"的写作诗歌。

他在自我的焦灼中焚烧；

他经过的地方，草叶枯焦

泥土碎裂，成为灰烬的灰烬……

他与万物为敌！

---

(1) ［法］保尔·瓦雷里：《诗人笔记》（西蒙译），见《二十世纪外国重要诗人如是说》（王家新、沈睿编选），河南人民出版社，1992年版，第80—81页。

一个命定的人，永恒的受罚者，就如同古希腊悲剧英雄，他的命运他无法改变，他的处境就使得他有罪，而作为现代人，《蛇》诗中的"他"将如何重新组织自我呢？换言之，在诗的某个部分，必然需要一个转变：以一个诡计中的诡计，他从被动的命运中获得力量，并将自己推向主动的一搏——

这是他应得的惩罚，还是出自
他奇特的嗜好，与危险共枕同床？

的确，"奇特的嗜好"是最有说服力的一种自我体认，即承认自我的多重性。由此，可以引向对人性中阴暗面的观照，对欲望的体察和分析，以及对超越自我的梦想的憧憬。这个转机部分发生在诗的第四节，而在五六两节中，诗人继续描绘了一个"适应了失败者的生活"的"自我"，承受并适应了命运，同时也更新了命运：既然是"一个永远解不开的自我之谜"，那么"生存（便）是永恒的冒险"。由此确立起来的自我意识，变成了新的力量，甚至催他产生了新的梦，在梦中，他角力，他抱着自己飞升，而他在梦中进入的，已经不复是原来的天堂，而是另一个，另一重光明。因此，"另一个自我"在梦中出现了，但难道不也是在现实中存在了吗？这梦不仅仅是愿望，而且也还是一种可见的力量。仿佛天空成了一面巨大的镜子，那里面正映现另一个自我的美好形态。这从梦中分裂出的镜像便使他自惭形秽，并触动了他"黯淡的回忆"。由梦到回忆，进入了新一轮的组织自我以理解自我的阶段。在回忆中，自我又一次发生分裂，诗人以"宇宙产床上一枚被遗忘的卵"的意象，称呼这个自我的形象。这是个封闭的自我，"他紧紧抱着自我取暖！""跟人类一起进化"，却"向着相反的方向"。到这一节（即第九节），诗人通过对回忆的清理，从而完全赋予了"自我"以自觉的主体意识。接下去的四节是全诗语调最高昂的部分，铿锵的词语，急促的口气，以及肯定坚决的声响，似乎暗示"自我"选择的坚定。从蛇的生存形态中，诗人总结出理解"自我"的独特方式：放逐／冬眠，逃离／换骨，消失／蜕皮。

蛇之蜕皮的生理现象在诗人这里，变成了更生的隐喻。前面提及的梦中飞升，形成另一个自我的憧憬，在蜕皮中变成了现实。第十节中，再一次体认自我被放逐，永离天堂的命运之后，诗人以吁请的口吻，要求"自我"放弃言辞，再次默默咀嚼苦果，逃跑，消失，进入"一个冰冷的、没有知觉的世界"。而第十一节，自我主体以第二人称的形象出现了，仿佛带着惊喜，诗人接近了这个蜕变中的"自我"，诗句越发连贯，语气越发坚定。当"你多想"这个句式出现时，诗人几乎与"自我"（即蛇）的形象叠合了。第十和十一节所描绘的景象，也不禁令人联想到惠特曼著名的《自己之歌》中的句子：

> 我是肉体的诗人，也是灵魂的诗人，
> 我感受到天堂的快乐，也感觉到地狱的痛苦，
> 我使快乐在我身上生根并使之增大，我把痛苦
> 　　译成一种新的语言。[1]

那么，诗人西渡是如何把体认到"永恒的矛盾者"的"自我之谜"的痛苦，译成一种新的语言的呢？以蛇为象征，他探索了人的自我之谜。"逃离存在的迷宫"，这迷宫即"自我监禁的牢狱"，"神秘的肉体"。体认到了欲望，现在却需要用"沉默和遗忘"，"驱逐歌者的言辞，诱惑的女儿"。最终，把"一个死去的自我捧在手上的"难道不仍然是那个永恒困扰的他？诗写到第十三节，第一人称出现了，"我"吁请"说服之神"，"劝诫之神"去"让放弃这苦果和加在自己身上的无休止的惩罚"。"我"是突兀出现的抒情主人公，"我"难以抑制的出现忽然又拉开了与"自我"的距离，这节诗中吁请式的句子反而显现出一种沉重，甚至绝望之感。但正如同瓦雷里所言："听就意味着说。只有当你出于不同的动机说过这个词语时，你才会在听到时理解它。"[2] 当吁请之词被说出时，它被倾听的愿望就转而变成了一种肯定的理解，既然这理解含着一种无奈而欣慰的宁静。这里的理解，既是认可了对

---

(1)　惠特曼：《草叶集》，楚图南、李野光译，人民文学出版社，1987年版，第94页。
(2)　[法]保尔·瓦雷里：《诗人笔记》，西蒙译，第81页。

"自我"的永恒追寻，它也正应答了诗人臧棣曾经说过的那句关于诗歌的话：

诗歌是我们用语言追忆到的人类的自我之歌。[1]

当诗歌完成，智慧来临，你会发现，正如叶芝所言："智慧像一只蝴蝶，它不是阴沉的食肉鸟。"蛇的蜕皮，自我的新生，宛如蝴蝶之一梦。在这首情绪起伏错落有致，文气通畅的长诗中，也许我们更感觉到自我的神秘，智慧的朴实。如果说，从火中更生的凤凰是一种自我之歌（郭沫若《凤凰涅槃》），通过歌颂自己的身体与生命力而抒写的诗篇也是一种自我之歌（惠特曼），他们都体现了一种浪漫主义的自我之歌，那么西渡的自我之歌，则以蛇为喻，物我时分时合，自我剖析又自我怀疑，自我体认又自我放逐，扑朔迷离，错综复杂，可谓象征主义的自我之歌。

也许，读西渡此诗的另一个更为复杂丰富的方式，是将其与罗洛译瓦雷里同题诗比较，这样，互文语境中的相同意象、词语和修辞，都会在阐释的碰撞中，重新激发出诗歌的生命花火，使那清晰的更清晰，神秘的更神秘。但，选择译本的重要性不只表现在这一个方面，坦率地讲，选择好的译本也是对诗人瓦雷里的尊重，是对他的诗篇的不朽性的尊重，在这一意义上，我相信，到目前为止值得推荐的也还是罗洛的译本。这里选录《蛇》诗的中间几节，可谓开头所引的姜白石意义上的"腰腹肥满"。

附：
西渡《蛇》（节选，7—11节）

在黎明的光辉里，他醒来了，
挣脱了冰凉的泥土的梦，

---

(1) 臧棣：《假如我们真的不知道我们在写些什么……》（答诗人西渡的书面采访），参阅《从最小的可能性开始》（肖开愚等编），人民文学出版社，2000年版，第296页。

躺进心爱的树荫,喃喃自语,
那梦中的角力犹使他惊恐;
仿佛抱着自己向着太阳飞升,
进入另一个天堂,另一重光明……
多可爱的天使,温暖人间的血气,
在漫长的冬季,沉沉的睡眠中

他也感到了它奇特的召唤,
它的来临。那是另一个自我,
在蓝宝石的天空中倾洒着
不灭的光辉。连他也逃不开它的威力!
多大的浪费,枉费多少心计,
倾注了多少热情,才把生命
从睡眠无边的黑暗中催醒。
而他在地底下盘绕着,满怀疑虑

不敢抬眼凝视它的光明!
树荫遮庇着他,黯淡的回忆
缠绕着他;他跟人类一起
进化,向着相反的方向!
曾经是火中之火,一旦离开
伟大的太阳,血液慢慢冷却,
像是宇宙产床上一枚被遗忘的
卵,他紧紧地抱着自我取暖!

这自我的放逐者,永离了天堂,
却永被天堂的影子追逐着!
自我的敌人最好放弃严言辞!
——默默地把自我的苦果再咀嚼
一遍,那是对自身的永恒敌意

啃啮自己的心肝。逃吧，消失吧
让秋风吹凉你的血液，进入
一个冰冷的、没有知觉的世界！

响应着内心的号召，你蜕皮，
你换骨，你吐露黄金的芬芳，
你同时是茎与叶、根与花。
天堂与地狱在你的身上合一。
你多想借助这奋力的一跃，
跃出你自身，在悚然的草叶间
完成一出从生到死的变形记，
宛如蝴蝶因一梦而诞生！■

诗歌中的声音　西渡研究集

现代诗的核心秘密之一，就在于现代诗人对宇宙之间的对应关系的自觉的揭示。这一努力可能有很多不同的路径和方式，但在我看来，波德莱尔无疑是这种对应诗学的最卓越的代言人。中国的古典诗学其实也包含着非常丰富的对应审美，但它的基本诉求是"天人合一"，是要抹去限定在人和宇宙之间的那一条条界限。现代诗学的基本诉求，在我看来，则非但不想抹去这些界限，反而是要凭借诗歌想象力的自主实践创建出一种崭新的对应关系。许多人不理解这一点，他们仍抱着传统的想法：以为诗歌是以世界为摹本而发展起来的。这当然也不全错。但是，现代诗歌的基本动机是抵制这种同一性的。现代诗的基本信念，在我看来，就是，诗是宇宙的张力。换言之，假如我们能确定出宇宙有一种基本的趋向性的话，那么，我可以断言，这种趋向性就是热烈地欢呼人类的诗歌应该沿着相反的趋向去拓展。这意思也不妨表述如下：诗是宇宙的基本张力。诗和宇宙不仅是有距离的，而且我们应该凭借诗人的创造性去加大这种裂痕，去尽可能地展现它们之间的丰富而又微妙的对应关系。

具体到《风景》这首诗，我认为，在当代诗人中，西渡是绝少几位对这种对应诗学还有深刻的信念和出色的领悟的诗人。西渡引证法国象征主义诗人魏尔伦做这首诗的题记，在我看来，也不是偶然的，它

神圣的对应：关于诗的骄傲 ※ ——————— 臧棣

※ 原载《特区文学》2007 年第 5 期。

恰恰反映出西渡的独特的眼光。在许多诗人将象征主义作为过气的东西恣意雌黄之后，西渡仍然坚持了一种诗的直觉：波德莱尔（魏尔伦可看作他的面具之一）仍是源泉。这种隐秘的信念，也可以表述成，对应关系仍然是现代诗的想象力的基本的出发点。

在《风景》这首诗中，丰富的对应关系既构成了它的诗歌动机，也奠定了它的诗歌结构。灵魂对应风景，就像魏尔伦揭示的，而西渡的引证又将这种视角引入了一个崭新的天地。此地（我们终于抵达的地方）对应于"世界上最深远的舞台"，日常平淡的经历开始有自己的戏剧性，它对应于内心戏剧的"高潮"。这里，还包含着以戏剧为原型去看待世界的想法，这也是莎士比亚所爱采用的眼光，美丽的自然风光（小河，群山，杜鹃花）对应于"不曾启齿的秘密"。但令人欣慰的是，对这样的秘密，我们已有能力通过诗的力量去昭示它的存在。"蝴蝶"对应于"我们"，这里，我们不妨这样推想，这一意象或许源于庄子奇妙的"化蝶"想象。过去的经历（诗人对你和我之间的关系的回顾）对应于"最鲜明的记忆"。

这首诗在设定对话情境方面，也显示出了诗人高超而又巧妙的驾驭能力。表面上，这首诗是以我和你之间的对话情境为出发点的，诗人意在通过重建诗歌的记忆来唤起特定的对象的感应。但从根本上，这首诗与其说诗人是想说服了某个对象，毋宁说他是在重申他对诗歌的基本信念：作为一种特殊的人类实践，诗的神圣性在于诗始终有能力为我们"珍藏着一幅幅不朽的风景"。

附：
西渡《风景》

你的灵魂是一幅精选的风景
　　　　——魏尔伦

我们终于来到的地方
风景主要由树木和移动的

云朵构成。远处的青山
以全部的深蓝为背景
勾勒出世界上最深远的舞台
大片大片的绿以解放者的姿态
把五月的剧情推向高潮
更多的绿,从大地的深处
从六月、七月和八月
涌来,掀起绿的五级浪
而在群山的脑回沟中依然
闪耀着四月的红杜鹃的
点彩画。一条波光闪闪的河流
枕着风景的腰,引诱我们进入
她不曾启齿的秘密;蝴蝶
穿梭于成千的"我"和
上万的"你"之间,忙着
把"上"和"下"连缀成
天衣无缝的"我们"。后来
月亮参加进来,组成了
我们之间的三人行,在
旅行者的底片上镌刻上
最鲜明的记忆。呵,月亮
它的忠贞欣然迷途于
五月的绿色的夜。
远方的迷恋者
我们曾经深入风景的每一处褶皱
把生活的帐篷搭在
她的骄傲的乳峰上
匆忙地扩张自我的领地
换一个比喻,我们曾经
像一对燕子在青春的梁间

呢喃,迷恋于自我的深度
把彼此当成灵魂的镜子
——现在,我仍然是一面
坚持递给你的镜子
压在你出嫁前的箱底
珍藏着一幅幅不朽的风景
你的灵魂的精选……■

诗歌中的声音　西渡研究集

十五年前，西渡与友人同游南京东郊的梅山，正是梅花盛开的季节。西渡再到梅山的时候，却是梅花谢尽而梅子如豆的季节。这种季节与物象的次第变迁让西渡的内心之河泛起褶皱的波澜，从而诞生了《梅花三弄（For C. C.）》这首具有古典风范的作品。

　　朱朱说过南京的东郊是世界上最美的东郊，这可能是他的偏爱之辞，但这何尝不是发自肺腑的热爱之辞呢？在东郊诸景之中，西渡说他最喜欢的是梅花万株的梅山和"郁郁葱葱佳气浮"的钟山，所以在第一节里，西渡直言不讳地表达这种喜欢："在春风里一直坐到黄昏。"从奇崛的角度来看，这是朴素的；从热烈的角度来看，这是安静的。朴素安静其实与梅山或者钟山的气息更加匹配。西渡把两次访问写在一起，从三月一直写到六月，三月和四月是实写，而五月和六月可能就是推测与想象。第二节写的是四月，在T. S.艾略特的诗中这是一个"残忍"的季节，而在西渡的诗中，四月是摘梅煮酒的季节，是怀念故人的季节。这节化用作者自己的《赠友人古绝》："山中摘青梅，煮酒满室香。我因思古人，独立对残阳。"古典的景象在化用之后散发出温柔的现代的气息。

　　第三节写的是五月，梅子已熟，而"城里没有故人的消息"，怀念故人的情绪油然而生。陈与义在《临江仙》中写道："杏花疏影里，吹笛到天明。"而西渡说过："知己之乐，或更甚于周美成'相对坐调笙'。

以现代融化青梅 ※　　　　　　　　　　　　　　　　　　　　桑克

※ 原载《特区文学》2009年第1期。

雅人高致，读之使人欲仙。"这种知己的趣味，恐怕古今同一。一些新诗的研究者可能没有想过，怀人正是古体诗的功能之一，而它在现代诗的框架之中则似乎有所缺位。在诗的功能方面，西渡下过一番苦功，比如他的登高诗，比如他的咏物诗。这次则是怀人。故人自然也是良人，也是屈平的蘅芷汀兰，那么何必再说音韵的转合柔婉呢？情绪自然也是蕴藉的。第四节仍是思人的深远："那郁积的绿的海呵／望穿故人的秋水"，我个人认为这是两种意象并置，是庞德制作"中国汤"的时候常用的"烹调"方法，而且不单纯是对古诗两词并置方式的回归，比如"落日故人情"——将"落日"与"故人情"并置而体现出故人之情的悠缓与凄楚。然而西渡的本意并非如此，他是将这两行诗句视为一个完整的动宾结构，"绿的海"望"故人的秋水"，即钟山盼人归来。钟山若是西渡的伙伴，则有代其拓展怀思深度之义；钟山若是自然的化身，则具招隐的意味——如果联想此诗生成的社会环境，拥有此念也就显得合情合理或者理所当然。由此看来，前面"琴箫合奏"的曲目想必也是《招隐》或者《思贤操》一类的雅乐。

怎么对待古诗资源是近年诗歌界的一个主要命题，西渡的性情使他找到了一个合适的着眼点。我初读此诗的时候曾经庆幸第五节结尾的那句——"啊，钟山！钟情的山"，如果没有它，这首诗或许真的就有些暮气，而正因它的存在，这首诗仍旧留在现代诗的行列里。我当时觉得这是有一点险的。化腐朽为神奇，字眼在于神，在于所谓的神来之笔，而将钟山这个地名顺手拆开，或许也是西渡一时所想，笔到意至。但是正是因为有了它，才有了一点美的教训。我承认我有些偏爱，然而谁不偏爱呢？

粗看起来这首诗显得有些"古老"，内容至少老到陈与义的年代，而形式至少老到戴望舒的年代——这种判断直到结尾才得以修正。西渡的情怀可能也是古老的，因为在现在的社会交际之中，相见则欢转身则忘也不是什么新鲜的见闻。或许就是因为这个缘故，我才对西渡怀恋故人的那种真挚与朴素的情感而感到亲切和伤怀。西渡两次造访的金陵，王气已经黯然，但是风雅或许仍旧如故，如经历六朝或者八朝的石头，漠然地待在大江之畔。我曾造访此地，因为去时已然盛夏，自然没有见到梅花，而钟山之蓊郁则远不如"天下为公"这四个字给我的震撼。我读孙文的书或许就是从这里开始的——不同的时间，不同的蕴藉，阅读风景的感受也会发生变迁——西渡因为两度造访梅山而怀人，而我却因孙文的四个大字而转至另外一番境地。这可能就是现代性这个美妙故事的两种解读吧。

附：
西渡《梅花三弄（For C. C.）》

三月，携故人访梅东郊
我的情怀是满山的梅花
饮酒、听琴箫合奏
在春风里一直坐到黄昏

四月，我思故人
到山中摘一把青梅
煮一壶老酒
我的心情是缭绕满屋的酒香

五月，山中的梅子熟了
城里没有故人的消息
我的怀念是落不尽的梅雨
漫过了江岸

六月，梅子下枝
我的思恋是满山的青
那郁积的绿的海呵
望穿故人的秋水

啊，钟山！钟情的山 ■

诗歌中的声音　西渡研究集

这是一首充满意趣的诗,由各种与海关联的事物构成,这些事物存在于各种相互关系之中。它们之间的关系非常自由,又非常神奇地连接在一起。这种关系并不揭示明确的意义,只表明它们自身的存在之间的关联,这种关联没有意义的负担,但又有着特别的似有似无的意味。这首诗的美妙就在于以各种自由的想象力展示了万物之间潜含的美妙关系,这些关系有些是目光所见就能联系到的,有些需要特别的想象力才能触及,有些可由逻辑推生出来,有些由词语本身的联想生出,还有一些是依赖文学传统而产生的。这样的诗自由神秘,带给我们纯粹的神奇的快乐。

这首诗的前两句"海偶尔走向陆地,折叠成一只海鸥。/陆地偶尔走向海,藏身于一艘船"就设立了两组关系:海和陆,海鸥和船;海和海鸥,陆地和船。它们互相走向,它们折叠和藏身。说它们是设立的,是因为这不涉及意义的表达,而就是关系的认定。第一节接下来的七行,都是对这两组关系的继续深发。但需注意的是,最后四行"安静的时候,海就停在你的指尖上/望向你。/海飞走,好像一杯泼翻的水/把自己收回,当你偶尔动了心机",因为海和海鸥的同一性,海鸥直接用海来指代。但海本义还在,海缩小到指尖,这也是一种大小间的关系。同时这四行暗用了一个典故:"海上之人有好沤鸟者,每旦之海上,从沤鸟游,沤鸟之至者百住而不止。其父曰:'吾闻沤鸟皆从

西渡《鸥鹭》点评※ 雷武铃

※原载中国诗歌网"每日好诗"(2016年9月26日)。

汝游，汝取来，吾玩之。'明日之海上，沤鸟舞而不下也"（《列子·黄帝篇》）。这里面也就引入了第三者，人，他的手指和心机，他和海和海鸥的关系。

第二节"海鸥收起翅膀，船收起帆。／潮起潮落，公子的白发长了，／美人的镜子瘦了。"第三节"一队队白袍的僧侣朝向日出。／一群群黑色的鲸鱼涌向日落。"这两节的想象扩张开了，非常奔放。但仍和大海相关，大海的日出和日落的宏伟景象。我请教了诗作者，白发白袍和大海白色的浪花相关，镜子是大海通常的比喻，落日和日出相对。当然，公子和美人还有白袍僧的想象令人惊讶。而把这一切想象连接成一个美妙的整体的是这首诗的节奏，一种简省、直接而肯定的节奏，开始从容，第二节加快了，最后一节到了最快。

附：
西渡《鸥鹭》

海偶尔走向陆地，折叠成一只海鸥。
陆地偶尔走向海，藏身于一艘船。
海和陆地面对面深入，经过雨和闪电。
在云里，海鸥度量；
在浪里，船测度。
安静的时候，海就停在你的指尖上
望向你。
海飞走，好像一杯泼翻的水
把自己收回，当你偶尔动了心机。
海鸥收起翅膀，船收起帆。
潮起潮落，公子的白发长了，
美人的镜子瘦了。

一队队白袍的僧侣朝向日出。
一群群黑色的鲸鱼涌向日落。

2016 / 04 / 07 ■

诗歌中的声音　　西渡研究集

波

第三辑

诗歌中的声音　西渡研究集

与臧棣

臧：在某些人看来，你是当代诗界中的学院诗歌的代表性人物之一。你对此有何看法？或者在何种程度上，你认为"学院派诗歌"和"非学院派诗歌"这样的划分是可以成立的？

答：姑且不去追究这种说法的用意，问题是从来没有人为这样一些术语做出恰当的界定。我在20世纪90年代前后编辑《北大诗选》的时候，确曾考虑将之命名为学院诗，但出于慎重还是放弃了。在我们的批评习惯中，这些术语的含义既模糊又充满随意性。在批评所参照的作品相当有限，术语的含义又缺乏明确界定的氛围中，这样谈论诗歌是危险的，也难以构成严格的批评上的命名。我知道一些诗人很怕沾学院的边儿。在他们看来，"学院"似乎等同于创造力的贫乏，写作动机的书本化、生命力的减退、背弃公众，等等，总之是一个消极的词汇，但"学院"不见得就那么消极。我在编选《太阳日记》时之所以考虑将那一时期的北大诗歌命名为学院诗，是因为它们体现了一种写作上的严格性。相对于现代汉语诗歌在形式方面的显而易见的缺陷而言，这种严格性包含了对形成一种经典形式的关注和努力。与在美国的情况不同，"学院"在我们这里并不意味着对一种既得形式的维护，

面对生命的永恒困惑：一个书面访谈 ※ ——————————— 西渡 臧棣 等

※ 选自西渡《草之家》，新世界出版社，2002年版，提问者是臧棣、桑克、周瓒、达达。

而意味着对一种可能的形式的实践与探索。因此，如果要我在"学院诗歌"和"反学院诗歌"之间做一个选择，我宁愿选择"学院诗歌"。退一步说，我对我的诗被冠以什么名称并不在乎，对它可能的命运也缺乏热心。

臧：你认为 20 世纪 90 年代的诗歌写作与以前有什么不同？如果这不同涉及一种变化，那么在艺术意识方面你是如何确定你的诗歌追求的？

答：在涉及诗歌写作的变化这样一个命题时，我认为至少有三种时间在起作用：历史的进程、诗人的年龄变化、诗歌本身的生长周期。经常被谈论的是历史进程对写作的影响，在以年代划分的诗歌命名中就隐含着这样一个历史决定论的前提，而我认为后两种时间的影响才是实质性的。一个诗人中年所写的作品会不同于青年时期的作品，晚年的作品与中年又会有所不同。而在我们的诗歌批评中，诗歌本身的生命周期几乎无人论及。诗歌也像植物一样，有其生长、开花、成熟的过程。在我们这里，历史的进程常常强行打断诗歌这样一个自然的生长过程。在谈论 20 世纪 90 年代的诗歌所出现的变化时，如果从这样一个角度去观察，也许更能得出有益的结论。我认为与其用"变化"这样的词汇去描述 20 世纪 90 年代诗歌所呈现的不同面貌，还不如用"发展""延伸""拓展"这样的词汇去描述来得更准确，因为在所谓的"变化"中仍有其不变的成分。20 世纪 90 年代的主要诗人都是从 80 年代即开始写作的，一些人还是 80 年代诗歌运动的直接参与者，他们身上呈现的变化正是以上三种时间共同作用的结果，既体现了环境的变化对诗歌意识的影响，也体现了中年写作与青春写作的不同，同时还体现了诗歌本身在技艺、风格、形式等方面向着成熟目标的推进。时代环境的变迁对我本人的影响甚微。如果我的诗歌确实体现了某种变化，那么它主要是由后两者带来的，体现了诗歌意识的自觉。也就是说，我逐渐在众声喧哗中辨认出了自己的声音。但总的来说，我的诗歌追求的基本方面在进入 90 年代后并无大的变化。

臧：谈谈你的诗歌生涯与你在北京大学所接受的大学教育的关系。或者更进一步地，谈谈你与其他北大出身的诗人的关系。

答：我所接受的大学课堂教育与我的诗歌生涯毫无关系，倒是和我现在从事的职业有较大关系，那四年课堂教育的结果把我培养成了一个称职的编辑，但是北大四年的生活确实对我的写作产生了广泛而深刻的影响。在进北大前，我已写过一点诗，也读过一点顾城、舒婷的诗。如果我不上北大，我可能仍会写诗，但写的东西肯定会大不相同。我认为在所有北大诗人身上都存在三个传统：西方现代诗歌的传统、朦胧诗的传统、北大自身的传统，现代白话诗的传统倒还在其次。你在1985年前后所编的《未名湖诗选集》正是这一北大传统的一个小小的源头。西川、海子包括你本人的诗，那时候已经是我们这些后来进入北大的诗人模仿的对象。在那几年里，海子对我的影响最大，在相当长的一个时期中，我一直在模仿海子，并被一些人认为达到了"神似"的程度，当然，令我着迷的是前期海子冷隽、雕琢的风格，而不是后来那个急躁、粗糙、泥沙与美玉并存的海子。我最先模仿的则是徐永，我那时认为徐永的诗具有唐诗的气韵，他有一些优秀作品，我到现在仍然喜欢。后来对我影响最大的则是你本人的诗，我从你的诗中得益甚多，尤其在技艺方面。我认为你的诗是青年诗人学习技术、培养语感方面的优秀范本。北大还把一批志同道合的诗友带到了我面前。1986年，也就是我进入北大后的第二年，郁文、紫地、西塞和我组成了"蓝社"，朋友间的相互激励鼓舞了我的写作热情，后来和戈麦的交往使得这一热情在大学毕业以后一直得以延续下来。我认为我一直是北大的诗歌传统的受益者，后来我编北大诗选正是希望对这一传统有所回报。

臧：你对目前被冠称为"中国后现代主义诗歌"的写作现象的看法是什么？你自己的艺术追求与它的分歧是什么？

答：一些诗人和批评家急于把当代诗歌中的一类倾向命名为"后现代主义诗歌"的行为是功利主义和文学机会主义相结合的产物，其逻辑前提是文学进化论。而进化论即使在生物学领域也受到了越来越多的质疑，更毋庸说在文学和艺术领域了。"后现代"是一个自相矛盾的概念，对传统统治范式的否定、艺术风格的多元化、形式的试验等被当作后现代艺术的标志，而这恰恰是现代艺术所倡导的基本原则。所谓"后现代主义"不过是"现代主义"的一种延续，而将之夸大为一场革命，只是一些"后现代艺术家"的生存策略而已。"现代主义"本来就是一个开放的概念，"后现代"所指认的种种特征，几乎都能从"现代主义"这一概念中引申出来。可以这么说，"现代"的过程还远未完成，或者它永远也不会完成。而我从"后现代主义"的一些理论和写作倾向中，例如不分青红皂白地拒绝意义，认同世界的混乱，放弃建立秩序的努力，基于"文学大众主义"的浅显性，等等，依稀嗅到了一种历史决定论的陈腐气息，难怪哈贝马斯要将之称为"新历史主义和保守主义"了。"后现代主义"者放弃了对现实的批判性和怀疑精神，充当了历史的同谋，因此它不但不是对"现代主义"的革命，而是对它的反动和倒退。而中国的"后现代主义"更令人疑窦丛生，在一个远未进入现代型社会，其文学艺术领域的"现代主义"过程也远未完成的国家，谈论"后现代"总让人觉得别有用心。从诗歌领域来看，被一些人指认为"后现代主义诗歌"的东西，显然只是范围广阔的现代主义诗潮的一个侧面而已。我从未被"后现代"的口号迷惑过，我与"后现代"论者的根本分歧在于我始终认为诗歌的写作和阅读是一种精神行为，而不是单纯的消费行为。我坚持通过写作的行为对一个消费型社会做出不妥协的批判，并从中寻找和建立生命的意义。

臧：很多人对我谈起你的诗歌风貌与你本人的强烈反差。按我的理解，这些人的意思是你所选择的表达方式与你的个体存在几乎毫无关联，而我则认为这种反差正反映出你独特的风格意识。请谈谈好吗？

答：也许这正好说明了诗歌的一个带有本质性的特点——它是我们的另一种经历、另一个世界、另一次生命。一方面，从主观上说，我不喜欢过分暴露自己。这与我内倾的性格有关，从这个角度讲，选择这样一种表达方式恰恰是与我的个性相一致的。另一方面，我一直渴望使我的诗获得一种普遍性。我对当代诗歌中表现出来的过分自恋的倾向一直不以为然，在写作中我总是设法使自身的感情、经验客观化。因此，我习惯于在诗中使用各种面具。但是在但丁或者哈姆雷特的面具下所表现的，恰恰是我本人的经验和生命体验，很奇怪为什么人们没有意识到这一点。

<u>臧：在何种意义上，诗歌对你来讲是一种技艺？</u>

答：庞德说过"技巧是对真诚的考验"。对我来说，技艺不止意味着表达的技术，而与表达的质量、创造性体现为互为表里的关系。在我的诗歌意识中，它一直占有一个核心的位置。从某一角度看，技艺即诗歌的灵魂。

<u>臧："创新"对你来说意味着什么？或者你认为当代诗歌写作在哪些方面存在着创新的可能？你认为"试验诗"这样的命名还能为当代诗歌带来活力吗？</u>

答：就诗歌内容而言，创新意味着去发现或者揭示事物之间被掩藏的关系，提供新的诗歌经验。就形式方面来讲，创新意味着探索和完善一种新的诗歌形式，为形成一种现代汉语诗歌的典范形式而努力。现代汉语作为一种新生的诗歌语言，在以上几方面为当代诗歌的创新提供了十分广阔的领域。"实验诗""试验诗"这样的命名曾令我困惑，但它确为20世纪80年代的诗歌运动带来了强大的活力，尽管它也带来了一大批粗制滥造、艺术上十分拙劣的副产品。如果我们今天继续使用"试验诗"这样的命名，务必要汲取20世纪80年代诗歌运动正反两方面的经验教训，并以此为新的起点。我想我们今天最紧迫的任务是去巩固、完善和推进已有的实验成果，而不是去重蹈那些失败的覆辙。在此意义上，"试验诗"的命名已不符合今天的诗歌现实。但是无论到了何时，诗歌都必然具有探索和冒险的性质，基于这样的立场，"试验诗"的命名又是长期有效的。

臧：你认为是否存在这样一种说法——当代诗歌正在远离读者？或者在什么意义上，你承认有这种情形？你认为诗歌与读者的关系是怎样的？你的创作受这种关系的影响又是怎样的？

答：在朦胧诗的极盛时期，当代诗歌曾经拥有广泛的读者，但我们应当分析一下造成这种现象的基础是什么。就当时的情形而言，整个民族正处于一种特殊的历史情结中，极端封闭的社会环境又使得可供释放这种情绪的选择变得十分有限，而诗歌恰恰是其中有力的方式之一。而当这一特殊的历史情绪时过境迁，开放的社会又为人们提供了远为开阔的选择天地的时候，诗歌的优先地位动摇了，人们纷纷遗弃了诗歌，与当年趋之若鹜的情景恰成显明的对照。我想这不是一个十分反常的现象，因为我们的诗歌意识中被灌输了一个"妇孺能解"的神话，才会把它当成一个问题。当代诗歌从未停止它在技艺和意识两方面的探索和冒险，而民众的诗歌意识并没有相应跟进，这是诗歌读者流失的另一个原因。即使当时曾为朦胧诗的出现而欢呼雀跃的人，对20世纪90年代的诗歌也颇多微词或者觉得难以理解，其原因也在此。因此问题不在于诗歌怎么去迎合读者，而是读者怎样才能重获诗歌的祝福。

在正常的情形下，优秀的读者应该成为诗歌的秘密的知情者。诗歌总是单独地面向每一个单数的读者。对诗歌而言，复数的读者永远显得过于抽象和空洞。阅读是一种双向对话，诗歌在对读者产生影响的同时，也接受读者的影响悄悄地改变了自身。真正的对话都具有这种性质，因此对公众发言的诗，其性质必是可疑的。

诗歌与读者的关系对写作的影响，只发生在诗人作为读者这样一种特殊的情形中。也就是说，诗歌与读者的关系在通常情形下只发生在阅读领域，而对写作本身不构成任何影响。而在诗人作为读者这种情形中，问题要复杂一些。除了少数例外的情形，诗人必然进行广泛的阅读，这种阅读培养了他的趣味、偏见，形成了他的诗歌意识，其结果是在他的意识中产生了一个内在的、理想的读者。诗人的写作无时不受到这个理想读者的检验、挑剔和批评，他对写作的影响是决定性的，这时候，阅读和写作是同步的。在某些诗人的情形中，这个理想的读者也可能化身为生活中的密友、情人,但由于缺乏内在性,这个理想的读者的可靠性令人生疑。即使在此种情形中,那个内在的读者在某种程度上仍然存在,而由于存在内、外两个理想读者,有可能使诗人的诗歌意识发生分裂。因此,在理想的情形下,诗人只为那个唯一内在的理想读者写作。

<u>臧:你的诗歌写作体现了一种艺术上的严格性,它对当代诗歌写作中的反文化倾向、对直接性的崇尚和即兴性无形之中构成了一种抵触或拒斥,请谈谈都有哪些因素促成了你对这种严格性的选择和坚执。</u>

答:我的性格中有一种忽略琐碎事物的倾向,我常常记不清熟人的长相、高矮、胖瘦、是否戴眼镜这种细节,但我却自信对人具有良好的判断力。这个性格与我早年的生活经验可能有些关系。我一直在南方的一个小山村长到上中学的年龄,那里四望皆山,只有头顶的星空为想象力留下了驰骋的天地(当我从别人的引文中读到康德那段名言"我们头顶的星空,我们心中的道德律"时所体验的震惊,其强烈和持久程度之后还没有任何阅读经验可与之比拟)。我常常目睹向着山后飘逝的云朵陷入幻想,那种渴望和向往曾催促我翻越过一座又一座山,我渴望了解头顶、远方和事物背后的东西。乡村生活的贫穷、寂寞、单调也培养了我严肃的性格,使我不那么自恋。还有一件事对形成我的性格产生了影响。在我十三岁那年夏天,我的一位比我长五岁的堂兄溺水身亡,使我震惊于生命的脆弱易逝。受这件事的打击,我的祖父母随即相继弃世。那个时期我有相当长的一段时间迷恋于命相学,根据我自己的推算,我的骨相与我这位堂兄完全一样,我相信自己也会在十八岁之前告别人世。一个如此考虑自己生命的孩子对周围的事物不会有过分的热心,他更多地被那些不朽、永恒、坚定的东西所吸引,我的注意力被引向诗歌也在同一时期。因此,死亡一直是一个令我倾心的主题。在诗歌的形式方面,我欣赏严谨、坚硬、光滑、雕琢的东西,这一点也能在我早年相当封闭的生活中找到根据。我家世代居住的老屋具有严格的对称结构,这一切有可能促成一种偏执的艺

术趣味。

"反文化"是一个令人费解的概念，一个具有高度文明的诗人只想对文明的恩赐有所回报，一个本身没有什么文化修养的诗人，又怎么去反他所不了解的东西？即兴性是中国古典诗歌的弊端之一。对从未建立起形式规范的现代汉语诗歌来说，即兴、随意的写作方式将带来更大的灾难，对此保持警惕是我们这个时代的诗人起码的艺术良知。

臧：诗歌能改变事物吗？你以为诗歌的目的是什么？你能把你对诗歌的投入称为一种热爱吗？

答：虽然奥登说过"我认为写诗不能改变任何事物"，但我认为诗歌显然对它的作者和读者施加了影响，使他们发生某种改变。也许诗歌不能改变纯客观的物质，但它能改变我们对事物的意识，也就是说，它改变了两者的关系，而存在正是我们和事物之间的关系。就我自己而言，诗歌使我始终对生命保持一种清醒的意识，使它不至于被形形色色的需要所淹没。诗歌使我敢于面对生命中那些永恒的困惑，这是使我们意识到生命的唯一办法。没有它，我们的生命便会陷入无边的黑暗。因此，把对诗歌的投入称作热爱也许还不够，有时候它就是我们的生命意识本身。

臧：你如何理解诗歌的抒情？

答：抒情曾经是而且还会继续是诗歌的一个主要功能，但诗歌中的感情与我们通常所说的感情存在微妙的差别。我们的文学常识告诉我们，诗人首先产生了某种感情，然后想法为这种感情找到一种恰当的表达形式。但一个伟大的诗人却教导我们：不是感情，而是词汇构成了诗，这里的差别在于马拉美否认了一种先于诗歌形式的感情存在。当你被某种东西、某个场景或者某个词语打动，准备写一首诗的时候，你并不知道你要表达什么样的感情，只有在写作的过程中，感情才会逐渐显露出来。在这里感情被赋予形式的过程，也是它逐渐显露其自身的过程。在从一个念头向另一个念头的转移过程中,诗歌中的感情逐渐失去单纯的面貌变得复杂而难以辨识,也就是说,诗歌的感情从来不是单一的,而是一束复杂、缠结的感情流,诗歌的主题也因此变得隐晦难辨。那么我们生活中的感情有没有在诗中得到表现的权利?我不知道别人怎么看这个问题,事实上我总是避免直接去表现这种感情,以免被牵着鼻子走。抒情诗中的感情问题很大程度上已转化为技艺的问题,也就是怎么表现的问题。如果承认感情的优先地位,势必降低技艺的质量。戈麦曾说,"我逃避抒情",但需要逃避的不是感情本身,而是重复的、滥俗的、缺乏创造性的表现。现在颇流行"反抒情"的说法,但什么是反抒情呢?叙事是反抒情吗?这样就过于狭窄地理解抒情的概念了。讽刺、反讽、调侃是一种抒情,隐藏感情也是一种抒情,叙事中也必然潜藏有感情的因素。在现代抒情诗中,抒情与叙事,意识与感情,理性与直觉常常复杂地结合在一起,彼此难分难解。

臧:在你最近的诗集《阜成门的春天》中,明显增强了叙事性的因素,这样做的目的是什么?

答:叙事性的因素进入我的诗歌中还在此之前,一些人认为在我写作的一个转折点的《寄自拉萨的信》中已有体现,但作为一种明确的诗歌意识则是从《阜成门的春天》这个小册子开始的。在这本集子中,我试图证明:诗意存在于每天具体的日常生活中。诗歌总是试图给人意外,而最能使人感到意外的恰恰是我们每天的生活。我们总是倾向于去远方找寻诗意,却缺少对我们自己的生活的感受能力。诗歌对日常生活的亲近是20世纪90年代诗歌的一个普遍倾向,但这种亲近不应该以降低诗歌的美学品质作为代价。这方面你的《燕园纪事》做得相当成功,给我不少启示。另外我也想让我的诗获得某种历史感,我希望以诗歌对当代历史进程做出某种反应,为诗歌中的批判意识找到一个现实的阿基米德点。年岁的增长也改变了以往的阅读经验,使我产生了处理叙事因素的兴趣。这样做也是为了拓展和挖掘诗歌审美经验的领域和深度,它引出的变化也令我自己感到好奇。

臧：你如何看待当代诗歌写作中的口语化倾向？你所选择的诗歌语言在何种程度上受到书面语和口语之间的钟摆关系的影响？

答：口语是诗歌语言的一个最重要的来源，脱离口语的诗歌势必切断与存在的血脉关系。我宁愿用口语写出粗糙的诗篇，也不愿用文言写出像模像样的旧体诗。我在诗中尽量避免使用文言辞藻，因为文言辞藻必然遮蔽我们当下的存在。但是诗歌语言与口语之间的距离并不因之而有所缩小，严格来说，诗歌语言只是对口语的一种借用和戏仿。首先，口语不具备诗歌语言的严肃性，在节奏感、精练程度上也不可与诗歌语言同日而语，更重要的是诗歌的艺术立场的前提就是反对口语的消费性倾向。那种在诗歌中不加拣择地使用口语的做法在逻辑上是荒唐的。

臧：你的诗歌写作中有突出的智性倾向，这对你来说在何种意义上可以被认作是一种风格意识的产物？或者你如何看待诗歌想象力中的非理性主义？

答：我的理性主义立场基于我对人的信念。我们的文明成果显然是理性的产物而非蒙昧的产物，尽管我们的文明远非无可挑剔，甚至有可能用错了创造力的方向，但人类仍然有能力尊严地面对文明所带来的一切后果。借用瓦雷里的话，我宁愿在清醒的状态中写出坏诗，也不愿糊里糊涂写出好诗。那种疯狂、迷醉、神灵附体的状态对我不但缺乏吸引力，而且被认作是有失尊严的事。诗歌想象力中显然存在原始和非理性的成分，但它只有在意识的控制下才能在写作中发挥恰当的作用。理性应该始终成为非理性的看护者和守门人，在写作中放纵非理性我觉得不可思议。我也怀疑写作中的灵感说，我们借重灵感的地方只是在写作的起点，就一首诗的完成而言，灵感根本没有用武之地。在某种程度上，我把写作视为一种智力活动，类似思维的自我训练。它好像棋手的自我对弈，不过这里不使用棋盘和棋子，而使用语言罢了。必须提供一种难度，对弈才会变得趣味盎然，这种智力较量同样发生在阅读的领域。

臧：依你的观察而言，当代诗人最缺乏的东西什么？

答：对自身的洞察。

臧：谈谈你的修辞原则。我记得海子曾偏激地认为好的诗歌是反修辞的。对你来说，反修辞可以是诗歌的一种自我检验的标准吗？

答：简洁、精确、优美而不失朴素地表达。海子认为诗歌是反修辞的，可能是因为他过分看重质朴的品格和激情的自我表现能力，但我认为不存在一种自我表现的激情。譬如，在海子那些看似很少动用修辞手段的诗篇，如《日记》《面朝大海，春暖花开》等，其实仍体现了卓越的修辞技巧。我以为就诗歌的性质而言，根本不可能脱离修辞。如果我们承认诗歌是一门艺术，那么就不能否认它具有人为和反自然的性质。为了追求（貌似）自然的表达，需要更卓越的技艺。

臧：你最倾心的诗歌主题是什么？

答：爱、死亡、命运，以及我们自身的历史。

臧：就写作进程而言，你的诗歌受到过哪些中外诗人的影响？

答：古典诗歌培养了我最早的诗歌趣味。我的第一本诗歌启蒙读物是《唐诗三百首》，我的第一首诗是写在初中语文课本上的五言绝句，其中写到梅花、雪，它们也属于我后来诗歌中的核心物象之列。当然，当时我根本不知道写诗还有平仄之说，事实上，古典诗歌近乎严酷的格律我从未掌握过。中国古代诗人中，屈原启发了我的想象力，陶渊明和孟浩然可能是形成我诗歌中的声音的一个因素，杜甫培养了我对技艺的敬重，另一个使我着迷的诗人是龚自珍。但是古典诗歌很少对我的写作产生直接的影响，它只是作为一种积淀在意识深层的审美经验潜在地发生作用。在我接触到西方诗歌以后，这种影响很快退居到次要地位，因为我发现新的阅读经验更易与自己的生命体验发生共鸣。

在略事梳理后，可以将西方诗歌对我的影响大致分为三个阶段。第一阶段是我上高中那三年。这一阶段我能接触到的西方诗人虽然不多，但浸染既深，对形成我日后诗歌的基调起了决定性的作用。对我影响最大的是歌德、惠特曼、泰戈尔，我能背诵歌德、泰戈尔、叶赛宁的相当一部分诗。歌德使我懂得了平衡和工作的概念；泰戈尔借男女之情表白宗教情感的方式，影响了我日后《卡斯蒂丽亚组诗》的表现方式；从莎士比亚那儿，我学到了表达的曲折；惠特曼高昂的诗节中常常忽然出现一个孤独的低音；雪莱则使我体验到精神纯洁的高度。

第二阶段发生在我上大学之后。这个时期我阅读的范围极为庞杂，从古希腊悲剧诗人，到荷马、维吉尔的史诗，但丁的神圣喜剧，直到当代欧美诸国的作品，几乎囫囵吞下了一部西方诗歌史。这是我学习诗艺的重要时期，它首先体现为对上一时期的反叛。弗洛斯特的平民主义和粗砺的感情一反浪漫主义的纤弱和多愁善感，庞德的意象主义宣言则为我唾弃浪漫主义的陈词滥调供给了理论依据，艾略特诗中粗鄙的现实和离经叛道为我的写作实验提供了一个激进的榜样，波德莱尔则被我视为这一叛逆传统的源头。出于对现代主义的狂热信仰，我甚至宣称："波德莱尔以前无诗，印象主义以前无画。"超现实主义的诗歌实验也一度使我着迷。

第三阶段是在20世纪90年代之后，这是我的诗歌意识逐渐确立的时期，也是对上一阶段庞杂的诗歌趣味进行修正的时期。马拉美、瓦雷里、里尔克、博尔赫斯逐渐成为我兴趣的中心。瓦雷里诗学理论中关于意识的观念成为我的诗歌美学的核心基石，瓦雷里被我视为集中体现了人类在一个物质时代的悲剧性尊严、得心应手地驾驭语言的无可匹敌的巨匠。读一读罗洛译的《蛇》吧，那种精妙绝伦的感觉足以令人心醉神迷……

除了西方诗歌的影响，我认为当代中国诗人之间的相互影响同样重要，也许还更重要。当代汉语诗歌是中国诗人创造性地反应活生生的现实的产物，它对生活在同一现实中的诗人当然更有启发意义。譬如海子从现代性立场的后退对我修正自己激进的现代主义立场有针砭作用。我从其他一些诗人中也获益甚多，如臧棣、戈麦、桑克、吕德安、陈东东……对于培养一种对活生生的现代汉语的敏感，这种作用更是翻译文本所无法取代的。

中国现代诗人中，艾青对我影响最深，他是我所就读的那所中学的校友，学校图书馆几乎有解放后出版的全部艾青诗集，都是艾青本人签名赠送的。我之厌恶文言辞藻，对准确、清晰的偏爱都受到艾青诗学观念的影响。戴望舒、穆旦的影响则主要通过其翻译，这几位都是我的浙江同乡。

臧：我记得奥登（W. H. Auden）说过，20世纪最有趣的特征之一就是使诗歌的"国际化风格"丧失了可能性。可是最近有人（比如于坚）开始用"国际化风格"来指责当代诗歌中的"知识分子写作"，你如何看待这种指责？或者你认为当代诗歌中是否存在着一种"国际化风格"？

答：当歌德在1827年宣称"世界文学的时代已快来临了"，将由"许多种民族和地方的文学"形成"一种世界的文学"时，却忽略了通天塔诅咒的威力。但在我们这个世纪，这一诅咒却变成了祝福，文学的个性和地方性正有赖于它的庇荫。奥登由此断言，至少在诗中，不会有什么"国际风格"。一种"国际风格"的诗，其令人可疑之处在于它怎样体现诗歌作为一门语言的艺术。但是使用中国以外的题材就是"国际化"吗？或者使用地方性的题材就是"本土化"吗？这是把问题看简单了。这样一些似是而非的命题从未困扰我，试图用汉语写出好诗，这一雄心本身就是"本土化"的保证。我们这里的问题不是什么诗歌风格的"国际化"，因为它根本不可能，而是诗人的"国际化"。诗歌节邀请信、讲学、外币对我们这些生活在第三世界的诗人确实是个不小的诱惑，而且还有个斯德哥尔摩在遥遥招手呢。这种加入世界文学潮流、跻身国际诗歌圈的幻想，正是由于对语言的地方性和封闭性缺乏足够的洞察。某些指责"国际化风格"的诗人，正是试图通过玩弄地方主义的花招，以达到个人身份的"国际化"。地方主义是虚，"国际化"是实，比起那些坦陈其"国际化"愿望的诗人，则又等而下之了。

与桑克

桑：你怎样看待"诗人的灵魂"？你怎样看待"生命""信仰"？

答：我是否应该把你的前半个问题理解为"诗人应该具有怎样的灵魂"？首先，诗人应该有对现实说"不"的勇气，其次，要有独立的判断力，同时还应是时代的良知，这个三位一体构成诗人灵魂的基本素质。诗人的灵魂还应该体现为一种面对生命的永恒困惑的能力。对于某些人来说，成功可以解决一切问题。他们追求诗歌可能带来的成功和荣耀，而对生命本身的问题却没有勇气面对。对我来说，正是那些生命中最基本的问题，生、死、命运和爱，构成了对诗歌的挑战。认为成功能解决一切问题的诗人，显然缺乏对生命的真诚。

谈论一个无神论者的信仰是困难的，也许还不够真诚。还有什么能够成为我们的信仰呢？像里尔克那样设想一个未完成的上帝？抑或信仰黑暗、虚无？但是我们能够既信仰一种东西同时又蔑视它吗？如果我的坦率还不算过于冒犯的话，我乐于承认：我没有任何信仰。如果说我的生活中还存在某种类似信仰的东西，那就是诗。

桑：你对作品做修改吗？

答：当然，我相信诗是改出来的。

桑：你进行诗歌形式的实验吗？

答：现代汉语诗歌迄今未为我们提供一种典范的诗歌形式，因此每一个诗人都不得不成为一个形式的实验者，他不得不摸索、尝试、寻找适合他的诗歌形式。在这个前提下，我对实验的弊端保持某种警惕。我喜欢大致整齐的诗行，匀称的诗节，但不用脚韵。我对形式有自己的偏见，但这不妨碍我对别人的大胆实验表示敬意。

桑：请谈谈《寄自拉萨的信》的写作背景。

答：1993年夏天我完成了组诗《挽歌》的最后一首，这组诗是我整个写作生涯中耗时最长、用力最勤的作品。组诗第一首动笔于戈麦去世之前（戈麦生前我曾与他讨论过这组诗的写作计划），最后一首诗完成时，戈麦已去世两年了。写完这组诗，我有一种被耗尽的感觉，我想表达的主题似乎已经全部表达完了。很长时间我再也没有写作的冲动。在生活上，我也面临着一段困难的时期。这年夏天我随单位到北戴河度假，就是在那儿，我决定第二年去西藏，当时不过是为了让自己有一个活下去的目标。事实上，这一决定对我渡过难关确实起了不小的作用。1994年六七月间，我经青海入藏，在拉萨待了一周。藏民的淳朴善良和布达拉宫的庄严阴森给我留下了极为深刻的印象。但我当时并没有产生写诗的冲动。回来后我把从格尔木至拉萨的沿途见闻写进了散文《洁净之旅》，对拉萨本身却只字未提。1995年秋天，我到云南出差，游览了大理蝴蝶泉。在大理我忽然有了写作的冲动，这时距完成《挽歌》组诗已两年有余了。回来后，我写出了《蝴蝶泉》。之后我才想到何不将拉萨的见闻、感受也写成诗呢，终于在这年年底前写成了《寄自拉萨的信》。几个朋友见到后，觉得跟我从前的诗比变化很大，但我自己并未觉察，我还以为那不过是我以前的写作的自然延续呢。我对此诗并不十分满意，我认为它不过是一个不得已停留在半成品状态的作品，是才气不足的一个证明。

桑：你的部分作品具有巴洛克风格，你怎么看？

答：我不太理解"巴洛克"这一术语的确切含义，因为没有直观的感受。我既无缘欣赏异域的巴洛克建筑，也未接触过那些被称为具有典型巴洛克风格的作家的作品。我倒是爱听巴洛克时期的音乐，但这对我理解诗歌中的巴洛克风格并无多少帮助。所以，我的回答可能是不确切的，也许与你的问题完全无关：我的性格属于严肃沉滞的一类（为了掩饰这一点，我一度使自己在生活中变得滑稽可笑），我喜欢庄严肃穆的东西，偏爱淳正的风格。我力图使我的诗在各种冲突中保持均衡，因此在结构和主题上我都将对称作为考虑的重点。这些有可能形成诗歌中的巴洛克风格吗？

桑：你认为中国诗歌将依赖什么屹立于世界诗林？

答：我不知道，也不感兴趣，但我相信优秀的汉语诗歌必须始终依赖对汉语及其所体现的现实的敏感。

桑：在同代诗人中，你喜欢谁？你对同行（或其中一位）有什么建议？

答：前一问题，我在回答臧棣的问题时已有所透露。对后一问题，我的建议是：不要渴望成功，不要结交名人，不要做诗歌旅游，自谋生路，踏实写作。

桑：你能背诵你的作品或其他人的完整作品吗？

答：对自己的作品从未达到能够记诵的程度，曾经能够记诵海子、西川、戈麦、臧棣、陈东东等诗人的部分作品，现在恐怕一首也背不出了。

桑：你有志同道合的小圈子吗？

答：我有不少彼此信得过的写诗朋友，我从他们的写作中受益匪浅。但我想它并不构成一个圈子，因为它不是封闭的，并不拒绝任何人进入。

桑：你近期的、远期的写作目标是什么？

答：近期的目标是完成《风之书》和《雪之书》，远期的目标是退休，专心写作。

桑：你有词汇表吗？

答：我有自己偏爱的词语，它们构成我诗歌中的基本材料。我倒希望自己的词汇变得更丰富一些，但每个诗人都有自己的限度，虽然我做过努力，但我所使用的词汇仍然是有限的。

桑：想不想去国外旅行或是待一阵子？

答：当然，但我不愿做诗歌旅行。

桑：你写日记或笔记吗？

答：很少。我只是间断地写过一点日记，但这种热情很难维持两个月以上。

桑：你对"时间匮乏的痛苦"，怎么看？

答：如果时间充裕，也许我能写得更多一些，我的知识、视野会变得更丰富、更辽阔，但不一定能使我写得更好。我想，写诗不是回避责任的理由，我对做一个业余诗人并不抱怨。

与周瓒

周：您关于诗歌长短的认识怎样？您如何看待海子、骆一禾的长诗理想？您有写作长诗的计划吗？

答：长诗是对诗人的创造力的全面考验，我想它是与短诗很不一样的一个文学体裁，因此长诗写作也一定有与短诗很不一样的方法论。文学史上成功的长诗屈指可数，荷马以还，只有少有的几个诗人在这一领域得尝胜利的喜悦，但丁、歌德、弥尔顿是其中的佼佼者。当然，长度并不是衡量长诗的唯一标准。《草叶集》篇幅浩繁，并显然具有整体性，但惠特曼并不是一个长诗作家，因为《草叶集》的方法论是属于短诗的。对海子、骆一禾的长诗理想我抱有充分的同情，但我认为他们为写作长诗所做的准备还不够充分，也许他们还未活到可以写作长诗的年龄，他们的方法论仍然是属于短诗的。不过，我并不认为长诗一定优于短诗或比短诗有更高的价值，事实上很难做这样的比较。但长诗的写作显然比短诗更难，成功的长诗在数量上也比短诗少得多，这是构成长诗的诱惑力的因素之一。不过，我从未有过写作长诗的打算。我认为我并不适合写作长诗。认识到自己的局限，打消不切实际的野心，这一点自知之明使我能够把自己的精力集中到限度之内的事情上去。我的目标是把限度内的事情尽量做得好一点。

周：正如叙事文学中的"宏伟叙事"业已遭到人们的反思，在诗歌写作中的"圣词"或"大词"也正在被诗人们警惕。您认为"圣词"或"大词"受到怀疑的原因是什么？您在写作中如何处理这一问题？

答：在有朋友向我指出这一点前，我从未意识到我的写作中存在使用"大词"的倾向或者这样一种倾向会构成问题。"宏伟叙事"受到人们的怀疑也许是因为人们已不再具有它所要求的整体的历史观、宇宙观，但我并不认为"宏伟叙事"的可能性在我们的时代已经被全面耗竭了。文学的虚构为所有的叙事方式留下了网开一面的可能性，况且在我们内心中始终存在对整体性的渴望。如果我们确实不再有这种渴望，那么被耗竭的将不但是"宏伟叙事"的可能性，而是文学本身的可能性。瞧，我又不知不觉使用了"大词"。"圣词""大词"通常具有普遍性，极易被意识形态化，其深层的含义因而常被深深遮蔽，这在一个倡导个人化写作的语境中被猜忌是理所当然的。但我并不认为普遍性的东西就是非个人化的。事实上，我恰恰认为真正个人化的东西只存在于普遍性之中。服饰、发型这些被认为是显示个性的东西，只是个性的伪装，真正的个性存在于这之下的身体内部。同样，写作中的个人化也并不在于诗歌暴露个人生活的程度，而在于能否在普遍性中显示出独特的品质。当然，我总是在自己的意义上使用这些词语。我使用它们，是因为它们传达了我自己的生命感受。我希望拭去遮蔽在这些词语身上的积垢，使它们得以重放光芒。如果我能够把它们从普遍的意识形态的危险中拯救出来，复活它们作为词语的个性，对我将是莫大的安慰。

周：您的写作迄今可分成几个阶段？每一阶段向后一阶段转变的动因是什么？

答：我的写作大致可以分为三个阶段。大学几年是我的学艺阶段，毕业前后至1993年夏为第二阶段，在这之后是将近两年的空白，1995年底迄今为第三阶段。第二阶段是我的青春写作阶段，主要作品是《卡斯蒂丽亚组诗》和《挽歌》，我努力赋予青春期骚动的激情以某种坚实的形式，以此削弱其破坏性，我希望我的诗能够表现普遍的生命体验。之后两年的停顿使我得以调整自己的状态，这期间生活本身也发生了巨大的变化，无论我自己的个人生活还是社会生活都是如此。不过，促使我的诗发生变化的主要还是写作本身的原因。在《挽歌》之后，我曾感到已没有什么可写。如果不发生某种变化或者转向，写作就很难再继续下去。《寄自拉萨的信》的重要性就在于它使我意识到诗歌还能处理许多我从未想到的东西，它一下子给我的写作提供了许多新的可能，我感到自己突然被带到了一片从未开垦的开阔地之前。我开始试着处理一些具体的东西。我得到一些朋友的赞扬，也听到一些批评。我自己基本倾向于批评的立场，我认为我还没有写出我心目中理想的诗。这一阶段除了个别作品差强人意外，技术上较粗糙，在集中和强烈程度、完整性等方面还有很多有待改善的地方，这将是我今后努力的一个方向。如果以向前的眼光看，我可能仍然处在学艺阶段的中期，也可能是早期。

周：请谈谈《卡斯蒂丽组诗》的写作过程及您现在对它的看法。

答：《卡斯蒂丽亚组诗》的写作持续了约两三年。开始的时候，给抒情对象起这样一个名字只是为了叙述的方便，我可以向这个虚拟的对象尽情倾诉，同时又不冒过分暴露个人生活的危险。当时我的打算是写一组情诗。这个名字是我从阿索林的散文集《卡斯蒂丽亚花园》

中借用的，当我正考虑给我的抒情对象起一个名字的时候，偶然在三味书屋见到这本书，所以这组诗有这样一个名字纯熟偶然。我选中它是因为它提供了一种距离感，但是，事情却因此发生了某种变化，这一命名使这组诗的写作出现了一种抽象的性质。"卡斯蒂丽亚"离具体的女人形象越来越远，而渐渐地变成了一个象征。戈麦生前曾认为"卡斯蒂丽亚"是一个母性的神灵，这组诗表现的可能不只是我的女性膜拜，它礼赞了宇宙中的母性精神。以"卡斯蒂丽亚"命名的诗我断续写了几十首，收入《雪景中的柏拉图》的只是其中的一部分。我相当怀念写作这组诗的时期，但不是因为这组诗真有多么出色，它在技术上甚至还相当粗糙、生硬。它代表了一种融入神圣事物的渴望，一种纯洁的愿望。它不是失败的爱情的替代品，而是爱情中神圣成分的升华。现在不可能再像以前那么写作了。

周：带着面对现实生活的反讽性及叙事成分的诗歌，是您近年来诗风的一个新趋向，请问您这一特征的写作是否意味着诗人介入当代生活的一种应变？或出自写作内部的调整？

答：两种因素都在起作用。历史的进程改变了每个人的生活，诗歌为了传达这一新的生活经验，必然做出相应的调整。写作本身为了拓展其疆域，也要求做出这种调整。当然，年龄的变化也是一个不容忽视的因素。

周：从长远看，您认为目前中国诗歌写作的民间状态——以民间刊物交流——对于诗歌发展而言是值得欣慰还是令人担忧的？为什么？

答：诗歌的民间状态造成的最大障碍是交流方面的，而不是写作方面的。作为读者，我感到抱怨，作为作者，则并不。但是交流方面的困难也并非完全无益，它使得作者与读者的关系限制在内行之间，大大降低了写作被这一关系误导的可能性。而且这种民间状态放大了诗歌的非功利性，它又成为一种有益的清除机制，将怀有功利目标的写作者快速清除出诗歌队伍。其不利的一面是造成了大多数诗人生存方面的困窘，这对诗人的写作产生了复杂的影响，难以一概而论。迄今为止，我认为这一民间状态对诗歌写作的影响利弊参半。从长远看，则有可能向令人担忧的方面转化。因为如果长期缺乏必要的奖励机制，很可能危及大部分诗人的基本生存，那样写作就很难再维持下去了。20世纪80年代末以来的诗人自杀现象显示了一种令人担忧的趋势，也是一个警告：我们必须对以往关于诗人和诗的观念做出修正。就是说，对诗人作为一个人的素质要求更高了。诗人不但要能写好诗，而且要能应付来自不同方面的挑战，诗人首先要承担起人的责任。

<u>周：有一种说法认为中国当前的诗歌写作已经打破了学习或膜拜西方诗人的国际性写作的状态，或中国诗人已与外国诗人的写作处在平等、同步的进取状态。您同意这种看法吗？为什么？</u>

答：我不喜欢这样一种提出问题的方式。中国当代诗歌确实从外国诗歌中受益匪浅，如果没有20世纪80年代以来对外国现代诗歌的大量译介，当代诗歌就不会是现在这个样子，但这只是问题的一个方面。问题的另一个方面是，如果脱离开中国目前社会、文化、心理和文学的现实，我们就不可能以这样一种方式去接受外国诗歌。当代中国活生生的现实才是当代诗歌真正的产床，换句话说，我们的诗歌从未丧失其宝贵的独立性。如果我们在写作中并未迎合本国读者的趣味，难道倒乐意为一个抽象的国际读者牺牲写作的自由吗？一个自觉的诗人不可能被"国际写作"一类虚假的写作目标所迷惑。在写作中不存在追赶国际潮流的问题，写作的问题要具体得多，无论多么杰出的外国诗歌都不可能为汉语写作中的问题提供现成的解决方案。这种独立性的另一个根据是中国诗人彼此之间的影响已在当代诗歌写作中产生了重要的作用，这种作用一直被批评者和诗人们低估。我们的写作正在逐渐形成自身的传统，当然，优秀的外国诗歌遗产一直是这个传统的组成部分。

<u>周：您怀疑过自己的诗歌写作激情吗？您有过写作其他文类，如</u>

小说等的打算吗？

答：我一直怀疑自己的写作才能，曾不止一次产生过放弃写作的念头。我试着写过小说，1994年夏的西藏之行部分动机就是为计划中的一个小说收集素材。我甚至已写了数万字，但是进展很不顺利。我觉得写小说是一件令人痛苦的事情，完全体会不到写作的乐趣。后来，我所收集的那一箱子材料也在搬家中散失了，于是我彻底打消了写小说的念头，重又回到诗歌中来。写小说的经验和写诗完全不同，写小说需要铺垫，需要容纳废话，不像诗歌那样每一行都充满了挑战，也充满征服的乐趣。小说对写作者的毅力和耐心要求更高，而显然我不适合干这个。

周：您相信一种依靠技艺维持的写作吗？在诗歌写作中，您把技艺放在怎样的位置？

答：技艺的挑战是写作的一个主要驱动力，也是写作乐趣的主要来源，而除了写作本身的乐趣，还有什么能够维持一种长期的写作热情呢？

与达达

达：作为一个来自南方的诗人，童年和少年的南方生活对你的写作有何影响？你早期作品具有典型的南方风格，某种意义上讲，南方即幻想，而你近期的作品，则表现出一种贴近现实的倾向，也可以说更具有北方风格。请谈谈这种变化的原因。

答：我想童年的生活经验一定会对我的写作产生影响，但究竟影响了哪些方面、达到何种程度，则很难被明确意识到。在回答藏棣的问题时，我试着做了一些阐释，但这种自我分析很难做到准确。生活经验对想象力方向的影响比我们设想的要复杂，一个长期生活在南方的诗人可能写出具有典型北方风格的诗，而北方诗人也可能具有南方的风格特征。我身上可能有更多北方特点：理性、坚硬、不喜奢华。当然，如果我后来没有长期生活在北方，这些特点可能不会得到充分表现的机会，想象力由于缺乏经验的支撑也可能改变方向。不过，我认为我所出身的那个小山村并不具有典型的南方的柔媚风格，它某种程度上倒体现了北方的严峻。我是在苍茫群山的怀抱中长大的，生活在那里的人们性格刚硬，常常为一些鸡毛蒜皮的事拔刀相见，跟平原水乡地带的南方人性情完全不同。我的性格中就缺少那种柔和、融通的东西，在我的作品中体现出南方特征的时期相当短，也许不足以构成一个时期。

达：文学、宗教和哲学中什么对你影响最大？文学内部，诗歌、小说和戏剧哪一种体裁更影响着你的写作？

答：宗教和哲学很难对写作产生直接的影响。在文学内部诸体裁中，直接受惠于诗歌的地方要多于小说和戏剧，虽然我曾经花了几年的工夫潜心阅读小说。在启发我儿时的想象力方面，小说扮演了一个重要角色。《三国演义》《水浒传》《西游记》，我是通过听故事的方式获得关于它们的知识的。《封神演义》是我自己读的第一本文学意义上的好书，其灿烂的想象至今仍令我难忘，是它开启了我的想象力。戏剧比小说更接近诗歌，它所要求的集中和强烈也是诗歌的要求，因此我从戏剧比从小说中得到更多了的启示。

达：你如何处理写作和生活、生存之间的关系？

答：我像任何一个普通人一样生活，我不会为写诗就回避一些做人的基本责任。譬如我要挣钱养家，尽我所能让家人生活得宽裕一些。买书也需要钱。这些方面我相当实际。不过我自己对生活的要求很低，我觉得自己生活得不错，除了时间的匮乏使我略感苦恼以外，我没什么可抱怨的。

达：你很少公开发表作品，这是否和你的个性有关？或者代表你对诗歌界的看法？你如何看待诗人之间的交流？

答：发表作品有三个好处：经济上的报酬、赢得朋友、提供批评。我们这里诗歌的稿酬少到可以忽略不计，我也不缺少写作上志同道合的朋友。至于批评，除了有限的几个朋友对我的诗有所评论外，还没有任何职业批评家对我的诗发表过有价值的看法。当然，我的诗也确实不值得批评家们浪费笔墨，因此我对发表作品说不上什么热情。我也给一些刊物寄过诗，大都石沉大海，以后就不再寄了。发表作品对一个初学写作的人，会有相当大的激励作用。我最早发表作品是在纽约的《一行》上，因此我对《一行》一直怀有感激。

诗人之间的交流比发表作品重要得多，倒不一定非在一起一本正经地切磋诗艺，隔一阵子能读到朋友的诗就是一件相当有益的事。甚至也不一定非要读到朋友的诗，知道有那么几个朋友一直在写诗，在远方关心着你的写作就足够了。至于他们对我的诗是说好还是说坏，我并不过分关切。在这个问题上，你必须让你心目中那个唯一的理想读者来评判。

达：你似乎很不喜欢"第三代""后现代""拒绝隐喻""诗歌死了"等提法。有人认为将"好诗与坏诗"作为批评标准，是最保守、最陈腐的诗歌观念，你怎么看？

答：在诗歌中我不相信一切口号与标签，在生活中也不信。好诗与坏诗的区分是最基本的，当然作为学术批评，光有这个区分还很不够，但它是一个最基本的工作。批评的第一个任务就是要将坏诗剔出去，然后去研究那些好诗。难道我们能从坏诗中发现有非凡价值的诗歌吗？我永远也不能理解类似的奇谈怪论。

达：作为戈麦生前的密友，戈麦之死给你带来了怎样的影响？随着时光的流逝，你还坚持对戈麦诗歌的高度评价吗？

答：戈麦之死对我的最大影响就是使我活下来了。因为他死了，我就有责任代替他活下去。有时我想，我应该死在他的前面，这样就能使他活下去。随着时光的流逝，我对他的诗歌品质有了更深的认识，我比过去更热爱他的诗歌。

达：你喜欢在怎样的环境下写作？有没有特殊要求？

答：我的写作方式很懒散，大部分诗都是躺着写的。只要有地儿让我躺下来，我就可以写，《在硬卧车厢里》等诗就是在火车卧铺车厢里写的。

达：请谈一谈一首诗的写作过程，你怎样进入写作状态？

答：大致可分为两种情况，一种是即兴的写作，你忽然被一个词、一句话或一种情景打动了，你意识到你可以把它写成一首诗；还有一种是计划的写作，你先列好你要写的题目，有空的时候就去完成它。当然计划的写作中也会有偶然性，即兴的写作中也会有推敲、筹划。只要时间允许，我总能使自己进入写作状态。因为我习惯于躺着写，因此我大部分时候在晚上临睡前写，在脑子中一边写，一边修改，第二天醒来再把它记下来。有时候一觉醒来忘得一干二净，有时候需要再躺下才能回忆起来。通常我在稿纸上再修改一遍，有时候过一段时间再改一遍。每一次誊写我都会改动一些地方。

达：你是否认为你的写作可归入个人写作的范畴？你如何看待西川、王家新等人提出的"个人写作"观？

答：一种自觉的写作必然是个人写作，我不能设想一种集体写作的可能性。集体创作只有在"文革"这样的特殊环境下才可能被接受，但那只能是文学的灾难。西川、王家新等人提出的"个人写作"针对20世纪80年代的文学运动，有其现实意义。但在他们提出"个人写作"这样一个概念以前，一些优秀的诗人早已进入个人写作的状态了，或者说他们从未被文学运动的狂热迷惑过。西川、王家新他们对"个人写作"的界定为这个概念提供了一些新的内容,对建立当代汉语诗学是有贡献的。

达:你怎样评价当代汉语诗歌?是否已走向世界?

答:当代汉语诗歌在许多方面取得了令人瞩目的成绩,最低限度说,我们已经拥有一批相当优秀的诗人。至于它是否已走向世界,我认为不是问题所在。

达:你怎样评价当代诗歌批评?

答:批评远不能与创作取得同步。除了像臧棣、肖开愚、王家新这样的诗人批评家为建立当代汉语诗学做出了贡献外,对诗歌批评有所贡献的批评家屈指可数。

达:有人提出"诗到语言为止""诗到文字为止",你怎么看?

答:如果此一说法是在强调语言对写作的重要性,我有同感,但不宜将这种说法绝对化。因为在诗歌的写作和阅读中,显然还有其他因素在起作用。一首好诗得以存在,是多种因素共同作用的结果,而不仅仅是语言的作用。

达:请列举你心目中的十位当代诗人。他们中谁是最优秀的?

答:我不喜欢这种排座次的方式,它的学术味太少,而江湖气太重。我们已拥有不止十位优秀诗人,他们的创作正是汉语诗歌的希望所在。

1997 年 ■

诗歌中的声音　　西渡研究集

内容提要：从 1924 年弗罗斯特开始介绍到中国，我国读者与弗罗斯特结缘已经九十年，其间弗罗斯特的创作和诗学观念对我国诗歌界产生了重要影响，20 世纪 80 年代以来这种影响日益昭显。诗人西渡在这个访谈里以当代诗歌亲历者的身份探讨了这种影响的具体层面及其成因，分析了弗罗斯特汉语译文在语言、声韵和诗意传达上的得失，阐释了弗罗斯特诗学观念特别是其声音诗学的深刻与片面，为我们呈现了一个复杂、多层次、多面相的"汉语中的弗罗斯特"。

焦鹏帅（以下简称"焦"）：首先感谢您百忙之中抽出宝贵时间接受我就弗罗斯特诗歌汉译以及他的诗歌对中国新诗的影响的访谈，那我们开门见山吧。

从您 2000 年发表的《诗歌中的声音问题》借用弗罗斯特的意义之音的论述来探讨中国诗歌的音韵问题，到 2002 年 11 月 8 号发表在《中国图书商报·书评周刊》A05 版上的《在弗罗斯特的车辙里》，再到 2009 年《灵魂的未来》里收录的《徘徊在明亮与灰暗之间——弗罗斯特论》[1]对弗罗斯特进行了较为系统全面的介绍和评论，可以说，您是我国对弗罗斯特这个美国"交替诗人"给予极大关注的为数不多的新

---

(1) 西渡：《灵魂的未来》，河南大学出版社，2009 年版，第 289—298 页。

时期诗人之一，有点类似中国的"布罗茨基"，对弗罗斯特情有独钟。那么首先想请教您的一个问题是，您在《徘徊在明亮与灰暗之间——弗罗斯特论》一文中指出："如果我们愿意挑出几个对中国当代诗歌影响最大的外国诗人，弗罗斯特肯定榜上有名……说到对中国诗歌的具体影响，弗罗斯特可能比艾略特还要更大些，他的观念、风格和技艺直接塑造了20世纪80年代中期以来一部分中国诗歌的风貌。"可否请您具体谈一下弗氏诗歌对我国新时期新诗的塑造都体现在哪些人身上，哪些具体方面呢？当然这个影响里也包括了您。

西渡（以下简称"西"）：其实，对弗罗斯特给予关注的中国诗人不在少数，在创作上受其影响的中国诗人也不止一两个人，但是，出于各种原因，一些诗人不愿意承认这一点。有些是为了维护"天才"的面子，似乎诗歌是从他开始的。还有些诗人则不喜欢谈论自己，致使人们对其诗歌的出发点缺少认知。实际上，弗罗斯特是整个第三代诗歌重要的理论资源和写作上模仿的对象，他对当代诗歌的实际影响可能超过另一位美国诗人艾略特。艾略特是朦胧诗一代的文化偶像，但你却很难找到一个真正在创作上承其衣钵的中国诗人。朦胧诗一代在文化修养上的先天不足，决定了他们对艾略特博奥的文化象征只能心向往之。第三代诗歌对朦胧诗进行突击的一个爆破点，就是他们对文化的偶像膜拜。第三代诗歌最重要的理论口号，反文化、反崇高、反英雄，都与此有关。弗罗斯特显然是"他们"诗派的一个重要背景。韩东的平民化、世俗化主张，与他所理解的弗罗斯特有密切关系。其口语化主张，也与弗罗斯特对口语的重视有关。"他们"诗派的主要诗人，韩东、于坚、吕德安、小海的写作，都受到弗罗斯特程度不同的影响。尤其是吕德安的诗，语调、意象、意识都酷肖弗氏。其他一些诗人，像安徽的叶辉，一位出色而低调的诗人，大概也通过弗氏校准了自己的诗人定位。而且我们知道，韩东对口语的标举也影响了"他们"成员之外的很多诗人，譬如非非的一些诗人，后来的伊沙、徐江等。我的学长徐永，一位长期被忽视的优秀诗人，也从弗罗斯特的诗中吸收了很多东西，写过不少与弗氏神似的优秀之作。在我读大学的时候，他的这些弗罗斯特妇女改革的作品曾使我深为折服和迷恋。弗氏也是我诗歌的出发点之一。可以说，弗氏对中国诗人的影响是多层次、多方面的，既包括理论和意识上的影响，也包括诗人身份的界定，还包括具体的题材、风格、手法。弗罗斯特诗歌的自然题材、乡村题材在西方现代诗歌中是一个另类，但正是这一点使很多中国诗人感到亲切，因为山水、田园正是我们传统诗歌的长项。弗氏的榜样使中国诗人意识到用自然题材、农村题材也可以写出真正的现代诗，与诗歌的现代化并不矛盾。弗罗斯特是一部分中国诗人从艾略特的文化象征转向自然象征的主要动力。不说弗罗斯特改变了中国当代诗歌的面貌，至少他在很大程度上丰富了这一面貌。如果没有弗氏的影响，中国当代诗歌可能会单调贫乏得多。

焦：您在《徘徊在明亮与灰暗之间——弗罗斯特论》文末说："我曾经被弗罗斯特诗歌的魅力深深吸引，而且模仿弗罗斯特写过一个时期的诗，我近二十年的乡村生活经验也有条件让我追随弗罗斯特……"通过阅读您的文章，发现您对很多英美诗人都有研究，可是您偏偏对弗罗斯特情有独钟，您认为弗罗斯特诗歌吸引您的最大魅力在何处呢？您的诗中最能体现弗氏诗歌风格影响的又是哪些呢？

西：当代诗人对弗罗斯特的接受有一个过程。一开始，人们大致把弗罗斯特视为一个现代田园诗人，后来随着对弗罗斯特的介绍逐渐深入，也包括布罗茨基、特里林等人对弗罗斯特的批评观点的引入，人们渐渐意识到这位田园诗人并不那么简单，在他那些关于田园和自然的诗篇背后有一种深刻的悲哀和恐惧，很多人又把他视为一位阴郁的诗人。弗罗斯特本人对把他视为一个悲观的诗人有一个反驳，他认为自己既不是一个乐观的诗人，也不是一个悲观的诗人，因为乐观与悲观都基于一种改变世界的愿望，而他并没有这样的愿望。他认为世界既不会变得更好，也不会变得更坏，所以他只以一种悲哀的心情坦然接受一个这样的世界。他承认自己的诗中有悲哀，但他认为，悲哀不同于悲观，也不同于不满。他说"悲哀是耐心的一种形式"，它既不谋求帮助，也不谋求安慰，然而其中"有一种实实在在的满足"。他还说"悲哀走多远，理性和信心也走多远"，甚至对命运发出这样的请求:"给我们一些无法消除的悲哀吧——一些我们没法对付的悲哀——一些明确无误的绝对的悲哀。"(语见弗罗斯特为罗宾逊《贾斯帕王》所作序言)在我看来,在弗罗斯特对悲哀的颂扬中,体现了一种心灵的力量、一种人之高贵的品质,正是这种力量使弗罗斯特在一个被艾略特视为荒原的现代世界上创造了诗的秩序与和谐。这种对秩序与和谐的追求贯穿了弗罗斯特一生。这一倾向与多数现代诗人相去甚远,而接近于伟大的歌德。依我之见,弗罗斯特是现代诗人中最接近歌德的一位诗人。弗罗斯特晚年的作品,尤其是其《在林间空地》一集,从宇宙和上帝的视野反观人类的存在,无论其认识的深度和广度,还是气度的恢弘、艺术的完美,都非常接近晚年歌德。可惜,弗氏晚年经常奔波在朗诵会和报告会之间,作品不算太多。弗罗斯特对我影响最深的就是他这种心灵的力量以及由此而产生的风格上的高贵。弗罗斯特也影响了我对诗人身份的界定。弗罗斯特没有把诗人看成一个特殊的人,而把自己视为普通人中的一员,从而摒弃了浪漫主义诗人身份意识中的感伤性。这对我是一个非常及时的提醒,使我很早就对那种感伤性保持了警醒。可以说,弗罗斯特使我从大学时代就对浪漫主义的感伤性获得了免疫力。此外,弗罗斯特从自然题材中发现诗意的能力,也帮助我发现了自己的题材。

焦:说到弗罗斯特对您的影响,张桃洲在《论西渡与中国当代诗歌的声音问题》[1]中先是援引弗罗斯特有关"意义之音"(Sound of Sense)的介绍,指出"如同弗罗斯特诗中无处不在的令人惊悚的悲音,西渡诗歌在温婉的语调和整饬(甚至古典)的外形之下,也潜隐着不易觉察的哀伤的低语。也许正是对命运的隐忧,或者如评论家敬文东所分析的'时间'因素,赋予了西渡诗歌内核中那如影随形的低沉的哀音"。同时,指出您诗歌中对"诗歌声音的多样建构"。可不可以说,弗罗斯特的"意义之音"理论对您的诗歌创作影响最大呢?这种"多样建构"在您的诗歌中的具体情形又是如何呢?

西:弗罗斯特的"意义之音"引起我的注意是后来的事情。实际上,

---

(1) 张桃洲:《论西渡与中国当代诗歌的声音问题》,《艺术广角》2008年第2期。

在我刚开始写作的时候，我更关注的是诗的视觉效果。我一度认为，诗应该具有雕塑的质地。虽然也有一些朋友认为我早年的诗有一种音乐性的效果，但在我自己，那时候对声音效果的考虑仍然是无意识的。我快大学毕业时，在对我另一位学长诗人蔡恒平的研读中，逐渐意识到语调对一个诗人的重要性。我发现语调其实是一个诗人独特性的、最重要的标志，也是其风格的主要体现。此后，我开始关注诗歌中的声音问题。弗罗斯特关于意义之音进入我的视野还是更为后来的事情，大概已经到了20世纪90年代中期以后了。我想张桃洲从我的作品中指认的"诗歌声音的多样构建"大概是说我的诗具有若干不同的语调。我想，除了那些风格化倾向非常严重的诗人，多数诗人都会有几副不同的嗓音。因为处理的题材不同，说话的对象不同，表现的内容、情绪不同，说话的语调口吻自然也就不同。还有一种情况，也造成了我诗中不同的音调，因为我常常戴着面具说话，也就是说，在我的诗中说话的很多时候并不是我自己，而是一个个有着自己个性和经历的人物，他们都有自己的说话方式和语调。但是，这样谈论自己的诗，已经很像王婆的口吻了，就此打住。

焦：从1924年毕树棠对弗罗斯特的最早简介，到1946年杨周翰在《世界文艺季刊》（第1卷第3期）上对弗氏三首诗歌的首次翻译，在漫长的近一个世纪的中国新诗发展中，除了上述提到的20世纪80年代后的诗人，如果请您对这个漫长时期进行粗略阶段划分，并且每个阶段找出一两个受弗罗斯特影响最深的诗人的话，您认为该如何划分，都有哪些典型的诗人呢？还是20世纪80年代以前的诗人受弗罗斯特诗风影响不深呢？

西：对20世纪80年代以前中国诗人所受弗罗斯特影响我所知不多。在我的阅读范围内，我没有发现20世纪80年代之前有哪位诗人受到弗罗斯特的影响，毕竟只靠几首诗的零星介绍，在创作上做出回应是很难的，即便有，也很难认定。毕树棠在1924年就注意到弗氏的作品，应该说眼光很敏锐，因为当时弗氏在美国也刚刚成名不久，只出版了四种诗集（毕氏文中说是三种，他大约不知道弗氏第四种诗集

《新罕布什尔》已于1923年出版）。毕氏对弗罗斯特的介绍着重于其生平，对其创作的评说则既有某种把握，也存误会。毕氏认为弗氏诗作的风格是"新旧式并作"，《少年的心愿》"纯然是一种抒情诗的格式"，"其余两集大半都是一种长短抑扬格的五步句诗，实质是一时感观（Feeling Fand Observation）之记迹"，并指出其思想和罗宾逊差不多，"也是不大论及世界"，"所以凡组织，运动，趋势，他都不大愿及，也没有什么改造的鼓吹，与新学说的促进，简直不是哲理的诗人"。这里毕氏已注意到了弗氏创作中两类不同的作品，抒情诗和叙事素体诗的存在。而说弗氏不大"论及世界"，"简直不是哲理的诗人"，是囿于当时观念（以为"世界"便是组织，运动，趋势等）和认识程度（弗氏早期作品就有"思"的成分，但尚未来得及充分展现）的一种误会。杨周翰对弗罗斯特的介绍则已相当全面，既注意了弗氏作品题材的特色，他对自然的爱好，他的地方性，以及他对日常生活的诗意发现，指出他的情调是"有一点悲伤，有一点新英格兰的清教徒的严肃"，同时也注意到了弗氏"诗以快感开始，以智慧终结"的写作理论。这些见解都相当精到。杨氏的三篇译诗，《雪夜林边驻马》《踏叶人》《进入》，都是弗氏名作，而且译意准确，保持了原作的口语风味，今天读来还饶有诗味，只是对音节的处理有点过于散文化。

焦：在您《徘徊在明亮与灰暗之间——弗罗斯特论》里所选用的弗氏诗歌的译文，您注解为曹明伦教授所译的《弗罗斯特集》，可以看出您对他的译文的认可，同时您又说："译者对诗歌的声音效果不够敏感。对原作的这种丰富的声响效果，我们只有运用弗罗斯特所说的耳朵的想象力，才能依稀得其仿佛。也许为了诗行视觉上的整齐，也许出于某种古怪的趣味，译者在译文中大量叠用双字顿或三字顿的短语和词汇，结果使诗歌的声音显得磕磕绊绊的，用白居易的诗来形容，那真是'幽咽泉流冰下难'，完全失去了原作的口语风味。"同时您在《诗歌中的声音问题》[1]中引用弗氏的论述，认为："诗歌在翻译中失去的是什么？失去的就是它的声音。而好的译诗，其成功的秘密就在

---

(1) 西渡：《诗歌中的声音问题》，《淮北煤师院学报》2000年第1期。

于使那些原作的声音在另一种语言中得到再现或至少部分再现。"那么，在您看来，诗歌翻译如何才能再现原诗的声音呢？是否译诗时，这种音调或声音注定要失去，毕竟英汉两种语言分属不同的语系，在不同于原语的译入语中，这种声音又如何在译作中补偿呢？

西：翻译要在另一种语言中完全复制原文的声音效果几乎是不可能的。诗歌的声音效果可以分解为几个不同的成分：音韵、节奏、语调。音韵包括韵脚（行间韵和行内韵）和其他各种谐音效果，汉语中平仄的配合、双声叠韵等特殊声音效果都属于这一层次。但这个层次的声音效果对诗歌的音乐性而言是次一级的，附属于节奏和音调。节奏是诗歌音乐性最主要的体现，也可以说是判断诗歌音乐性有无的标志。但节奏如果不能与语调很好结合只是机械的重复，那就不是活的音乐。我这里所说的语调接近于弗罗斯特所谓的"意义之音"。这个"意义之音"，按我的理解，实际上就是随意义无限变化的语调口吻及其抑扬顿挫、疾徐高低、轻重强弱的配合。在曹明伦教授的译文中，弗氏有时也称之为"音调"。他说，"一首诗中有活力的部分是以某种方式同语言风格和文句意义缠在一起的音调。这种音调只有在以前的谈话中一直听到它的人才能感觉。我们在古希腊诗和拉丁诗中就感觉不到音调，因为古希腊人和古罗马人说话的音调从来没有传进我们的耳朵。音调是诗中最富于变化的部分，同时也是最重要的部分。没有音调语言便会失去活力，诗也会失去生命。重音、扬音和停顿并存，它们不是元音和音节的内在体，它们总是伴随着意义的变化而变化。元音有其重读，这点不可否认。但意义重音占先于其他任何重音，它可将后者压倒甚至抹去"，"我喜欢把语调强拖过韵律并使其破碎，就像海浪先涌向铺满卵石的海滩，然后破碎在海滩上一样"。也就是说，在音韵、节奏、语调这三个诗歌音乐性成分中，居于第一位的是音调（语调），其次是节奏，再其次才是音韵。然而，音韵又恰恰是在翻译中最难复制的部分。但在翻译实践中，很多译者往往舍本求末，把力量全用在复制这个次要的音韵效果上，结果对诗歌音乐性最重要的语调完全无暇顾及，对节奏的注意也有其机械性的一面。这样自然也就难以传达原作的声音效果。这是成功的诗歌翻译极其稀罕的一个重要原因。在我看来,翻译首先要把握原作的语调(这是诗歌音乐性的精髓,也是原作之神),并应竭尽全力在译文中加以准确地传达,在此基础上把握和传达原作的节奏感,但这个节奏的因素要严格置于语调的统领下。至于音韵,并不需要亦步亦趋地复制,而需要相机灵活处理。在某些不利条件下,我觉得甚至不妨以素体诗去翻译另一种语言的韵律诗。

焦:笔者也阅读过曹明伦教授的译文,个人以为他的译文除了用词讲究、韵式、诗行长短与原诗大致对齐,节奏感强外,他的一些双声叠韵字的使用以及一些口语助词的使用极大地保留了弗罗斯特诗歌的口语特征,这种对诗歌译作声音效果的判断,为什么差异如此之大?或者说,在对一首诗歌译作评论时,如何才能做到相对客观与公正呢?

西:用词讲究确实是曹氏译文的一个长处,看他那些译文的标题,你就能感觉到他对语言还是相当敏感的——他是有诗意感受力的人。其实,在众多译者中,具备这个条件的并不多,正是这个条件使他成为翻译弗罗斯特成就最显著的译者。他译的《弗罗斯特集》包括弗氏的诗全集、戏剧和主要散文作品,是中文世界对弗罗斯特的第一次全面介绍,其中有不少成功的译文。韵式、诗行长短与原诗大致对应,是曹氏译文重要的形式特征。但问题也就出在这里。我刚才说到,音韵在诗歌音乐性中是一个附属的东西,重要的是节奏和语调——这也是弗罗斯特的观点。曹氏在这里显出其理解的偏颇,虽然他翻译、介绍了弗罗斯特关于"意义之音"的理论,但可能实际上并未完全理解,或者并不赞同。在对弗氏的翻译实践中,他迁就了原作的韵式,而丢失了原作的语调。你说他的译作节奏感强,似乎值得商榷,他的节奏可以说是一种机械的节奏,主要体现在每行字数的一律。实际上,汉语诗歌的节奏是不能通过数点字数来获得的——对新诗,字数整齐不等于节奏的整齐,字数不整齐也不等于节奏的不整齐。每行字数一律的机械节奏,是新月派的一个特征,这已被证明是失败的——新月派的诗被讥为"豆腐干体"就是由于这个原因。其实,新诗的节奏是由每行音组(顿)的一致或规律的安排来达到的,而每一音组的字数可从一字到四字不等。在此基础上,再加上随意义而无穷变化的语调,也就给汉语诗歌的音乐性提供了无限的可能。这个规律经由孙大雨、卞之琳、何其芳等人的发现、提倡和实践,已经获得学术界、诗人包括很多翻译家的公认。孙大雨、卞之琳的创作和翻译都是按照这个原则来进行的,屠岸、周煦良、智量等的翻译也遵从了这一原则。曹氏却是遵循已经被证明为理论上错误、实践上失败的新月派的等音(字)来建行,在我看来不可理解。曹氏最成功的译文大致集中在弗罗斯特的叙事诗,因为原作是素体诗,使译者得以摆脱了韵的限制,同时在叙事诗的翻译中,曹氏也在某种程度上放弃了等音建行的原则,这两个条件使他能够注意到原作的语调而得其仿佛,使诗中人物的语调、口吻在译作中也有生动的传达。——你所说的原作的口语特征在这部分译作中确有比较成功的保留。在抒情诗的翻译中,韵的掣肘、等音的机械单调以及为此而采取的一些做法,如不顾意义和汉语规律的跨行处理,带来了很大的问题,原作的语调基本上荡然无存。——这种强行扭断天鹅脖子的做法是很粗暴的。音韵,当然是诗歌音乐性需要考虑的因素之一,汉语的双声叠韵、平仄等也是汉诗应该加以利用的音乐性资源,但它要服从于语调与节奏的优先性。在曹氏译文中,这个关系很多时候被颠倒了。我们不妨从曹氏译文中举几个例子:

此刻 / 树上 / 没有 / 鸟儿 / 鸣啭,
唯有 / 一片 / 枯叶 / 残留 / 枝端,
我 / 久久 / 徘徊,/ 绕树 / 三匝,
只 / 看见 / 这幅 / 清冷的 / 图画。

凭高 / 远眺,/ 在 / 小山 / 之顶,
我 / 断定 / 这 / 水晶般的 / 寒冷
不过 / 是 / 白雪上 / 再添 / 严霜,
如 / 金上 / 敷金,/ 难以 / 增光。

自北 / 向南 / 横过 / 苍茫 / 碧空,

一颗 / 小小 / 流星 / 划破 / 天穹,

星尾 / 遗留下 / 迤逦的 / 一闪,

似 / 缥缈 / 流霞, / 隐约 / 残烟。

——弗罗斯特《觅鸟,在冬日黄昏》(节选)

这三节译文,如把行中逗号视为不出声的一个隐形的字(因为逗号也占时间),字数完全一律。按照孙大雨、卞之琳的音组原则,我们可以将曹氏的三节译文划为每行五个音组,这体现了曹译的节奏。但是这样处理有其勉强处,如我们不得不将"只""这""是""如"处理为单独的一个音组,在实际说话中,它们其实总是和前面、后面的实词粘连为一个音组。如果按照实际说话的习惯,这几行就势必短少一个音组。这也说明,字数一律,节奏并不一定完全整齐。其中,一、二、九、十行完全由两字音组构成,读起来远没有其他各行自然。其他各行虽然也以两字音组为主,但它们各有一到两个一字音组或三字音组调剂了两字音组的单调,而突破了节奏的呆板。按照卞之琳发现的规律,汉语两字音组的建行一般不能超过三个音组,超过三个音组,就会在行中产生分裂,实际上变成了两行。这就是我国传统诗歌有四言诗体,偶有六言(六言已嫌单调),而没有八言的原因。曹氏这里所用五音组的两字音组诗行,实际上也有分裂的倾向,"此刻 / 树上 / 没有 / 鸟儿 / 鸣啭,唯有 / 一片 / 枯叶 / 残留 / 枝端"很容易念成二三和三二的不同组合:"此刻 / 树上 // 没有 / 鸟儿 / 鸣啭,唯有 / 一片 / 枯叶 // 残留 / 枝端"——这样上下行本身的节奏也不整齐了。九、十行也存在同样的问题。"似 / 缥缈 / 流霞, 隐约 / 残烟"一行,也有这种分裂倾向。这样,它们与其他各行的配合也就成了问题。这都是由译者机械地理解诗歌节奏而造成的,其后果便是语调和口语风味的消失。——我们实际上没有办法用这样机械的节奏说话。比较方平的译文:

现在 / 再没 / 小鸟 / 在林子里 / 歌唱,

只剩下 / 枯叶 / 一片, 残留在 / 枝端——

呈现在 / 眼前的 /, 就 / 这么个 / 光景,

虽说我 / 绕树 / 徘徊, 走了 / 两圈。

我正在 / 小山 / 高处, 向下 / 眺望,
捉摸 / 这 / 水晶似的 / 一层 / 寒气,
无非 / 雪上 / 添霜, / 不加 / 痕迹,
给金子 / 镀金, / 那也 / 如此 / 而已。

横扫的 / 画笔 / 留下了 / 迤逦的 / 一抹,
像是 / 那 / 残霞, 又好似 / 暮烟;
自北 / 向南, / 横挂在 / 半边 / 蓝天,
一颗 / 刺骨的 / 寒星, / 从苍茫里 / 出现。

方平也采用了五音组行,但不同的是他除了一行连用了五个二字音组外,其他各行都是利用二三音组相配合,还有三行掺用了单字音组(曹氏的译文则多达六行)。两位译者的单字音组多少都有些勉强,是我们为了节奏整齐人为的划分。从声音效果上,方平的译文显然比曹氏自然,保留了更多口语的语吻。当然,除了音节的处理,还有遣词的问题。曹氏的用词太文,语言太现成。如"绕树三匝",虽然可以引起中文读者另外的联想,但却有改变原诗情致的危险。"难以增光""缥缈流霞,隐约残烟"都有这种潜在危险。方平则自觉地采用口语的语吻和普通的、日常的词汇,对原作的情致更为忠实。事实上,有经验的诗人都知道,朴素最难,白话最难,诗要突破陈词,表现诗意,却非朴素和白话不可。这也显示出方平作为一个诗译者的自觉性和自我克制。这点对诗歌翻译是很重要的。再看曹氏《曾临太平洋》的译文:

破碎的 / 海水 / 发出 / 朦胧的 / 喧嚣。
巨浪 / 洪波 / 升涨 / 一潮 / 高过 / 一潮。
一心 / 想要 / 对 / 海岸 / 来一番 / 洗劫,
大海 / 对 / 陆地 / 从未曾 / 这般 / 发泄。
像 / 黑色的 / 乱发 / 被风 / 吹到 / 眼前。

人们／难以／看出／海边／悬崖／峭壁
有／大陆／支撑，／而／海岸／则像是
幸运地／有／悬崖／峭壁／作为／后盾。

七两行连用了六个二字音组，念起来很不顺耳，事实上也没有人这么说话。至于这两行分裂成两个三音组行的倾向就更明显。我们再看这八行译文，句末以两个两字音组结尾的占到五行，加剧了节奏的单调和机械的感觉。弗罗斯特曾经强调最后一行诗对一首诗的重要性，实际上句尾在一行内有同样的重要性，无论对意义还是节奏都是这样。曹氏的译文连用两字音组的情形在行内、行尾都有泛滥的倾向，这是造成其节奏单调的一个重要原因。这也让我认为，曹氏对声音不够敏感，缺少弗罗斯特所谓"想象的耳朵"。再举一例：

我推开房门，以便我最后一眼
会被引出书本，引到屋子外边。
我说在我闭上眼睛睡觉之前
我倒想看看天狼星会怎样用它
警觉的眼睛注视这若非留待
解释也是留待以后探究的一切。
　　　　——弗罗斯特《又一瞬间》（节选）

这里除了最后一行，句末全用两个两字音组，节奏已经单调。跨行的处理更成问题。后四行是一个长句，它的跨行处理只求照顾等音原则，完全不顾我们说话的习惯和意义的要求。前两行还勉强可读，后四行根本没法读出。"若非"用在这里也太文。这样调整一些可能就好些：

我说／在我／闭上眼／睡觉／之前
我倒想／看看／天狼星／会／怎样
用警觉的／眼睛／注视，这不是／留待
解释，／也是留待／以后／探究的／一切。

这样处理，虽然字数在前两行和后两行之间出现了参差，但避免了节奏的单调，跨行上也顾及了意义的要求。三四行的问题是出现了两个四字顿，声音上与前两行似不等值，但在实际发声时，这两个四字顿都可以念快些而缩短时长。顺应意义的要求是现代诗音乐性的一个重要原则，这和古典诗歌处理音乐性的方式是不一样的。在古典诗歌中，诗和歌还没有完全分离，诗还有歌词的性质，因此常常是外在音乐性的要求压倒了意义的要求。但对于现代诗，正如弗罗斯特所说，诗本身就是音乐，它对谱曲配乐应该有一种抵抗性。当然，我在那篇旧文中对曹氏译文声音效果的批评，现在看还是太严厉了，毕竟曹氏还是有不少相当成功的译文。但他对诗歌声音的处理，显然不够自觉。还有一个因素，可能涉及语言环境的问题。曹教授是四川人吧？我所说的这种负面效果，用四川话念起来也许另有一番效果？我也批评过董继平先生译文的声音效果。董先生似乎也是四川人？四川方言是否影响了他们对汉语声音效果的判断？这个我不了解，但可能是一个需要考虑的因素。

焦：曹明伦教授 2009 年在其《翻译中失去的到底是什么？——Poetry is what gets lost in translation 出处之考辨及其语境分析》[1]一文中指出："在弗罗斯特心目中，在翻译中丧失的还不仅仅是音韵，而是由音韵和意义结合而成的诗意。"这里与您的理解有些不同，请问您是如何理解这个诗意的呢？

西：曹明伦教授对弗罗斯特的理解是正确的。在弗罗斯特看来，诗的本质就是一种声音，一种基于意义和韵律结合而成的声音，把它视为"纯粹的声调""纯粹的形式"，从这个意义上讲，失去了这个声音，也就意味着"声"和"意"双双失去，诗意也就无所赋存。然而，弗罗斯特的看法是一种深刻的片面。其深刻性在于揭示了诗歌声音与意义的有机性，其片面性在于夸大了声音的重要性，以至以声音取代意义——所谓"纯粹的声调"，实际上又把声音和意义割裂开来了。

（1） 曹明伦：《翻译中失去的到底是什么？——Poetry is what gets lost in translation 出处之考辨及其语境分析》，《解放军外国语学院学报》2009 年第 5 期。

事实上，诗的意义部分有其独立的一面。譬如一个好的比喻，本身就是一个对世界的发现，有其独立的诗意。这个诗意因为主要依赖于意义，就不会因为从英语转换成汉语而失去，至少不会完全失去。诗中其他主要依赖意义、形象而传达的部分，在译文中也总是可以得到不同程度的保留。正因为如此，曹氏的很多译文在传达原作声音效果上并不理想，但仍然有其存在的价值，也是对汉语的一种丰富。

焦：从弗罗斯特的这句名言中，我们可以看出他认为诗歌是不可译的，而现实情况却是他的诗歌正在不断地被译成各国文字，仅在我国大陆就有好多译本，您是如何看待诗歌的可译性与不可译性呢？有人说"诗歌翻译注定是一种遗憾的艺术。"您如何评价呢？

西：弗氏所谓"诗就是在翻译中失去的东西"有夸张的一面。刚才我说了，诗的意义成分大致是可译的，当然意义在两种语言之间的转换，不可能完全等值，只能是近似的——这个近似既有增值的可能，也有损失的可能，实际上当然是损失的可能性更大一些。声音的成分，语调、节奏也在一定程度上可以移植，其中音韵的成分最难保留，但也不是说，它就会百分百失去。尾韵在一定程度上也可以保留，当然谐音、双关等一些根植于每一种语言各自声音特点的手法确实很难复制。这也决定了翻译只能是一种遗憾的艺术，但是在这遗憾中是有收获的。按照王佐良先生的说法，翻译如揉面，一种语言经过翻译的摔打、揉搓、抻拉，它会变得越来越具有韧性，越来越灵敏，越来越活跃。这就是语言和诗从翻译中收获的。

焦：就您所知的弗罗斯特译本中，您认为哪个弗氏译本译得较为出色呢？或者说能否请您谈下您所知的译本的优劣呢？

西：曹明伦教授当然是对弗罗斯特的介绍贡献最著的，1986年四川文艺出版社就出版了他译的《弗罗斯特诗选》，这大概是弗氏作品在中国的第一个单行本。2002年辽宁教育出版社出版的曹译《弗罗斯特集》，第一次对弗氏诗歌、戏剧、散文做了全面介绍。前面我们已经谈到这个两卷集的长处和不足,但它对中文读者全面了解弗罗斯特的重要性是其他任何译本都无法替代的。从翻译的艺术水准而言,方平的《一条未走的路》(上海译文出版社1988年版)对弗罗斯特的理解最深透,诗艺包括口语音调的传达最完整。译者还在每篇译文后撰写专文,对其题旨、诗意和写作特点进行评说。所以,这本书也可以说是我国对弗罗斯特批评研究的开山之作。1984年外国文学出版社出版的《外国诗2》发表了顾子欣的《弗洛斯特诗抄》(八首),似乎是新时期对弗罗斯特介绍的开始。顾的译文相对中庸,特色不很明显,但《雪夜林边逗留》《冰与火》《未选择的路》等弗氏名诗都在其中,这个集子印数也大,可以说促成了弗罗斯特在当代中国的传播。《外国诗6》还发表过王延平译的弗罗斯特诗十三首。但王的译文粗糙,对原文的理解也颇成问题,谈不上对弗氏介绍的贡献。赵毅衡《美国现代诗选》(外国文学出版社1985年版)选入弗罗斯特诗二十一首,译得有些随意,但仍能得弗罗斯特风格的仿佛,选诗上则颇显译者的敏感和眼光。申奥的《美国现代六诗人选集》(湖南人民出版社1985年版)选入弗罗斯特诗四十二首,译得有点松懈。赵毅衡、申奥是当代中国最早相对集中地介绍弗罗斯特的译者,弗罗斯特在20世纪80年代诗坛的影响可以说是由他们两个建立起来的。曹明伦、方平的翻译、批评随后跟进,进一步扩大了弗罗斯特在中国的影响。1990年陕西人民出版社出过非鸥的一个译本,仅印一千册,很遗憾我没有读到过这个译本。1992年中国文联出版公司还出版过姚祖培翻译的《朱兰花——罗·弗罗斯特抒情诗选》,其译文质量差,印数少,知道的人也不多。

焦:关于英诗汉译的问题,不同的译家、学者提出了不同的理论模式,有认为应该做到"三美"(音美、形美、意美),有的主张"以顿代步",有的主张"民族化"(古诗译法),有的认为应该"自由体"译法,还有的认为"译诗不要有'洋腔',但要有'洋味',尽量保留原诗的形式",等等,不一而足。依您来看,理想的英诗汉译策略应该是什么呢?

西:"三美"似乎是一个理想的标准,但作为翻译的原则,却是空泛不实的,在实际翻译中很难操作。我觉得译诗要忠实原作,要有诗意,这是最根本的。不忠实于原作,不如去创作;没有诗意,就不是译诗。所以,"民族化"最不可取。译诗的目的本来就在扩大我们对诗意的理解,同时经由翻译的磨砺,丰富我们的语言表现力,一经"民族化",外国诗的新鲜之处、不同于中国诗之处全抹去了,实际上取消了翻译的意义。我不理解译诗为什么不能有洋腔?没有洋腔,洋味还有没有可能存在?当然,我不知道这个话的具体语境,不知道说话者如何界定"洋腔"。我的意见,好的译诗不仅要译出洋腔,而且要译出每个诗人独特的"腔",译弗罗斯特就要有弗罗斯特腔,译庞德就要有庞德腔,译艾略特就要有艾略特腔。这就是我在前面一再强调的"语调",它也是诗歌音乐性的根本。显然,这个语调不是凭空来的,它是和诗的意义、形式、音韵纠缠在一起的。对意义的传达,我主张直译,反对意译,就是要准确地传达原作的意义,不能随意加减。这是保留"洋味"的关键。形式上,我也不赞成过于自由的译法。"自由"是对原作的不忠。原作是格律诗,译为自由诗就不能叫忠于原作;以自由体译自由体当然正当,但形式上也不能与原作相去太远,而要大致相当,因为自由诗其实也是有限制的,它就是诗情的内在要求。形式上的不忠,必然导致对原作精神的背叛,使原作的音调走形。我大致赞成"以顿代步",但主张稍微宽松一些,就是大致相近、大致规律。汉语音组的划分有其灵活性,大致相近、大致规律考虑了这个灵活性,也就是说,它在这个灵活性前提下要整齐、规律,而不是字数的绝对整齐划一。"以顿代步",实际上是满足节奏上与原作相近的要求,但诗歌音乐性的本质是其独特无二的语调,因此节奏上的追随要服从于传达原作"语调"的优先性。韵脚、谐音等音韵成分的处理,我觉得还可以再宽些。对音韵上的相近和相似的追求,总要以不妨碍语调的自然和谐为前提。

焦:您在《翻译·创作·民族性》[1]一文中指出:"中国新诗是在对外国诗歌特别是西方诗歌的模仿和翻译尝试中诞生的。翻译对新诗

---

(1) 西渡:《翻译·创作·民族性》,《文学前沿》2002年第2期。

发展的影响，无论内容还是形式，都是决定性的。新诗的成就与不足，也都与翻译直接相关。"可见翻译对于中国新诗发展功不可没，那么，您认为弗罗斯特的诗歌在其汉译过程中，对中国新诗或中国文学产生的最大影响是什么呢？

西：在回答你的第一个问题的时候，我们已经讨论了弗罗斯特对中国当代诗多方面的影响。要说最重要的方面，我觉得是他的口语主张和自然题材。这两个方面对塑造中国当代诗的面貌有重要的实际作用。他对形式的重视，他的"意义之音"的声音理论，则并未产生多少实际的影响——甚至还没有影响到他的译者。如果弗罗斯特看到受其影响的中国诗人，写的全是自由诗，一定会大吃一惊吧。

焦：弗罗斯特的诗歌大致可分两类，一类是抒情短诗，另一类是叙事长诗，前一种自不待言，深受我国读者的喜爱，但是后一种叙事诗，充斥着冗长的对话，也无抒情短诗的音韵之美，弗氏称之为"素体诗"（Blank Verse），我国读者似不易接受。这种对诗的认知感觉上的差异是否是由中西诗学的差异造成的？这种认知上的差异是否也与弗罗斯特所说的"声调（音调）"有关？您如何看待他的叙事诗呢？

西：在我国，弗氏的叙事诗确实不如他的抒情诗受读者欢迎，也没有在诗歌创作中留下多少影响的痕迹。这里除了关乎读者的欣赏习惯和中西诗学的差异，应该还有更深层的原因。我国叙事诗一向不发达，抒情诗的成熟却很早，早在《诗经》时代，抒情的技艺已经很完善。我想这种现象很可能与语言本身有关，同时也与华夏民族的精神结构有联系。事实上，一种语言的特征与使用该语言的民族的精神结构密切相关。抒情的艺术起于对自我的兴趣，叙事的艺术源于对他者和外部世界的关心。我觉得汉民族对前者的兴趣远远超过后者，而且我们对自我的兴趣也多是感受性的，而不是认识性的。这大概是我们易于走向抒情的心理起源。当然，每个民族都要与他者、和外部世界打交道，但我们对外部世界的兴趣多是实用性的，缺少认识和求知的热情。这导致我们对叙事艺术的冷漠。这和古希腊的情况很不一样。

另外，古典汉语对简省的推崇也排斥精密的描写，不光叙事诗，包括虚构性的叙事散文，在中国的发达也很晚。事实上，长篇小说在我国要到元明之际才出现，而那时实际上古典汉语已经式微——长篇小说从一开始就使用了一种不同于古典汉语的新语言。戏剧艺术的发达也在这个阶段。我想这些都是有关联的。

弗罗斯特的叙事诗我个人非常喜欢，这种喜爱一点也不亚于他的抒情诗。事实上，它们在弗氏创作中的重要性也不亚于他的抒情诗。这些叙事诗展现了一个真实的生活世界，塑造形形色色各具个性的人物。这个世界并不广阔，却具有非凡的心理深度，带着生活的全部冷酷、阴郁、残暴、温馨和热情，以及人的高贵和尊严。他的两部戏剧作品——《理性假面剧》《仁慈假面剧》，更是他一生思考的结晶，体现了弗氏作为诗人的最高智慧。"素体诗"在英语文学传统中源远流长，但在我国，人们总是把诗和韵联系在一起，以为诗必有韵，无韵不成诗。这是我们的传统，但在认识上是个误会。诗是有音乐性的语言艺术，但诗的音乐性与韵并无必然联系。诗的音乐性主要体现为"声调（音调）"和节奏，或者干脆说是一种有节奏的音调。我个人更喜欢用"语调"来代替弗氏的"音调"，因为"音调"容易引起"音韵"的联想，而诗学在当前的一个任务就是要告诉人们，诗的音乐与音韵远非一回事。实际上，对弗罗斯特的翻译，最成功的恰恰是他的叙事诗。因为没有韵的掣肘，译者更容易用心于传达诗的节奏和语调，更好地传达出原作的音乐性。对他的抒情诗的翻译，既要顾及音韵，又要照顾到节奏、语调，翻译者往往顾此失彼，导致多数译文实际上"死于韵下"。

焦：您在《徘徊在明亮与灰暗之间——弗罗斯特论》一文中指出："20世纪90年代的中国诗歌也试图发展诗歌的叙事功能，但却显然缺少这个本领，一个事实是几乎没有塑造出一个能让人记住的人物。诗人笔下的人物口吻单一，他们是按作者给予他们的方式说话而不是按他们自己的方式说话。人物的存在缺少自身的理由。在很大程度上，他们只是作者观念的传声筒，因此活不起来。唯一的例外可能是臧棣，他不仅使我们记住了维拉的名字，也记住了她及其周围若干人物的声音。还有一点不可比的是，弗罗斯特对他笔下的人物有一种真正的同情和理解。这种同情在《谋求私利的人》《雇工之死》《家庭墓地》《消失的红色》等诗中有充分的展露。弗罗斯特和他所写的人物之间是平等的，他是他们中的一员。而我们的诗人都过于主观，对自己笔下的人物缺少一种出于同情的兴趣。"是否说，中国新诗的出路还是在抒情上下功夫？或者说，只要我们的诗人赋予所写人物以足够的同情和理解，客观化处理，叙事诗也能成为我国新诗的一个生力军？

西：我对20世纪90年代诗歌叙事艺术的失望，并不意味着我对它的前途怀着悲观的想法。他者的意义，就在于我们可以从他那里发现我们自己所缺少的东西。翻译的意义就在于此。而我们所缺少的，正是我们要不断加以充实的。只有这样，我们才能不断丰富和成长。当然，这不仅是一个引进诗体和艺术手法、技巧的问题，它也是一个改造我们的心灵和精神结构的问题。没有弗罗斯特的精神高度，也就写不出弗罗斯特的诗。悲观的看法，我们只能从他者身上发现我们自己已经拥有的东西。这对自我中心的人们是确然如此的。但如果我们还想丰富自己、扩大自己，我们就必须从他者身上发现我们所没有的，并把它拿来营养自己。当然，因为它是一个精神过程，一个置换血和骨的过程，也就不可能一蹴而就。然而，训练的过程、写作的过程，也就是一个自我改造的过程。如果我们真是一个伟大的民族，我们应该拥有这种脱胎换骨、使自己成长的力量。

焦：同样在您的《翻译·创作·民族性》一文中，您在对诗人译诗的研究中发现，诗人译诗在他们的"创作和翻译之间存在着巨大的不对称性"，而在二者的关系中"翻译应该是先导性的，对创作起着引领作用"。我们知道，诗人的特点是创新、标新立异，可是翻译又要求不能过度创新，须以原文为基础，这其中的"度"又如何把握呢？还有一种情况就是译者同时既是诗人，又是学者，这样是否既可保证诗的翻译不至于缺乏译诗的灵气，又可以更好地保留对原文的敬畏，达到一种完美的折中呢？

西：我在那篇文章中的结论恐怕只适用于它所研究的对象,不能把它引申开来作为普遍的原理。翻译对许多现代诗人之所以是先导性的,是和我国新诗处于草创阶段这样一个特殊的诗歌事实相联系的。现在的情况已有很大不同,翻译和诗人创作之间的关系也更隐秘、更复杂、更内在了。

翻译的创新,要以忠实于原作为前提。它不是对原作的自由发挥,而应体现于对原作之创新的忠实再现,更明白地说,体现为忠实地重现原作的独特性。郭沫若式的意译,绝不是翻译的正道。我们之所以读翻译作品,不是要认识译者,而是要通过译者的媒介,认识原作者。译作是我们的媒人,我们求婚的对象是原作。媒人老是挤眉弄眼向求婚者示好,似乎不符合这个行当的行规。如你所说,最好的诗歌译文,往往是由具有学者气质的诗人提供的。从理论上讲,学者更易对原作有敬畏意识,但不能透彻领悟原作的精髓,对诗的精神和艺术没有精深的认识,没有高超的艺术手腕,这个敬畏并不能导致对原作的自觉的忠实。这些都需要诗人的敏悟。一个好的译者要同时对母语和译入语有高度的修养和敏感,还要有诗人的才华和创造力,学者的耐心。这个门槛确实很高。好的译诗和好诗一样是一种奇迹。但是,幸运的是,奇迹总在发生。这是读者之福,也说明现代汉语本身具有丰富的可能性。

焦：有些译者在译诗时过度张扬自己的个性,导致了一种依原诗创作的"仿作"或"削鼻子剜眼"的改编,当然弗罗斯特的译本中也有此种情况,您是如何看待这种译诗的呢？

西：这种"仿作"和改编如果不妨碍其所谓的"译文"成为诗,我也可以接受,但我不认为它们是翻译,应该将其视为创作。我接受它的前提是,译者事先要诚实地做出声明。

焦：有人说,"诗歌翻译取决于译者目的"[1],是否意味着译者可根据自己的翻译目的,对原诗进行任意操控(Manipulation),这种观

---

(1) 焦鹏帅:《诗歌翻译取决于译者目的——伊恩·梅森访谈录》,《外语研究》2010年第6期。

点，把翻译置于"工具论"的视阈下：一切为了实现译者的主观目的，您同意此观点吗？

西：我恐怕不能同意这样的观点，因为既然名之为"诗歌翻译"，这里就已经设定了翻译的目的，它是对诗的翻译，它译出的也应该是诗。它的出发点和目的地都是明确的，很难有译者任意操控的余地。笼统地讲翻译，譬如我现在要引一句弗罗斯特的诗来说明我对诗歌翻译的观点，那么我拥有的自由度显然要大一些，因为我的目的不是诗，而是它的应用。这时我对诗的节奏、语调承担的义务就会少一些，但意义的准确传达仍是一个基本的义务。否则，就成了捏造，而不是翻译了。

焦：从最早的弗诗汉译到现在已经走过了近一个世纪的漫长道路，在这个过程中，弗罗斯特的诗由零星散译，再经过从1949年到1980年三十多年的沉寂期，到20世纪八九十年代开始的诗选译介阶段，再到21世纪初的全译本的出现，再到人教版《语文》七年级下册第一单元第四课收录顾子欣译的弗罗斯特诗《未选择的路》和高二《语文》选修课本《外国诗歌散文欣赏》第三单元收录赵毅衡译的《雪夜林边驻脚》，以及台湾地区《国文》第六册（台湾南一书局2005年版）收录曹明伦的译文《未走之路》，弗罗斯特诗歌在海峡两岸的经典化过程中都开花结果了。您认为弗罗斯特诗歌在中国的经典化过程中，都有哪些因素起了作用呢？如果说是意识形态占了主要地位，那么，新世纪把他的诗列为国民语文教育必修课和选修课的动因又是什么呢？

西：弗罗斯特诗歌在中国的经典化是翻译界的一个胜利，也是诗的一个胜利。我不认为，这里头有什么意识形态的因素在起作用。其实，每一个优秀的诗人都是非意识形态的。诗是一种变化的、丰富的、成长的精神，是一个自由的精灵。当然，意识形态总是试图利用诗和诗人，把诗歌变成它的工具，但诗却拥有一种能力，使它能够在与意识形态打交道的过程中，促成意识形态的解体而维护自身的完整性。这个能力也就是生命的能力、精神的能力，因为生命在不断生长着，精神也在不断成长着。意识形态的套马索，永远无法套住诗，这匹自由的马驹。

弗罗斯特的诗在中国能得到广泛接受，首先应归因于它比较符合中国读者已有的审美趣味。弗罗斯特抒情诗的自然题材、乡村题材是我们从小熟悉的。他的克制的情感方式，颇近儒家"乐而不淫，哀而不伤"的诗道。"我和这世界发生过情人般的争吵"，这种对世界的温情也和我国古典诗的传统契合。事实上，弗罗斯特的精神世界和儒、道都颇有相通之处——其入世处似儒，出世处近道。一句话，他使我们恍然从一个他者重新发现了我们自己。他的诗艺在古典和现代之间，也易为中国读者接受。这是他对中国诗歌能够产生广泛影响的原因。但是，这种广泛的影响并不意味着我们对弗罗斯特的理解有多深入。以儒、道观念去理解弗罗斯特，可以增加一点中国读者的阅读兴味，但肯定具有欺骗性，很容易把真正的弗罗斯特遮蔽了。很多读者按照自己的趣味，把弗罗斯特视为自然诗人、田园诗人，或者把他看作现代隐士，其实都不确切。弗氏有其特定的宗教背景，忽略这一点，很难对他有深刻的理解。这对中国读者正是理解的难点。他身上的美国性，中国读者也可能注意不够。假设弗罗斯特读到他的中国学生的作品，我想，他不一定感到愉快，多数情况下他会感到困惑和惊异。我们接受的是一个经过我们改造的弗罗斯特，准确一点说，是我们通过弗罗斯特这面镜子照见的自己。这样接受一个西方诗人固无不可，但我更希望我们能够吸收他身上那些异己的成分，以此丰富我们自身，而不是重复我们自身。我们和他者结合，是为了迎接一个不同于我们自身也不同于他者的新生命。克隆自身和他者都没有意义。

焦：诗歌翻译在当下有人说是"明日黄花"，但我们看到的是弗罗斯特的诗歌网络上也出现了青年诗人徐淳刚和80后作者刘尔威的复译本，您如何看待诗歌复译的问题，当前的诗歌翻译现状及诗歌翻译的未来呢？

西：中国现代以来的诗歌翻译成就斐然，就总体而言，这个成就要超过新诗创作——我更愿意把它看成新诗的有机组成部分。20世纪 80 年代以来，诗歌翻译的成就同样卓著。日本汉学家是永骏先生曾感慨地说"中国的译诗太丰富了，比日本做得好。"我本人收藏的译诗集就有一两千种，其中大部分是 20 世纪 80 年代以来出版的。近年出版的译诗集也不在少数。所以，我没有感到诗歌翻译是明日黄花，而恰恰感到方兴未艾。当然，比起诗人对于翻译的需求，可能翻译界还有太多的工作要做，一些重要的诗人还没有全面的介绍，一些已有的译本还不够理想，等等。另外，台湾地区在介绍外国诗方面，也做了很多工作，但是大陆读者很难见到台湾的译本。这是一个遗憾。在这方面，两岸也需要交流。

有人说，诗是改出来的，我想对于译诗也是如此。已有的译本既有提高的余地，复译自然也是正当的。无论对哪个诗人，我都欢迎有新的译本出现。譬如，我个人就收藏了歌德《浮士德》的将近十种译本。当然，现在有一种基于商业的"复译"，也就是找几个枪手，在已有的中译本上窜改几个字，添上一个不知来历的译者名字，我将之称为"从中文翻译"。这种复译不但不可取，而且严重侵害了原译者的著作权，应该严厉禁止。

2011 年 8 月 29 日 ■

诗歌中的声音　西渡研究集

附录

西渡创作年表

诗歌中的声音　西渡研究集

1967 年	8月28日（农历七月二十三日）生于浙江省浦江县礼张公社静村（现属浦江县岩头镇），父亲为其起名"国平"。静村四面环山，溪水环抱，风光秀丽，距县域内著名的仙华山风景区七华里。父陈友维，生于1939年六月二十七日（农历），高中毕业，民办教师；母葛玉芳，生于1946年七月五日（农历），初中毕业，家庭妇女。
1969 年	9月22日（农历八月十一）弟国辉出生。陈国辉，后毕业于陕西财经学院，诗人、作家，笔名达达、西村、杜撰等。
1971 年	3月19日（农历二月二十三日），弟国松出生。陈国松，后毕业于华东政法学院，律师。
1974 年	9月开始就读于距离静村三华里的岩山小学。岩山村位于山区，上学需要翻山越岭。因为生源少，学校实行复班制，一个班、一个教室内有一、二、三年级的学生，父陈友维为唯一的教师，兼教包括语文、数学、美术、音乐在内的所有课程。因为课业简单，经常逃学。天资聪颖，作为一年级学生，把二三年级的课程也学会了。
1977 年	9月父亲转任群丰小学老师，随父亲转校到群丰小学读四年级。群丰小学距离静村四华里，有教师宿舍，有时回家，有时随父亲住校。

	12月，停止11年的高考恢复，父亲开始抓孩子教育，《毛主席诗词》成为最早的诗歌启蒙读物。
1979年	6月以浦江县浦阳镇城北小学毕业生名义参加小升初考试，获城关区第一名。
	9月升入浦江中学初中部。
1980年	在弟弟的小学课本上读到王维、孟浩然等诗人的诗，着迷，到处寻找诗歌读物。班上有同学的舅舅在县文化馆工作，其舅舅送的一本《唐诗三百首》，借阅后兴奋不已，立志做一个诗人。开始诗歌涂鸦。读《千家诗》《现代散文选》《郁达夫小说散文选》等，文学兴趣进一步加强。
1981年	在书店买到川端康成《古都·雪国》，第一次接触外国现代文学，长期为之着迷。
1982年	6月参加中考，被浙江省金华一中录取。金华一中为金华市名校，1902年建校，著名校友有黄宾虹、邵飘萍、艾青、陈望道、吴晗、张书旂等。
	9月与十七名一同考入金华一中的浦江少年一起坐校车到位于金华市蒋堂镇的校区报到。学校位于金华市郊区，距市中心十五公里，围墙外为浙江省第七监狱，管理严格、条件艰苦。学校有实验农田，学生在校期间须从事耕作等农业生产活动。同去的十七人中有人当场要求转校，后来又有人陆续转校。阅读李白、陶渊明、泰戈尔、惠特曼等诗人作品。
1983年	开始在班级板报上发表诗作。厌学，向父母提出退学要求。
	9月按本人意愿转入文科班，同学庄曙光赠《李白诗选》。读郭沫若、徐志摩、闻一多、戴望舒、歌德、海涅、拜伦、雪莱、普希金、叶赛宁等人诗作，《诺贝尔文学奖金获奖作家作品选》（浙江人民出版社1981年版）。大量阅读艾青作品。艾青为金华一中校友，1982年曾访问母校。与同学何吉贤、俞旭雄、金平等组织文学社，并与浦江中学文学社交流。
1984年	继续大量阅读欧美浪漫主义诗人作品，从《戴望舒译诗集》

开始接触法国象征主义诗人作品。

1985年　7月参加高考，以金华市第一名、浙江省第三名的成绩被北京大学中文系编辑专业录取，同班同学何吉贤被北大国政系共运史专业录取。

8月下旬到北大报到，参加为期一个月的军训。起笔名"陈渡"。开学后读到老木编《新诗潮诗集》，由此接触朦胧诗人和第三代诗人的作品。

1986年　与同学郁文、紫地、白鸟、西塞组织五人诗社"蓝社"。

3月臧棣编印（署名海翁）《未名湖诗选集1980—1985》，收入北大诗人骆一禾、西川、海子、臧棣、陶宁等人大量作品，意识到北大的诗歌传统，对海子尤为倾心。

9月郁文接任北大中文系系刊《启明星》主编，10月在《启明星》第13期刊出《从这里出发》等六首，刊出时郁文将其笔名改为"西渡"。同期刊出同学杜丽小说《玻璃房子》，极佩服，同时也激起竞争之心。

11月在《启明星》第14期刊出组诗《回声诗选》（五首）。同期有清平《乱谭——为文85诗友助兴》一文，对《启明星》上期刊出的蓝社五人作品做了点评，对西渡的评论说："名字铿锵，充满魄力，诗却牢骚满腹，落拓气很重。"从《启明星》读到西川译巴克斯特诗作。开始大量阅读欧美现代主义小说和诗，倾倒于里尔克、瓦雷里、弗罗斯特、卡夫卡、博尔赫斯等大家。

11月以《流浪者》一诗参加第五届北大未名湖诗歌朗诵会。结识北大学长缪哲、臧棣、清平、徐永、洛兵、林东威等。结识北师大校园诗人桑克、徐江、侯马、伊沙等。

1987年　1—2月从郁文处借得西川、海子合集《麦地之瓮》，潜心阅读，受到海子影响。上半年在《启明星》第15期刊出诗作，篇目不详；同期刊出戈麦诗作，署名白宫。春天，臧棣、徐永、清平、麦芒合印诗集《大雨》，熟读。

9月与戈麦、贺照田、杨光一起转入中国文学专业。

11月在《启明星》16期刊出《悟雨》等八首。其中，《悟雨》写于本年5月，后来收入作者第一本诗集《雪景中的柏拉图》，为该集第一首诗；《篝火》《北极情人》收入作者第二本诗集《草之家》。同期刊出戈麦诗作《冬天的对话》《二月》《结论》，署名松夏。注意到戈麦的诗，开始与戈麦交往，将认为"充满浪漫主义陈腐气息的"叶芝《丽达与天鹅》转让给戈麦。

11月以《关于鹿》参加第六届北大未名湖诗歌朗诵会，获创作二等奖。

1988年　1月贺照田编印《在流放地：燕园86、87年文学作品选》，收入《悟雨》《骑马走过初春的谷地》两首。

2月自编诗集《青橄榄》，收1985年至1988年2月诗二十五首。

4月在《启明星》第17期刊出《关于鹿》等六首，评论《迷人的礼物——紫地和他的诗》。《关于鹿》《蓝花豹》《春天是一只老虎》《走过一片防风林》收入诗集《雪景中的柏拉图》。6月，与戈麦到房山区做民间曲艺调查，为北京市文化局一个民间曲艺项目收集基础资料，朝夕相处一个月，两人正式订交。

7月与全班同学一起到吉林通化做民间文学调查，调查结束后游览长白山天池。月底宿舍从32楼搬到38楼，与戈麦、西塞、贺照田、杨光、郭新孝同屋。

9月自编诗集《等待起风的日子》，收本年6月至8月诗六十三首。

11月在《启明星》18期刊出《青海》等五首；同期刊出戈麦《瞬间》《太阳雨》《克莱的叙述》等三首，署名松夏。《青海》《梦中的纸马》《斑马》《属马的姑娘走在兰州》收入《雪景中的柏拉图》，《青海》收入集子时标题改为《关于青海》，《水中之马》收入《草之家》。

11月，以《当风起时》参加第七届北大未名湖诗歌朗诵会，获创作一等奖。

12月以《梦中的纸马》参加首届北京高校诗歌朗诵会，获二等奖，西川、海子、骆一禾、阿吾等担任评委，现场发生海子向朗诵者扔鞋事件。《滇池》第12期诗专号刊出诗《青草》，这是诗人第一首公开发表的作品。

1989年　1月在北京大学校刊发表《雨或阳光》《为我》《橄榄旗》《苹叶》等四首。

3月26日海子自杀，受到震动，更专注于诗创作。

6月自编诗集《风中的情绪》，收1988年9月至1989年6月诗五十首。

7月完成关于戴望舒的学士论文。

8月到中国计划出版社工作。

10月《启明星》第19期刊出《四季的光》《啼哭的身体》《恋爱十四行》《彗星》等四首。

12月自编诗集《四季的光》，收1989年6月到12月诗五十九首。

1990年　3月韦予编印《启明星》作品选，收入《春天是一只老虎》等十首。与戈麦筹编北大诗选。与戈麦编印《厌世者》诗刊，4—6月共出五期，刊出诗作约五十首。

7月与戈麦、桑克、徐江合印诗集《POEM·斜线》。

11月马朝阳编《中国当代校园诗歌选萃》由作家出版社出版，收入《四季的光》。

12月与臧棣、戈麦等创办同仁刊物《发现》，创刊号刊出《但丁：1290，在大雪中》等七首，同期刊出西川、清平、蔡恒平、戈麦、臧棣诗作；《一行》（纽约）总12期刊出《刀子》《蚂蚁和士兵》。

1991年　1月阿吾、臧棣、戈麦等创办《尺度》诗报，创刊号刊出《秋天来到我身体的外面》《最小的马》《谷仓》等三首。

4月《一行》（纽约）总13期刊出《月轮玫瑰》。

6月《发现》第二期出刊，刊出《雪景中的柏拉图》等八首，同期刊出臧棣、麦芒、清平、蔡恒平、戈麦、西川诗作，戈麦译博尔赫斯诗三首。

7月《一行》（纽约）总14期刊出《当新生命的开始》《从

一只头颅开始》《这仅仅是一种想法》等三首。

9月22日（农历中秋）下午，与戈麦最后一次见面。10月10日中国文学出版社通知戈麦失踪，10月19日确证戈麦死亡，推断死亡日期为9月24日。10月26日北京诗友在中关村88号楼举行纪念戈麦朗诵追思会，西川、臧棣、简宁、邹静之、麦芒、清平、桑克等近三十人参加。

10月徐江编印《葵》创刊号，刊出诗作《死亡与罗盘》等六首，文《戈麦的里程》。在《诗刊》发表《献诗》。在《一行》（纽约）总15期刊出《灯》。与同学陈朝阳整理戈麦遗作，为出版遗作向同学友人发起募捐。11月1日戈麦遗体在八宝山火化，当晚撰悼念戈麦文《死是不可能的》。《月夜的卡斯蒂丽亚》收入《我已歌唱过爱情》（台湾地区诗之华出版社）。

1992年	所编《太阳日记》（SJM大学生校园诗歌系列·北京大学卷）由南海出版公司出版（版权页日期为1991年5月，实际出书时间为1992年。戈麦参与了编选工作，生前未见样书）。

3月9日编定《彗星——戈麦诗集》。

3月26日参加北京大学五四文学社海子、戈麦作品朗诵讨论会。

4月《一行》（纽约）总第16期刊出《雪景中的柏拉图》《冬至的卡斯蒂丽亚》。

8月《葵》第二期刊出诗作《柏齐立堡：但丁墓》等五首。《诗林》第3期发表《天鹅》。

9月11日《世界论坛报》（台湾地区）刊出《梦中的纸马》。

11月参加北大五四文学社纪念戈麦逝世一周年活动。

12月《发现》第三期刊出诗《挽歌》等三首，文《戈麦的里程》。同期刊出清平、蔡恒平、西川、徐永、臧棣、麦芒、娜日斯、雷格、紫地、韦予、洛兵诗作，臧棣文《犀利的汉语之光——论戈麦及其诗歌精神》、严力文《脊背上的污点》。

《新陆》（美国）总第9期刊出《眺望黄昏》《夜晚的卡斯

蒂丽亚》。《雪景中的柏拉图》等七首收入黄祖民编《超越世纪：中国当代先锋诗人40家》（山西高校联合出版社）。诗《四季的光》《短诗七章》，小说《死者的爱情》，散文《白日的梦游》分别收入北岳文艺出版社出版的"中国青春潮·文学新星系列丛书"诗歌卷、小说卷、散文卷，丛书报告文学卷收入秦瑟《瞧，这个人：西渡印象》。《四季的光》《北极情人》收入马朝阳编《开放的天空：最新中国校园诗歌选萃》（北京师范大学出版社）。

1993年　《作品》第1期发表《走过一片防风林》《悟雨》《树木》等三首。《诗林》1993年第1期发表《戈麦的里程》。王艾编《诗艺》1993年第1期刊出《观察十四行》十首。《诗双月刊》（香港）第3期刊出《二十五岁自白》。为中国人民保险公司设计广告语一则，获得一笔报酬，加上此前募得的捐款，终于筹够戈麦遗作出版经费。

8月《彗星——戈麦诗集》在北大中文系1991届毕业生张谦帮助下在漓江出版社出版。

1996年　8月自印诗集《雨天之书》，收1993年6月至1996年6月诗四十一首，文三篇。

1997年　10月自印诗集《阜成门的春天》，收1996年7月至1997年9月诗四十四首。

1998年　2月《寄自拉萨的信》等十二首诗刊于徐江编的《葵诗歌作品集》。

1999年　4月16日参加中国社会科学院文学研究所、北京市作家协会、《诗探索》编辑部、《北京文学》编辑部在北京市平谷区盘峰宾馆召开的"世纪之交：中国诗歌创作态势与理论建设研讨会"，见证了会上的激烈论争。

2002年　10月10日参加中国人民大学诗歌朗诵会，作为诗人代表做《诗歌作为理解的力量》的发言。《为蟑螂而写的一首诗》获美国《新大陆》诗刊"世纪诗奖"第二名。

2005年　12月2日参加中国人民大学纪念戈麦活动，做《诗人与生活》的讲演。

2009 年	《蛇》《一个钟表匠人的记忆》等五首诗收入谢冕主编的《中国新诗总系》(人民文学出版社)。
2013 年	10 月参加加拿大魁北克国际诗歌节。《当新生命的啼哭》等二十二首收入洪子诚、程光炜主编《中国新诗百年大典》(长江文艺出版社)。
2014 年	3 月参加第八届天问诗歌艺术节(大理)。
2015 年	8 月参加青海湖国际诗歌节。
	10 月参加诗人从容策划主持的第一朗读者活动,获第一朗读者诗歌成就奖。从本年起担任第一朗读者学术总主持。
2016 年	8 月起担任中国诗歌网"中国好诗""每日好诗"点评专家。
2017 年	3 月《在月光下抚摸细小的骨头》等二十一首收入刘春编《在夜晚的高原上:当代诗人十二家》(广西师范大学出版社)。
2018 年	5 月调入清华大学人文学院。

图书在版编目（CIP）数据

诗歌中的声音：西渡研究集 / 王东东编 . -- 北京：华文出版社，2019.12（重印）

（隐匿的汉语之光·中国当代诗人研究集 / 张桃洲，王东东主编）

ISBN 978-7-5075-5153-2

Ⅰ. ①诗… Ⅱ. ①王… Ⅲ. ①西渡 - 诗歌研究②西渡 - 人物研究 Ⅳ. ① I207.22 ② K825.6

中国版本图书馆 CIP 数据核字 (2019) 第 153628 号

诗歌中的声音：西渡研究集

丛书主编：	张桃洲 王东东
本书编者：	王东东
责任编辑：	杨艳丽　王晓冰
出版发行：	华文出版社
地　　址：	北京市西城区广外大街 305 号 8 区 2 号楼
邮政编码：	100055
网　　址：	http://www.hwcbs.com.cn
电　　话：	总编室 010-58336210　编辑部 010-58336191
	发行部 010-58336202　010-58336230
经　　销：	新华书店
印　　刷：	北京建宏印刷有限公司
开　　本：	710×1000　　1/16
印　　张：	20.25
字　　数：	230 千字
版　　次：	2019 年 9 月第 1 版
印　　次：	2019 年 12 月北京第 2 次印刷
标准书号：	978-7-5075-5153-2
定　　价：	60.00 元

版权所有，侵权必究